Ópera de Sabão

Marcos Rey

Ópera de Sabão

Apresentação
Márcio Donato

São Paulo
2013

© Palma B. Donato, 2009

1ª Edição, Companhia das Letras, 2003
2ª Edição, Global Editora, São Paulo 2013

Diretor Editorial
Jefferson L. Alves

Gerente de Produção
Flávio Samuel

Coordenadora Editorial
Arlete Zeeber

Preparação
Ana Carolina Ribeiro

Revisão
Luciana Chagas
Tatiana Y. Tanaka

Foto de Capa
Jose AS Reyes

Projeto de Capa
Victor Burton

CIP-BRASIL. Catalogação na fonte
Sindicato Nacional dos Editores de Livros, RJ

Rey, Marcos, 1925-1999
  Ópera de sabão / Marcos Rey ; apresentação Márcio Donato. – [2.ed.]. – São Paulo : Global, 2013.

  ISBN 978-85-260-1678-1

  1. Romance brasileiro. I. Título.

12-1582.
CDD: 869.93
CDU: 821.134.3(81)-3

Direitos Reservados

Global Editora e Distribuidora Ltda.
Rua Pirapitingui, 111 – Liberdade
CEP 01508-020 – São Paulo – SP
Tel.: (11) 3277-7999 – Fax: (11) 3277-8141
e-mail: global@globaleditora.com.br
www.globaleditora.com.br

Obra atualizada conforme o
Novo Acordo Ortográfico da Língua Portuguesa

Colabore com a produção científica e cultural.
Proibida a reprodução total ou parcial desta obra sem a autorização do editor.

Nº de Catálogo: **2415**

Ópera de Sabão

*Para três escritores, três amigos –
Orígenes Lessa, Geraldo Casé e Ibiapaba Martins*

Apresentação

Em seu livro *O enterro da cafetina*, que obteve o Prêmio Jabuti de 1967, Marcos Rey produziu um excelente conto, "Noites de pêndulo", em forma de diário, escrito por um intelectual-publicitário alcoólatra nos dias da Revolução de 64. Já no seu último volume de contos, *Soy loco por ti América!*, de 78, aprofundando a experiência, incluiu uma obra-prima, "O adhemarista", em que narra o drama de um motorista, partidário do inefável interventor, governador e prefeito, na hora duma derrota eleitoral. Do primeiro para o segundo conto, Marcos evoluiu do alheamento político de um espectador para a emoção de um participante, e com o conto, me parece, inaugurou um novo filão ficcional em nossa literatura. Em *Ópera de sabão*, Marcos amplia a sua perspectiva e faz com que o suicídio de Getulio Vargas em 54 se reflita nos três dias seguintes da família Manfredi, que é de São Paulo, mas vive, pelas antenas, a tragédia nacional ocorrida na então capital da República.

Neste romance – pois que já é um romance, não mais um conto –, Marcos também adota nova forma de contar uma história. No *Ópera de sabão*, a partir do título, colhido na gíria publicitária norte-americana (*soap operas* eram as radionovelas, sempre patrocinadas por sabões e sabonetes), Marcos, que viveu muitos anos na intimidade das emissoras de rádio, evocou o espírito desses "folhetins de ouvido", com os seus exageros sentimentais, os suspenses à moda do *fin de siècle* na literatura europeia de cordel e as pouco verossímeis coincidências que reuniam imprevistamente as personagens. E o resultado, no romance, é uma viva picaresca urbana sobre um pano de fundo histórico, tão graciosa na aparência como grave no fundo.

Os leitores desta *Ópera de sabão* devem ter em mente que, na década de 50, em que o romance acontece, os valores eram bem diversos dos atuais. A televisão apenas debutava e as Madames Zohra ainda abundavam em todos os canais de rádio, dando conselhos de bons pratos e boa conduta. Mas, finda a guerra, as coisas já mudavam velozmente. Veio o *boom* imobiliário. Surgiram os "papéis pintados" de empreendimentos então miríficos, como siderúrgicas. A publicidade ascendeu ao primeiro plano. Eclodiram as boates, onde se dançavam boleros e se principiou a consumir o *scotch*... É nesse ambiente, vaga e docemente dissoluto, que se movimentam Benito e Lenine, filhos do carreteiro Manfredo Manfredi, esta uma figura patética que oscilou entre os dois extremismos e que queria vingar Getulio, matando Carlos Lacerda. Hilda, esposa e mãe, a conselheira Madame Zohra, representa o final do apego às condutas em agonia. Adriana, beldade também filha do casal, troca, sem trauma, os sonhos juvenis de todas as moças (da época) pelo status personificado de Felipe Dandolo, "príncipe" do estouro das construções. Lothar, negro egresso dos quadrinhos de Mandrake, faz as vezes do coro grego nas aparições de Manfredo, cujas aflições políticas só se aplacavam com fortes doses de sexo e conhaque.

O tratamento dado à história é tão dinâmico e divertido que o leitor desatento, indo no embalo da valsa (ou do bolero), pode perder o melhor do romance, que no fundo é livro sério e que, sem ser chato nem pretensioso, retrata com fidelidade aqueles anos 50, em que o Brasil começou a sincronizar-se com o mundo desenvolvido. Já não éramos nem queríamos mais ser um país eminentemente agrícola...

No desfecho, quinze anos depois, a história deixa de ser um quase-script e cai na realidade, aliás, bastante atual, bastante amarga. O banho lúdico-erótico escoou-se pelo ralo. A vida já não se desfaz hollywoodescamente em bolhas de sabão. O contrarregra produz com celofane um rumor de tormenta vizinha. Sobe o prefixo musical e a novela sai do ar.

Esse o romance. Marcos, com simpatia e ternura, captou em personagens, diálogos, encontros e desencontros o sofrimento (disfarçado) e o ridículo dos seres em sua constante capitulação diante do sexo, do carisma e do cifrão. Sem fazer drama. Mestre da emoção subjacente, Marcos é capaz de descrever uma decapitação falando só no fio do cutelo. O drama – neste *Ópera de sabão* e nos demais livros do autor nestes últimos anos – fica por conta do leitor capaz de descobrir em Marcos Rey um cético mas não indiferente Anatole France dos anos 50 para cá. Interessado e risonho, ele observa atento as derrapagens da frágil condição humana – que começou em Adão e Eva, e que são diferentes de nós só porque não foram radiouvintes nem telespectadores.

Mário Donato

Sumário

Primeira parte
O suicídio – 24, terça-feira 17

Segunda parte
O velório – 25, quarta-feira 97

Terceira parte
O enterro – 26, quinta-feira...173

Quarta parte
Quinze anos depois – qualquer dia de qualquer mês..............227

Bibliografia..255
Biografia..259

SPEAKER 1 – No ar...

SPEAKER 2 – ... sob o alto patrocínio do sabão Minerva...

SPEAKER 1 – ... a Rádio Ipiranga, PRG-10, 2000 quilociclos, canal exclusivo, apresenta...

TÉCNICA – *Sobe o prefixo ("La vie en rose"). Cai em BG.*

SPEAKER 2 – ... SONHOS DA JUVENTUDE!

SPEAKER 1 – Radionovela de Marcos Rey.

TÉCNICA – *Sobe o prefixo. Corta.*

CABINE – *COMERCIAIS!*

Era assim.

Primeira Parte
O suicídio
24, terça-feira

1 – No ar: um minuto de silêncio

A MM Transportes Urbanos foi o primeiro estabelecimento comercial do quarteirão a dar o exemplo cívico: luto por tempo indeterminado. Isto escrito em vermelho, com raiva, num pedaço de cartolina rasgado com sonoridade. E não fechou a porta discretamente, mas com vigor de carreteiro que quase faz despencar a velha e incolor tabuleta da empresa.

O sexagenário encarou a rua penando. Antes saíra o boy, olhando agradecido o céu, donde teria caído seu feriado, depois Kioto, a nissei de pernas grossas que anotava recados, o eficiente Lothar com a bicicleta, e, por último, muito mais tarde, o próprio MM, Manfredo Manfredi, chaves na mão, lábios trêmulos e uma cor rubra no rosto.

– Assassinos! – trovejou com hálito forte que não parecia ser de água mineral. Todas as pessoas sóbrias mostravam-lhe um estigma culposo. O que faziam sobre as pernas, como se aquele fosse um dia qualquer? Por que não choravam, praguejavam, depredavam? Deu uns passos oscilantes.

– Sabe quem morreu? – indagou ao bilheteiro que passava.

O bilheteiro simplesmente passou.

A mesma pergunta, já em movimento, Manfredo fez a um entregador de carne, a um casal de colegiais enamorados, a alguém que perdera o ônibus, a um garçom folgado na porta dum churrasqueto, a uma pessoa muito loura que olhava ansiosa à janela dum edifício, a um carteiro e a um gato. Cem metros além, recostou-se num poste torto e de borracha.

Retrocedendo, Manfredo Manfredi não suportara em correta verticalidade o golpe do inesperado suicídio do presidente Vargas. Naquela manhã de terça, ao ouvir a infausta notícia pelo rádio, no escritório de tapumes da MM, abriu uma gaveta, retirou um litro de conhaque e tomou dramaticamente o gole inicial de luto. Em seguida, ordenou ao lustroso Lothar, seu braço direito e, às vezes, o esquerdo também, que não atendesse a chamados telefônicos, adiasse os carretos marcados, e enfiou a cartolina nas mãos de Kioto juntamente com a palavra *indeterminado*, base da redação fúnebre.

– O senhor não vivia dizendo que não era mais getulista? – lembrou a criatura de ébano diante da imperiosa necessidade que a capenga MM tinha de faturar naquele agosto.

– Nunca disse isso – desdisse-o o patrão, com ar soturno. E sabendo muito bem o que fazia, engoliu o segundo trago.

– O senhor fecha a porta e faz o quê? – pressionou-o Lothar, com incômoda lucidez.

– Tenho um compromisso – replicou Manfredo e substituiu qualquer explicação exibindo um revólver curto e terrivelmente preto, de marca e procedência ignoradas.

– O que o senhor vai fazer com isso? – perguntou o negro, ladeado pelo espanto do boy e pela indiferença da nissei.

Não ficou numa ameaça gaga ou velada. Respondeu em voz e tom que não admitiam porquês e ponderações. O boy com seu lanche intato foi dispensado e Kioto, pensando nos fretes perdidos que significavam atraso de pagamento, foi levada por Manfredo até a porta com um conivente e traquejado tapa no traseira. Sempre se despedia assim, como também assim lhe dava ordens.

Lothar:

– E eu?

– Pegue a bicicleta e diga a minha mulher que vou viajar. Não sei quando volto.

O empregado fez uma pausa no tempo correto que a pergunta exigia:

– Falo a ela sobre o... compromisso?

A resposta foi retida e depois solta com uma estilingada:

– Conte.

Lothar foi à porta com a bicicleta. Ainda não queria ir e tinha carradas de razões:

– Dona Hilda vai levar um susto.

– Tchau, negrão.

– Seu Manfredo...

– Pedale, crioulo!

Quando Lothar pedalou, o MM trocou a roupa de briga por um terno de passeio, encharcou os cabelos de água para assentá-los, fez um rapa na registradora, enfiou o berro na cinta e consultou uma agenda desbeiçada – letra D. Mas, ao sair, viu o conhaque e resolveu acabar com ele antes de se mandar pelo mundo.

Lothar, na bicicleta, com seus cento e vinte quilos, era uma pantera de macacão anunciando a breve chegada do circo. Parecia que os pedais acionavam cenários de um palco giratório e que o pobre veículo não se movia. Era uma lentidão rítmica e pesada como se ensaiada para divertir os transeuntes. Aliás, o corpanzil do "braço direito" despertava mesmo inerte uma curiosidade risonha. Pedalava, suava e monologava. O monólogo dizia respeito à situação permanente de corda bamba da MM e das loucuras cíclicas de seu proprietário. E esta, com um revólver e aquela intenção, prometia ser a mais desastrosa de todas. Que cabeça fresca! Mas riu ao lembrar o tapinha de dois anos no rabo da nipônica, mais forte e tateado naquela manhã aziaga.

Por fim, cheirando a pano molhado, pano azul, o gigante estacionou a máquina diante do sobrado amarelo dos Manfredi, onde, nos últimos vinte anos, conhecera todo o sortilégio da comida italiana e aprendera o gosto e o descompromisso dos domingos. Gostava de todos os inquilinos daquela casa, até mesmo de Benito, o mais casmurro e menos Manfredi. Tocou a campainha, empurrou o portão do pequeno jardim e foi subindo os degraus.

Adriana, chupando uma laranja, atendeu.

– Dona Hilda?

– Na cozinha, tio. – Ela, desde garotinha, o chamava de tio.

Lothar entrou e atravessou a sala de jantar fazendo estalar o assoalho com seu peso. Na cozinha, onde principiava o cheiro bom do almoço, a famosa mulher de Manfredo já se movimentava. Ao contrário do marido, era baixinha, mas duma personalidade napoleônica, embora atenuada pelo Cashmere Bouquet.

– Seu Manfredo não vem. Getulio se matou.

– Temos três rádios, Lothar.

– Ele vai ficar alguns dias fora. – E reforçou com bom efeito: – Como daquelas vezes.

Hilda primeiro quebrou um ovo no prato, depois entendeu:

– Pra onde foi?

– (Tosse seca e só.)

– Ele sempre diz pra você.

– (Tosse menos seca que a anterior.)

– Então você sabe, Lothar!

A esta altura, Benito, Lenine e Adriana, os três filhos do casal, por ordem de idade vinte e seis, vinte e quatro e vinte, aproximaram-se para ouvir o "braço direito" com moderado interesse.

Já que ganhara público, Lothar fez pausa salivar e revelou:

– Disse que ia matar Carlos Lacerda.

Benito levou a mão ao queixo (era hábito), Lenine riu, Adriana chupou a laranja e a simpática Manfredi puxou uma cadeira, oferecendo-a ao carregador-mor da MM:

– Como está suado, Lothar! Quer água? Compramos uma geladeira, sabia?

O hercúleo negro da bicicleta recusou água e cadeira e repetiu com ênfase e nova tonalidade:

– E levou um revólver.

– Se pretende matar alguém, é natural que leve arma – respondeu Hilda, sem se impressionar com a informação complementar.

– A transportadora está fechada. Por tempo indeterminado, foi o que ele mandou escrever na porta.

Hilda espelhou sua preocupação nos olhos dos filhos:

– Isso, sim, é grave – admitiu a conhecida pessoa. – A firma quase não rende nada e ele fecha a porta. Será que esqueceu as prestações da geladeira?

– Provavelmente – insinuou Lenine, com restos do riso anterior ainda pendurados nos lábios.

Bastante expedita, dentro e fora dos problemas familiares, Hilda deu uma ordem tranquila aos rapazes, sem afetar seu ritmo caseiro:

– Vocês conhecem os botequins que Fredo frequenta. Tragam aquele beberrão de volta.

– E eu, o que faço? – quis saber Lothar.

– Beba um copo de água gelada e volte à pensão. A transportadora está fechada, não está?

Benito e Lenine, num sovado Skoda amarelo, propriedade do primeiro, não tinham a menor pressa de encontrar o pai porque o país pararia na medida em que a trágica notícia se propagasse. Com o rádio num noticioso foram ao decadente bairro de Vila Buarque, detendo-se nos bares, todos cheios para uma manhã de terça. O impacto do suicídio seria motivo para muita bebedeira: Manfredo não fora tão original assim.

O primogênito dirigia com uma serenidade progressiva, não por causa de Vargas ou de qualquer outro chefe de Estado. Estava vivendo uma história, emoção ruminante de sabor agridoce que começava pela manhã com a pasta dental e ia até o último cigarro noturno, ainda em absoluto segredo. Nem o jovem adônis, a seu lado, sabia de nada, e quando soubesse em sua casa – a história e suas consequências – não haveria outro suicídio, mas uma bomba certamente explodiria nos Campos Elíseos.

– Naquele bar, está vendo?, o velho ia sempre comer picles e encher a cara. Pare, vou dar uma olhada.

Sozinho, desobrigado de diálogos, podendo mais livremente mastigar seu chiclete invisível, Benito reconhecia que aquele fardo se tornava insuportável para seus nervos e tendões. Mas era uma dor deliciosa, qualidade que o episódio perderia se o fragmentasse em frases, parágrafos e confidências. No entanto, o que fizera, reconhecia, era tão insensato no verso e tão grotesco como assassinar Carlos Lacerda.

Lenine voltou com informações:

– O velho passou por aí, tomou dois conhaques e mostrou um revólver para todos.

– Disse para onde foi?

– Aeroporto.

– Então, podemos voltar. Tudo normal.

– Disse normal?

– Se tivesse ido à rodoviária seria coisa séria. Mas ele não voaria nem para buscar uma herança.

O garboso Manfredi, Prêmio de Robustez Infantil de 1930, acomodou-se no carro, olhando o mais ajuizado da família com programada malícia. Lenine andava cheirando algo estranho no irmão. Aliás, eram vários os cheiros, a saber: o de novas colônias masculinas, o de extratos franceses de mulher (ou fêmea) e o cheiro de alguns cheques que o viu assinar nervosamente. Seu visual também se alterara: tropicais ingleses brilhantes, mudara o corte de cabelo, o aro dos óculos e aderira inesperadamente aos colarinhos tuberizados. Não chegara ainda a ostentar uma boa aparência, mas já não era banquete para traças.

– O que tem feito na vida? – perguntou Lenine no tom certo que favorece confissões e desabafos.

– Fotografado.

– Nada mais?

– Acho que não – respondeu Benito depois duma pausa honesta. – Será que há cerveja em casa?

– Vi uma na geladeira. Enquanto a gente bebe, vou lhe contar uma coisa que me aconteceu. Mas ninguém pode ouvir. Nem Adriana.

Benito não morreu de curiosidade, apenas falseou uma expectativa que usou para assoprar e apagar a chama do fósforo.

Na Manfredi Village, Hilda e Adriana ouviam a morte de Getulio pelo rádio da sala.

– O velho esteve num boteco, mas perdemos a pista dele.

– Esqueçam, crianças.

– Se quiser, podemos continuar procurando – propôs Lenine com a boa vontade que sempre mostrava quando era totalmente inútil.

– Deixem Manfredo – disse Hilda, perdoando a traquinice do marido. – Ele não some desde que Hugo Borghi perdeu as eleições para governador. Se recordam, ficou quase uma semana fora de casa. Eu e Lothar fomos encontrá-lo num circo em Osasco, dando comida a uns leõezinhos com uma enorme colher de pau. Quando nos viu, me implorou que voltasse para buscar dinheiro. Queria comprar um daqueles bichos. Certamente estava bêbado.

– Como foi parar lá? – indagou, encantada, Adriana.

– Alguém telefonou, dizendo que seu pai estava namorando uma trapezista.

Ainda Adriana:

– E era verdade?

– Onde há fumaça há fogo – filosofou Hilda. – Mas se houve fogo, já tinha apagado. Deu um beijão no leãozinho, escreveu um bilhete para alguém, talvez a tal trapezista, e me acompanhou contente. Seu pai é assim. Agora vou responder às minhas consulentes.

Lenine segurou o irmão pelo braço e conduziu-o à cozinha. Abriu a Brahma na esperança de trocar o seu segredo pelo de Benito. Quem sabe fosse bom negócio. Lavou e enxugou dois copos. O que ia contar precisava ser precedido de alguma ação. Mas o primogênito não aparentava nada mais do que sede.

– Acho que me meti noutra – disse. – Ser bonito começa a dar trabalho.

– Quem é a moça?

– Apenas uma periférica. Foi minha última aventura suburbana. Tenho feito progressos nesse setor.

– O que aconteceu? – perguntou Benito para interromper provável sequência de autoelogios.

– Ela facilitou e fiz o que devia. Uma moça muito excitável.

– Onde você foi violentado?

– Num terreno baldio a cinquenta metros da casa dela.

– Parece que há outras em seu retrospecto.

– Mas esta engravidou – disse Lenine, como se referindo a doença infectocontagiosa.

– Isso já complica.

O charmoso mancebo tinha um curinga na manga do paletó:

– Complicaria, sim, se ela soubesse meu verdadeiro nome. Mas tenho outros. É mais seguro do que usar máscaras.

– Então, qual é o receio? – perguntou Benito, no final do primeiro copo.

– É que a moça anda pondo a cidade de pernas pro ar. Se encontrar alguém que me conhece estou frito. Pode estar mostrando meu retrato falado por aí.

– Deve estar fazendo isso.

– Por precaução, desapareci dos salões de sinuca, dos bailecos, dos parquinhos e da piscina do Tietê.

– Continue assim. Se Madame Zohra souber, leva você para o altar pela orelha. Não esqueça que a campeã nacional de luta contra o aborto é sua cozinheira.

Essa possibilidade não agradou Lenine, que virou a cerveja. Estava pensando nalguma coisa, talvez no Cálculo das Probabilidades.

– Numa cidade de três milhões! Acha que pode encontrar uma agulha?

– Às vezes, há coincidências terríveis – lembrou o irmão, com uma preocupação sem ensaio geral. – Você pode topar com ela ao dobrar uma esquina, num autolotação, num cinema ou elevador. Até num jogo de cabra-cega. Quantas pessoas que não se veem há muitos carnavais estão se encontrando neste momento?

– Está mesmo decidido a me tranquilizar – irritou-se Lenine.

– O destino é assim – explicou Benito.

– Você nunca se meteu com uma virgem?

– Não duma forma tão intravaginal.

Lenine defendeu-se com uma careta de escândalo:

– Isso não é virtude. Você não sente a atração da pureza. Deve ter uma alma suja.

Benito largou o copo sobre a mesa e soprou o gosto da cerveja.

– Você faz cada uma!

– Ela não há de me apanhar – augurou o Valentino da família.

– Não é a isso que me refiro. Você me serviu uma cerveja quente! Isso, sim, é um crime.

E, sem dizer mais nada, Benito foi para a sala, levando a possibilidade da troca de segredos. Mas a retirada não atenuou a suspeita do irmão, que observou:

– Santo Deus, ele anda pintando as unhas!

2 – Madame Zohra e você

Hilda Manfredi trancou-se na despensa, que uma pequena mesa, uma estante e uma desdentada Underwood haviam transformado em escritório. Acendeu a luz, necessária inclusive de manhã porque o cubículo não tinha janela. Nesse ambiente acanhado, escuro e sem ventilação é que a minúscula e enérgica mulher de Manfredo fazia há doze anos seu programa de rádio. Para outra profissional, aquilo seria uma rotina, uma chateação de todos os dias, uma tarefa repetitiva e enfadonha, mas para ela era missão quase apostólica, um sacerdócio, a finalidade duma vida, embora também a envaidecessem seus seis salários mínimos de ordenado. Que mulher de prendas domésticas contava com auxílio tão substancioso no orçamento da casa? A MM, ainda com um só caminhão e um responsável irresponsável, nunca faturava o bastante. Dos filhos, apenas Benito contribuía pontualmente para o pagamento das contas. Lenine, agora corretor de imóveis, seu milésimo emprego, nunca participava com um centavo. Pelo contrário, quase todos os meses vendia-lhe beijos por dez cruzeiros cada. E Adriana, terminado o ginásio e um ano de Yázigi, namorava, sonhava e enxugava pratos. Hilda era o tanque de reserva da gasolina e sempre lhe sobrava dinheiro para suas agulhas, presentes de aniversário e benemerências. Ajudava muitas instituições com pouco, mas infalivelmente.

Bastava entrar em seu refúgio profissional para que desaparecesse, no entanto, a mãe compreensiva, a perfeita dona de casa, a esposa exemplar, surgindo no lugar de Hilda Manfredi, sob o fundo musical do "Mercado persa", prefixo do seu programa, a sábia e misteriosa Madame Zohra, astróloga e conselheira, principalmente conselheira, a radialista que no horário das três, durante trinta minutos, de segunda a sexta, orientava milhares de corações aflitos, solucionava toda a sorte de problemas conjugais, domésticos e psicológicos, salvava casamentos, desfazia noivados indesejáveis e cauterizava questiúnculas residuais de família. Em casa era mamãe, na vizinhança dona Hilda, nos corredores da Ipiranga a titia, mas à máquina e frente ao microfone era Madame Zohra, a conhecedora profunda da alma humana e dos caminhos do mundo, a voz timbrada, austera e quente da Grande Mãe, líder de audiência e campeã de correspondência da emissora.

A própria Adriana, tão chegada à mamãe, evitava entrar na despensa-escritório quando Hilda se transformava em Madame Zohra, uma paradoxal Mrs. Hide, puritana, terrível, muito mais alta, mais ossuda, mais loura, a malhar com severidade as teclas da inocente Underwood, enquanto silabava palavra por palavra. Zohra não acreditava na frase meramente datilografada, fria no papel, e em todas injetava sonoridade, expressão e, às vezes, saliva. O hábito de ler em voz alta, adquirira-o no começo da carreira, quando radioatriz dos primeiros teatrões e novelões do dial paulista. Sim, para quem tem idade e memória, Hilda Manfredi já fora Hilda Levarière, pomposo pseudônimo que adotara sob a compulsão de ajudar o marido, já no ramo de transportes, mas ainda não estabelecido. Com a vantagem de quem chegava cedo ao novo ofício que se configurava, fez um teste com Farid Riskallah, foi aceita e logo escalada para a interpretação de papéis centrais, de voz grave e quarentona, contracenando com atores e atrizes já famosos. Naquela época, a família toda e a vizinhança concentravam-se em torno do rádio para ouvi-la, por mais insignificante que fosse sua atuação. Até na feira apontavam a Levarière. E apontavam também seus filhos, em toda parte, o que os orgulhava. Mas sua grande espertaza, embora facilitada pela casualidade, foi trocar o radioteatro por um quadro de dez minutos, diário, num programa vespertino, o *Falando à mulher*, onde passou a ler horóscopos, cozinhados dos jornais assinados por Madame Zohra, identidade que subtraíra dum arqueológico almanaque português. O *Falando à mulher* morreu logo, mas nasceu por inspiração do diretor da emissora o *Madame Zohra e você*, todinho de Hilda, que, além de conservar o zodíaco e os acordes do "Mercado persa", passava a dar conselhos às ouvintes que lhe escreviam.

No final da década de 40, Madame Zohra estava no auge, recebendo cerca de cem cartas por semana. Raras atrizes ou cantoras do elenco desfrutavam de seu cartaz. Recebeu nessa ocasião tentadoras propostas para mudar de prefixo. Mas, considerando-se um dos móveis e utensílios da Ipiranga, Hilda recusou todas. Manfredo, muito mais prático, divisou ali o momento de leiloar seu talento e dar um pontapé no traseiro da emissora. Foi esse o motivo de mil brigas entre o casal. O imenso coração da sra. Manfredi, porém, venceu, e Manfredo viu desfazer-se o sonho dum segundo caminhão. Logo, no entanto, se comprovou que os ambiciosos estão sempre certos. Com o aparecimento da televisão e a inauguração da poderosa Rádio Nacional de São Paulo, em 1952, a Ipiranga entrou em apressada decadência e novas Madames Zohra foram surgindo em diversos pontos do dial. Nunca mais outra estação lhe fez qualquer proposta.

Hilda pensava em seu glorioso passado, ainda recente e morno, e no perigoso futuro, com a Ipiranga toda desfalcada, quando deu com os olhos na carta – duas páginas pautadas – assinada por "Ginasiana Enganada", moça de boa letra, redação fluente e um drama de acústica radiofônica a relatar. Aquele poderia ser o prato forte do dia. Sempre precisava de um para motivar o público. E servia também para que prosseguisse sua campanha contra o aborto, a grande meta do programa e marca da personalidade austera da programadora.

"Querida Madame Zohra:
Desde menina que vejo mamãe ouvir seu programa. E jamais imaginei que um dia lhe escrevesse em segredo para pedir conse-

lho. Confesso que costumava zombar daquelas moças aflitas e agora me vejo na mesma situação. Acho que já adivinhou do que se trata. Conheci um rapaz pelo qual me apaixonei perdidamente. Era muito bonito e, como eu, tinha ginásio completo, gostava de música, de passeios, de livros e não era de abusar. Vivia me oferecendo flores, discos e romances. Alguns muito fortes, como *A carne* e *Presença de Anita*, mas não os escolhia para me excitar e, sim, para que conhecesse melhor as maldades do mundo. Mesmo quando me levava a um bar muito escuro, chamado Je Reviens, quase não me tocava. Um dia, contudo, nem sei como, a coisa aconteceu, num terreno baldio, perto de minha casa, na Mooca. Agora aqui estou, desvirginada e grávida. E o pior é que meu namorado sumiu. E nem consigo localizá-lo porque o nome que me deu era falso. E falso seu endereço. Tudo não passara dum plano para me enganar. Soube, depois, que o mesmo moço já fizera outra vítima no bairro.

O que faço, Madame Zohra? Fujo de casa? Atiro-me do viaduto? Recorro ao aborto, que a senhora tanto condena? Ou o quê? Aconselhe-me, por favor; e depressa, antes que dê cabo de minha triste existência.

Ginasiana Enganada"

Hilda bateu a resposta em poucas linhas, mas no estúdio raramente se limitava ao texto datilografado, sobretudo em casos com essa carga dramática. Ia além, numa enxurrada de palavras francas, abertas, descontraídas, ultrapassando o horário do programa a ponto de irritar o departamento comercial. Eram, porém, essas explosões, esse humano descontrole, sua maneira rude, direta e popularesca de ser e projetar-se que haviam feito de Madame Zohra um nome amado e acatado pelas radiouvintes e sempre lembrado pelos patrocinadores.

Depois da carta da "Ginasiana Enganada", Hilda respondeu a mais três e as guardava na pasta quando Adriana, cada dia mais fresca e bonita, apareceu à porta.

— Mãe, acha que papai vai ficar muitos dias fora?

— Pode ser, minha filha, O suicídio de um presidente é a melhor desculpa que já encontrou para beber e fazer loucuras.

— E quanto a matar Carlos Lacerda?

— Mataria, sim, se não encontrasse tantos bares pelo caminho.

— O engraçado — observou Adriana — é que a senhora nunca fica muito zangada com ele. Isso que é amor!

Hilda, de fato, canalizava toda a sua intolerância e ferocidade para o microfone da radioestação. Com Manfredo era compreensiva, paciente e fingia muito bem que o desculpava. Segundo uma pesquisa do Gallup, está provado que toda mulher que conhece o marido num baile ama-o o resto da vida. Manfredi tirara Hilda para dançar numa vesperal dançante das Classes Laboriosas, em 1927. O mais alto e forte rapaz do baile apaixonou-se pela mais baixa e mais magra filha de um dos associados, atraído por uma força que, não sendo a do sexo, só poderia ser a do destino. Dançaram, olhando um para o outro, quatro horas inteiras, indagando-se sobre o que os prendia assim. Nunca encontraram a resposta, mas namoraram, noivaram e casaram no mesmo ano.

— Não sei se é amor. Vocês, os moços, fazem muita questão dessa palavra. Mas, para nós, os velhos, ela só tem sentido no cinema. Os artistas americanos, sim, se amam. Nós apenas vamos vivendo.

Desde o casamento, com lua de mel na praia de José Menino, Hilda e Manfredo só se separaram nos períodos de crise nacional, quando o ex-caminhoneiro, relembrando as estradas, partia geralmente sem despedidas. Em 30, pela primeira vez, ficou dois dias sem aparecer em casa. O mais longo sumiço ocorrera na Revolução de 32. Regressara um mês depois do final, mais gordo e corado, dizendo que estivera preso na ilha das Cobras, porção de terra cercada de água que nunca soube localizar no atlas das crianças. Em 35, já tendo rompido com o fascismo, tornou a desaparecer para combater os camisas-verdes. Desta vez, voltou abatido e com o fígado podre. Quando Vargas foi derrubado em 45,

Manfredo partiu de trem para o Rio, dizendo não acreditar no noticiário dos jornais. Um mau amigo, porém, espalhou que descera logo em Mogi das Cruzes, onde, lá ou nas redondezas, comemorava-se a Festa do Caqui, fato verossímil devido à comprovada simpatia de Manfredo pela raça amarela. O último eclipse total de Manfredo ocorreu quando Hugo Borghi perdera as eleições. A vez da suposta trapezista e dos leõezinhos. Explicara o fenômeno lunar como trabalho voluntário na recontagem dos votos. Daí o congestionamento dos olhos.

Hilda Manfredi lembrou tudo isso enquanto cobria a máquina com o pano e sorriu.

— Hoje vou voltar um pouco mais tarde — avisou Adriana sem esperar o consentimento materno.

Adriana era excelente filha, mas não estava pensando no pai nem nos seus passos de retorno. O que pretendia era aproveitar a folga na vigilância paterna para ir a alguma festa ou boate com seu namorado da semana, Maurício de Freitas, radioator da Ipiranga, que conhecera ao acompanhar a mãe aos estúdios. O plano era esticar a noite, enquanto seu lobo não vinha. Ela nada conhecia da madrugada e achava que já era tempo.

— Vai sair com Maurício?

— Vou, sim, mãe.

— Convém antes lhe perguntar qual é o seu saldo médio no banco — advertiu a zodiacóloga que não precisava dos astros para prognosticar o futuro do novo namorado da filha.

— Ora, é qualquer coisa sem compromisso.

— É bom que seja.

— Não gosta dele, mãe?

— Maurício de Freitas tem uma boa voz, mas não acho suficiente para dar bom marido. O que pretende é divertir-se.

Era o que Adriana também pretendia. Ela ainda não pensava em casamento aos vinte. E, além do mais, como mulher e mais nova dos Manfredi, não tinha grande autonomia de voo. Só lhe permitiam namoros de quarteirão e sob o foco da luz da Light.

Queria transpor esses limites. De espaço e horário. E seguir os passos de seu irmão do coração, Lenine, que com tanta sedução e fantasia lhe falava dos bares noturnos e das boates. Nunca visitara esses atraentes endereços. Agora, com Maurício, do elenco da Ipiranga e motorizado, e estando o pai de sumiço, surgira a oportunidade.

– Tenha cuidado com ele – preveniu Hilda, sem perceber que Adriana já se afastara.

No quarto, depois do almoço, Benito e Lenine tiveram novo encontro. O mais velho estirado na cama, olhos fixos no teto, o outro procurando o aparelho de barba na gaveta. Benito ignorava a presença do irmão, o que com este não se dava. Continuava intrigado. Sua visão não se equivocara: unhas pintadas. Mais comprometedor ainda que os colarinhos tuberizados do Serrinha. Já lhe contara um segredo. Ia contar-lhe outro:

– Sabe por que me preocupa o caso da moça de que falei?
– ?
– Tenho uma amante.
– Ah, entendo – disse Benito sem interesse.
– É uma mulher muito rica.
– Isso é ótimo.
– Mora na São Luís.
– Bom lugar.
– Chama-se Wanda.
– Interessante.
– Desquitada.
– !
– É uma mulher maravilhosa. Só tem um defeito: quarenta e nove anos. O dobro mais um da minha idade. E quer me levar para a Europa.
– Não perca a chance.
– E o que diz dos quarenta e nove anos?
– O que digo dos quarenta e nove anos?
– O que diz?

– Há muitas pessoas que têm quarenta e nove. O que posso dizer?

– Não acha tão importante?

– O amor está em primeiro lugar – disse Benito sem que fosse um conselho ou uma opinião.

– Você realmente pensa assim?

– Estou apenas repetindo o que todo mundo diz.

– Nem tudo o que todo mundo diz é verdadeiro.

– Nisso estou com você – concordou Benito, supondo erroneamente que se tratava dum fim de conversa.

– Mas quero saber a sua opinião, não a dos outros – insistiu Lenine.

Benito procurou a resposta sobre o criado-mudo:

– Bem, nunca vivi essa experiência. Mas acho que uma mulher rica de quarenta e nove não é uma mulher pobre de quarenta e nove. A diferença está no dinheiro e na posição social. Falei tudo?

– Graças a ela tenho conhecido gente importante. Wanda circula muito no soçaite. Todas as noites me leva a bons restaurantes e boates. Nunca fui tão bem tratado! E os presentes!

– Disse "presentes"?

– Tudo o que visto vem da bolsa dela. Inclusive este Eska. Automático e antimagnético. À prova d'água.

– Então, não há motivos para queixa. Fique com "O Dobro Mais Um" e se divirta.

– Precisa ver quanto paga por um vestido! Só acreditei quando vi as notas. Aí comecei a cobrar mais caro pelos meus serviços.

Não era nenhuma gabolice, mas outra isca lançada ao rio para Benito morder e revelar depois seu segredo. Não estava, porém, dando resultado. A esfinge de unhas pintadas não se abria. E talvez não tivesse nenhum diário íntimo que pudesse ser encontrado sobre um guarda-roupa velho. Lenine resolveu ir mais diretamente ao âmago.

– Tem programa para a noite?

– Com a morte de Getulio quem pensa em programa?

– Eu.

– Na verdade, você não tem nada a ver com o suicídio.

– Quer conhecer Wanda? Vamos sair juntos. Há anos que não fazemos isso. Tomaremos um uísque no apartamento dela, depois saímos os três. Podemos ver algum show. Ou ir às *Folies Bergère*, no Santana. Não se preocupe com despesas. A "O Dobro Mais Um" paga tudo.

– Não posso.

– Mas você não trabalha à noite.

– Quase nunca.

– Então, por que não pode ir? Prometo-lhe uma *golden night*. Lembra-se de quando eu tinha dezoito anos e você me levou ao Maravilhoso? Foi meu primeiro taxi girl. Agora lhe pago a camaradagem com juros. Levo você ao Lord. Conhece?

– O que há de interessante lá?

– Coca Giménez.

Benito não ficou indiferente ao nome.

– Quem é?

– Uma cantora uruguaia.

– Você tem alguma coisa com ela?

– Como, se estou sempre com a Wanda me vigiando? Mas o que diz?

Benito sacudiu a cabeça, intransigente:

– Estou à espera dum telefonema.

– Mulher ou cliente da agência?

– Mulher.

Lenine acreditou no cerco. Exigiu mais informações:

– Que tal ela é?

O primogênito preferiu uma evasiva:

– Não é das piores.

– Por causa dela é que você está se transformando assim?

– Não estou me transformando – rebateu Benito.

– Até Adriana tem notado. Você nunca se preocupou com roupas e está virando um dândi. Anda cheirando bem e deu de pintar as unhas. Já não é o mesmo cara de três meses atrás.

– O pessoal da agência se veste com elegância. Posso fazer feio?

A experiência de Lenine não admitiu:

– Está escondendo alguma coisa, e justamente pra mim.

Benito saltou da cama, pondo-se de pé para ir ao trabalho:

– Tem razão. Menti.

– Conheço a mulher? A Pigmaleoa?

Benito hesitou tanto parado quanto em movimento. Parou à porta, quase abrindo o segredo do seu cofre. E mantinha um sorriso em forma de reticência:

– Se você conhece?

– Conheço?

Novos passos e paradas de hesitação. Como marcação teatral, perfeito.

– Não conhece.

Você nega como se eu conhecesse.

– (...)

– Se faz tanto mistério, ela deve ser apenas passável.

– Aí também menti, mano. É um tufão. Algo assim. *Adiós*.

Lenine duvidou da potencialidade do fenômeno meteorológico. Benito fora um fracasso na juventude com as garotas do bairro. Não precisara afastar-se cem metros de casa para colher as primeiras decepções. Como latin lover, dera azar. E talvez para compensar os insucessos sentimentais é que se tornara profissional competente da fotografia publicitária. Tinha um Skoda, já fizera uma viagem a Buenos Aires e estava acabando de pagar um apartamento de quatro peças. Mas seu caderninho só registrava telefones de call girls. Jamais alguém o surpreendera na companhia duma mulher a quem se puxasse a cadeira com respeito. Um tufão! Ora, não devia passar de leve e imperceptível aragem.

3 – Manfredo Manfredi chega à cena do crime

O álcool, todos, principalmente o conhaque, era infalível reativador da memória para Manfredo Manfredi, uma versão líquida da máquina do tempo. Já na terceira dose começava a lembrar amores sepulcrais e, na décima, armava-se de enxada para desenterrá-los. A aludida trapezista, não a via há bons doze anos quando fora bater à porta da pensão-muquifo onde ela se escondia. Decerto não era mais a elegante escuna da mocidade e já não trapezava. Trabalhava, sim, num circo, aquele onde nasceram os leõezinhos, mas como bilheteira. Pouco importou ao carreteiro a disfunção glandular da antiga amada ou o instrutivo mapa hidrográfico de veias e varizes em que se transformaram suas coxas. Fora revê-la pelo que tinha sido e, enquanto houve conhaque pela vizinhança, conseguiu alimentar a chama daquele prodígio visual e tátil. E em todas as férias conjugais o mesmo fenômeno se repetia: buscava no fundo do baú das recordações o nome ou o número de suas paixões já arquivadas, soprava-lhes a poeira e as revivia. O único reencontro negativo foi com uma manicure, cujo endereço, o mais recente que lhe forneceram, era o cemitério da Quarta Parada. Ainda assim levou-lhe flores.

Depois do breque no boteco, visitado por Benito e Lenine, com algo em suspensão na memória, Manfredo tomou um táxi para a Vila Mariana. Não se decidira ainda a começar ou recomeçar nada. Nem abandonara o plano sangrento. Apenas ia cumprimentar uma mulher, Deolinda, que o fluxo etílico aproximara inesperadamente de seu campo de visão. A imagem retida mostrava uma professora de piano para crianças, quarentona, viúva, talhe e cores saudáveis, peitos vastos e milagrosamente rijos, hálito de doces e licores caseiros, dum todo capaz de proporcionar uma bela sombra a viandantes desgarrados. Ele e Lothar haviam feito sua mudança da Luz para aquele endereço. Lembrava-se de que após um abatimento no frete ela lhe serviu um amaro, enquanto seu "braço direito" conversava com uma empregada preta na sala sobre os resultados da homeopatia no tratamento das bronquites. Bebido o amaro, acompanhado pela viúva, animou-se e fez-lhe alguns galanteios que, devido à proximidade e à boa iluminação da manhã, acertaram o alvo em forma de coração. O proprietário da MM só precisou de um sorriso reflexo para apalpá-la, beijá-la e depois possuí-la de pé mesmo na cozinha, encostando-a a geladeira – como se fosse a extensão natural dos serviços da transportadora. Gratificado pela oportunidade, ficou de voltar, mas não voltou. Depois de tanto tempo nem sabia se a professora continuava morando na mesma casa. Era sua preocupação no táxi. Ao chegar, sentiu-se aliviado ao ver um cartazete à janela: LECIONA-SE PIANO PARA CRIANÇAS. AULAS PRÁTICAS E POR MÚSICA.

Manfredo ficou lendo e relendo os dizeres, impressos em letras de fôrma. Puxou para baixo as abas do paletó, vistoriou o friso das calças, retificou o nó da gravata, passou a mão espalmada pela basta cabeleira cinzenta e atravessou o Rubicão.

Ao primeiro toque de campainha apareceu no alto da escada uma negra, envergando limpíssimo avental, provavelmente a mesma que servia Deolinda na aludida ocasião.

– A professora Deolinda está?
– Quem deseja falar com ela?
– Diga que Manfredo Manfredi está aqui, o homem da transportadora.

39

Como se percebesse algo estranho, captado pelo seu sexto sentido, ou lembrasse qualquer ruído ou suspiro revelador daquele dia de mudança, a empregada moveu disfarçadamente uma pedra de seu tabuleiro, talvez o bispo:

– Dona Deolinda não vai mudar.

– Eu não faço apenas mudanças – informou Manfredo com o sorriso vaidoso dos factótuns. – Conserto mobílias, desentupo pias, troco instalações elétricas, uma porção de coisas.

Quando a empregada desapareceu, começou para o carreteiro o suspense excitante que costumava anteceder os reencontros. Ciente e conformado com as modificações que o tempo faz nas pessoas, queria ao menos que a professora o recebesse com a mesma camaradagem do dia da mudança. Era um homem que perdera o líder e precisava de ombro amigo para chorar.

A espera foi inquieta, mas não longa. Ela!

A mulher que surgiu no espaço deixado pela doméstica não diferia muito da que lhe oferecera amaro e sexo na manhã relembrada. Até o vestido, sóbrio na cor e feitio, parecia o mesmo. Nem mais gorda nem mais velha nem mais feia. A diferença estava na postura, séria demais. Olhava-o sem conhecê-lo ou fingindo isso com êxito.

– O que o senhor quer?

Além da distância, uns cinco metros, havia entre os dois um portãozinho de ferro pintado de verde, o que mais embaraçava o visitante.

– A senhora não lembra de mim?

– Se lembro do senhor?

– Lembra?

A professora fitava-o não como se fosse um importuno vendedor de enceradeiras, mas um duende que se materializava em seu portão ou um herói literário da infância, Aladim à procura de sua lâmpada maravilhosa. Permitindo-se um tempo para enquadrar realidade, memória e fantasia no mesmo fuso horário. Santo Deus, ele existia! Aquele senhor, razoavelmente bem-vestido e saudável, era a criatura cheirando a álcool e suor que profanara sua segunda virgindade. Lá estava ele sorrindo. Não fora artifício de sua solidão e viuvez, um símbolo desenhado pelo seu inconsciente em dia de desordem, caos e mudança de endereço.

— Se me deixar entrar, lembrará. Manfredo Manfredi. O proprietário da MM Transportes Urbanos. Mudei-a da Luz com um negro alto e forte, o Lothar — e sem fornecer mais detalhes, o enlutado getulista empurrou o portãozinho, galgou os degraus e colocou-se diante de Deolinda.

A professora, à sua aproximação, recuou meio passo, e por um elétrico instante Manfredo não conseguiu prever se ia cuspir-lhe, estapeá-lo ou chamar a polícia. Mas, antes que uma dessas medidas ou hipóteses fosse adotada, desfechou-lhe à queima-roupa um sorriso em diagonal neutralizante nas situações de conflito ou pânico iminente. A própria Hilda, sua cara consorte, já registrara que sorrir era sua melhor habilidade, forma instintiva de defesa ou engodo.

Embora não vestisse o macacão nem estivesse acompanhado do negro, era ele, confirmava a professora. O homem com quem, pela primeira e única vez, traíra o falecido. Disse, arfante e com dificultosa salivação:

— Não vou mudar. Se precisar um dia, lhe telefono.

Manfredo fez um movimento com os braços e reestruturou, pedaço por pedaço, o sorriso anterior:

— Nem deve mudar. Esta casa é ótima. Melhor que a da Luz. Mas não vim por interesse profissional.

Ele não viera por interesse profissional?

Nããо? — ou: — n...ão? — ou: — n...ÃÃO?

— Prometi que voltaria um dia, tá lembrada?

Agora um "não" numa só emissão de voz:

— Não — mas simultâneo com uma ação negativa de cabeça.

Tudo normal para Manfredo.

— Também faz tanto tempo! Como poderia lembrar?

— Realmente, eu...

— A gente tomou um amaro.

Deolinda entendeu que o amaro fora mencionado em substituição de outra coisa e corou.

– Ah, sim, um amaro.

– Legítimo, bem amargo. Gambarota, se não me engano.

– Gambarota – repetiu ela apenas.

– Mas também não vim aqui para tomar amaro.

Ele também não viera para tomar amaro?

– Veio para quê?

Manfredo apagou o sorriso da face:

– Hoje fechei meu estabelecimento – disse. – Por causa do suicídio do presidente. A notícia me arrebentou. Sou um velho getulista. A senhora é getulista?

– Meu marido era.

– Então, a senhora vai compreender. Como podia carregar móveis, trabalhar no pesado, com o país de luto e talvez uma revolução nas ruas? Pensar no faturamento? Manfredo Manfredi tem muito sangue nas veias. Sou filho de italianos. Sul, Basilicata.

Deolinda ouvia com atenção, mas não entendia. O que tinha a ver a morte dum presidente da República com aquela visita inesperada? Sangue italiano, sul, Basilicata – não esclareciam.

– Sei, mas o que pretende?

– Espairecer – respondeu Manfredo com a certeza de que jamais pronunciara aquela palavra. – A senhora sabe, quando a gente leva um choque muito forte fica meio zonzo e começa a lembrar coisas. Eu me lembrei da senhora. Precisava papear com alguém que não fosse da família. Explico melhor.

– (Já não era sem tempo!)

– Estou para fazer uma loucura.

– Uma loucura?

– Sei que a senhora não tem nada com isso, mas...

Deolinda fixava-o com a atenção duma criança que recortasse uma figura com a tesoura. Passado o flash da surpresa, podia observar. Manfredo Manfredi era um homem bonitão. E se a procurava só depois de quatro anos não era desses que pegam no pé. Ela tinha o seu mundo, ele o dele. Órbitas que raramente coincidiriam. Nem Rute, a sua Rute, desconfiara do acontecido. Trouxera as mobílias, tomara o amaro, possuíra-a e se fora. Afinal, naquele dia, como no outro, havia um caos, uma confusão, uma mudança em marcha, embora não em sua casa, mas em todo o país. Que mal haveria em fazer o rude e simpático carreteiro entrar em sua casa?

– O senhor quer entrar?

– Se não vou lhe tomar o tempo...

– Algumas das minhas alunas não vieram por causa da morte do Getulio.

Manfredo entrou na sala acompanhando a professora. Os móveis eram os mesmos, lembrava, sólidos e escuros. Lançou um olhar giratório e movimentou-se, ganhando espaço e segurança.

– Aí está o piano! Quase quebrei um dedo para colocar ele nesse lugar. Como pesam esses bichos!

– Está onde o senhor deixou.

Manfredo examinava tudo envolto numa atmosfera de casa de prima solteirona ou tia viúva. Aquela ordem rígida e sem poeira atestava a falta de homens, crianças e cachorros. A imobilidade marrom de um ambiente onde nada acontecia. E nas duas janelas cortinas espessas, ex-bege, sem padrão nem transparência, que empurravam a rua para quilômetros de distância. Só uma coruja seria capaz de ler um jornal ou livro naquela penumbra.

– É uma bela sala! – disse ele apenas por gentileza.

– Infelizmente, não tenho mais o amaro.

– Não faz mal.

– Aceita um cafezinho?

Ele aceitou e Deolinda saiu da sala. Sozinho, a aspirar naftalina e a demorar os olhos no austero piano, num par de vasos com desenhos incaicos, no gasto conforto de duas grandes poltronas, sob um lustre de tamanho desproporcional, para iluminar saguão de embaixada, provavelmente herdado do século XIX, Manfredo sentiu que se dissipava seu intento sexual. Ou romântico. Repensou inclusive a ideia de embarcar para o Rio e matar o jornalista. Arma, tinha.

— Aqui está o café — anunciou Deolinda, voltando com uma xícara.

Manfredo tomou o café lentamente, a curtos goles, um tanto ofendido porque ela não se sentara nem bebia em sua companhia. Seria irmã gêmea daquela que possuíra com tanta facilidade entre a pia e a geladeira e que quase lhe arrancara o lóbulo da orelha com uma mordida? Ou ela sofria de amnésia, a doença dos maus pagadores da MM?

— Disse que ia cometer uma loucura.

O carreteiro já se arrependia de ter usado esse recurso para entrar. O efeito do conhaque se evaporava. Deolinda podia ser sensual na cozinha, na sala não. Teve a impressão de que, se a tocasse, o lustre lhe desabaria na cabeça. Viu o retrato oval, dum homem de bem. O falecido.

— Disse: uma loucura.

— Por causa da morte do presidente?

— Sim. Mas não devia falar à senhora. Vim aqui perturbá-la. Fiz bobagem. Obrigado pelo café.

— Mas o que vai fazer?

Já que entrara, cabia-lhe explicar-se. Tirou o revólver da cinta, exibiu-o.

— Sabe o que é isso?

— Estou vendo: é um revólver.

— Amanhã a senhora lerá nos jornais — garantiu, já se encaminhando para a porta. Não dramatizava para obter vantagens. Honestamente, queria ir embora, repelido pela naftalina, pelo marrom e pelo bloqueio das cortinas. Queria ar, luz e mais um pouco de álcool.

A professora tentou detê-lo com o olhar em gancho, mas, sem resultado, usou as mãos. Agarrou-lhe o braço, o braço que transportara o gigantesco guarda-roupa do quarto de dormir:

— Por favor, seu Manfredi! Seu Manfredi, por favor!

— Deixe-me ir, dona Deolinda.

— O que vai fazer com essa arma?

– Quer mesmo saber?
– Quero.
– Vou matar Carlos Lacerda.

Deolinda era professora de piano, mas não tinha a fragilidade das criaturas musicais. Puxou Manfredo para a sala, com energia, e fez mais: arrebatou-lhe o revólver, largando-o sobre a banqueta do piano, onde permaneceu fora de ação, mas ainda como ponto de convergência dramática.

– O senhor não pode cometer um crime.
– Não consigo me controlar. Me dê a arma.
– O senhor é casado?
– Casado.
– Tem filhos?
– Tenho.
– Então?
– Dona Deolinda...

A professora tirou o revólver da banqueta e o reteve com as duas mãos, como se segurasse qualquer coisa com forma obscena.

– Sente, seu Manfredo.
– Não quero sentar.
– Quer água?
– Não, professora.
– Vou buscar outro café.
– Obrigado, não. Me irrita o estômago.
– Pena – olhando para o armário – que não tenho nenhuma bebida.

Manfredo também olhou para o armário. Enfiou a mão no bolso da calça – não usava carteira. Retirou uma nota gorda.

– Mande a empregada comprar conhaque.
– Uma dose?
– Um litro.

Deolinda foi para dentro. O carreteiro sentou-se à banqueta e ergueu a tampa do piano. Não se diria que estava feliz, porque o seu coração continuava enlutado.

4 – A primeira grande coincidência radiofônica

Como de costume, Hilda chegou à Ipiranga vinte minutos antes do programa ir ao ar; sempre de ônibus, bolsa de couro, pasta de respostas e a satisfação exteriorizada de quem ama seu trabalho. Não adotava o luxo, mas fazia questão de muita água, de ferro de passar e das colônias. Uma figura higiênica e saudável que a velhice enobrecia. Fora de casa, sua marca pessoal e desenho era o tailleur, só rejeitado nas tardes de calor abrasante. Quando a fotografaram para um anúncio de inseticida, que a publicidade dizia usar, vestia tailleur. Coadunava com sua austeridade e afirmação, e os mais claros, com seu indulgente sorriso de mãe.

A Rádio Ipiranga ocupava um casarão patriarcal em Higienópolis, onde se reuniam estúdios, escritórios e um auditório de duzentos lugares. Fora uma vistosa construção do princípio do século, residência com certeza de algum barão do café, uma molécula parisiense do que se ganhava aqui e se esbanjava acolá. Outras mansões da mesma origem eufórica, maiores ou menores, de variada ou confusa arquitetura, viraram colégios, pensões, casas de cômodos, cortiços muquifentos, prostíbulos, todas na mira infalível das imobiliárias, pouco interessadas em tradições. O canhão do lucro certamente já estava assestado para a Ipiranga em 54, com seu portal imponente, colunas jônicas, janelões, jardins fronteiros e laterais e seus velhos cheiros.

Hilda nunca entrava logo ao chegar. Parava no portão e olhava com lento prazer o palacete, camarim de Madame Zohra, o laboratório que transformara a dona de casa em mulher famosa. Amava-o todo, os corredores dos papos diários, a copa do café do negro Euclides e o guichê dos seus salários. Mas, principalmente, amava o estúdio, o pequeno espaço à prova de som, muito sujo e abafado, onde se operara o milagre.

A primeira parada obrigatória era na portaria, diante dos casulos das cartas recebidas. Houve época em que seu nicho, o mais abarrotado de envelopes, causava inveja a todo o elenco da emissora. Apenas o palhaço Tobias, a sambista Zilah Nascimento e a radioatriz Laura Cruz, às vezes, competiam com ela na carga postal. O palhaço, porém, com seu cirquinho radiofônico, mudara de prefixo; a sambista, prejudicada pela onda de boleros, recebera o bilhete azul, e a estrela de Laura Cruz vinha se apagando.

– Passe minha correspondência – pediu Hilda ao contínuo, atrás do balcão.

– O que está acontecendo, titia? Só duas cartinhas?

Conferiu. Duas cartas. Uma das consulentes, outra de propaganda de loja de eletrodomésticos. Se a remessa continuasse assim, minguando, teria de recorrer ao expediente inicial: inventar consulentes. Mas a culpa disso e do resto não lhe cabia. A decadência da Ipiranga via-se nos pisos, móveis e paredes. O amarelo, não do ouro, mas do desleixo, começava nas paredes externas. Os estofados do saguão exibiam suas vísceras de algodão. Ladrilhos e assoalho pretejaram. Até a sala do diretor perdera a maçaneta. Muita sujeira por toda a parte. O auditório, que já fora povoado por vozes internacionais, era um depósito de cadeiras desmanteladas. E o piano da sala de ensaios! Uma carcaça preta com teclados em desalinho da cor dos dedos dos fumantes inveterados.

O maior desconsolo, como sempre, não era material. Pior que o velho era o nada. Hilda sentia-o ao caminhar por aqueles corredores vazios de cima ou de baixo. Antes pareciam avenidas. Gente que ia e que vinha, por função ou simples desejo de contato humano. Atores, coadjuvantes, extras, locutores, redatores, cantores, músicos, arranjadores, copistas, técnicos, datilógrafos, funcionários e aquelas insistentes pessoas, de músculos flexíveis, à procura ou à espera de oportunidades. Como sabiam subir e descer escadas!

Ao terminar o *Madame Zohra e você*, admiradores, de bairros distantes ou do interior, aguardavam seu abraço e autógrafo. Traziam presentes, estatuetas, cortes de vestido, braceletes, bolos, licores, broches e quadros feitos com asas de borboletas. Num Natal recebeu cinco perus. Consulentes que orientara ou salvara pelo programa. Agradecidas. Mas não eternamente agradecidas, como diziam, porque haviam desaparecido. Uma carta e uma propaganda de eletrodomésticos...

A veterana entrou no estúdio, sentou-se no banco comprido onde os atores esperavam a vez e abriu a pasta. Dom Peixito, o técnico de som, fitava-a do aquário, como era chamada a cabine de vidro sujo onde trabalhava. Não gostava de Dom Peixito. Concentrou-se na resposta à "Ginasiana Enganada". Precisava aproveitar aqueles minutos para se indignar. Indignação dava bom programa e consumia depressa o tempo de espera.

Dom Peixito colocou no prato da sonoplastia o "Mercado persa". O locutor do horário entrou no estúdio com a pressa e má vontade diárias. NO AR.

– E a Rádio Ipiranga apresenta agora *Madame Zohra e você*, o seu programa preferido das quinze horas. E aqui já está Madame Zohra com seus horóscopos e seus conselhos.

As mesmas palavras de todas as tardes e o mesmo sinal para Dom Peixito erguer o prefixo e depois baixá-lo lentamente. Nesse tempo, Hilda tossia para limpar a garganta, fazia uma cruz no peito e sentava-se. Começava pelo horóscopo, três signos no início e os demais distribuídos em grupos entre os intervalos das respostas.
– E agora passemos à carta da "Ginasiana Enganada" – que leu, com todas as pausas e angústias, lembrando a antiga Levarière, e depois a respondeu já com voz de Madame Zohra. – Eu que lhe

peço, por favor, minha cara consulente. O aborto, nunca! Antes de ser crime contra a lei dos homens, já era crime contra a lei divina. Há anos que combato o aborto, e não só com palavras. Muitos médicos que vivem disso me conhecem. Fui procurá-los e disse o que penso deles, cara a cara. A uma dessas clínicas consegui fechar. Por isso, esses cirurgiões inescrupulosos me odeiam. Até ameaças de morte recebi. Mas nada me desviará de meu caminho. (Pausa para entrar diretamente no assunto.) Minha querida "Ginasiana Enganada", não se desespere. E por enquanto nada conte a seus pais. O que precisa é encontrar esse cafajeste. Ninguém some assim, sem deixar pista ou vestígio. Em alguma parte ele está. Descubra-o. E, se não conseguir, procure-me aqui na emissora. Juntas poderemos localizá-lo e fazer com que ouça a voz da consciência. E, se não ouvir, apelaremos à sua mãe, à sua família. E creia que o levaremos ao altar nem que seja à força, mas sem aborto, sem riscos nem ofensa a Deus e à natureza.

Após a leitura e resposta das outras cartas, Madame Zohra despediu-se das ouvintes e deixou o estúdio, negando olhares ao locutor e a Dom Peixito, detratores do programa, e foi caminhando por um dos corredores vazios da emissora. Cruzou com a veterana Laura Cruz, muito preocupada, e em seguida topou com a parda Zilah Nascimento.

– Zilah, veio nos visitar?
– Estou de volta à Ipiranga, tia.
– Valeram minhas rezas.
– Valeram, sim.
– Em que programa vai cantar?
Zilah lamentou decepcioná-la:
– Não estou voltando como cantora.
– O que vai fazer?
– Telefonista da noite.

Os parabéns ou os pêsames? Mas a ex-rainha do samba de breque, chamada em seu tempo "A Cantora da Cidade", não parecia sofrer com o humilhante retorno.

— Um dia você volta a cantar.

— Acho que não, tia. A sorte acabou. Agora meu trabalho é o telefone, graças ao seu Miranda.

Hilda afastou-se sem saber o que dizer a Zilah e aturdida com seu conformismo, a alegria em meio à maior derrota. Quando imaginaria o PBX como tábua de salvação duma sambista que tantos admiravam! Choraria por ela no ônibus.

— A senhora é Madame Zohra?

Hilda já estava no saguão da emissora, ia pisar o jardim. Olhou. Era uma linda morena, delgadinha, de vinte ou menos anos, cabelos soltos e vestido estampado.

— Sou, minha filha.

— Posso falar com a senhora?

— Mande uma carta explicando tudo.

— Já mandei.

— E eu não respondi?

— Respondeu, sim, hoje — e enfrentou sua timidez, revelando: — Sou a "Ginasiana Enganada".

— Então não ouviu a resposta.

— Ouvi pelo alto-falante da sala de espera. Vim com receio de que não respondesse hoje e estou precisando de orientação.

Era um caso de pronto-socorro.

— Venha comigo ao auditório.

As duas foram ao auditório, sentaram-se na primeira fila, e, naquele silêncio dramático de cadeiras vazias e palco às escuras, a infeliz consulente contou ao vivo com detalhes a tragédia em que o namorado-fantasma transformara sua vida. Sem olhar a zodiacóloga de frente, alongou-se até em pormenores eróticos localizados no tal terreno baldio. Não fora levada à força, mas o braço que a conduziu afunilou seus passos naquela direção. E lá, Madame Zohra, à luz das estrelas, ouvindo ambos o canto monofônico das cigarras, sob um chão irregular, ele a possuiu sem se importar com os carros que passavam na rua e com os ziguezagueios dum ébrio na calçada. Tudo muito rápido para refletir ou reagir, e qualquer má consequência estava tão distante dela como os astros daquela bela noite. Mas não se arrependeu.

– Mas não se arrependeu?

Assim que ele (o namorado-fantasma) a deixou à porta de sua casa, como se nada de anormal tivesse sucedido, a missivista correu para a cama, apagou a luz, e conseguiu que seu sistema eletrossexual memorizasse e repetisse, em alta rotação, todos os instantes daquela breve e excitante aventura. Até a madrugada. Queria que as emoções se gravassem em sua sensibilidade como se sua pele adquirisse as qualidades dos novos discos inquebráveis presenteados por Odilo.

– Odilo?

– Era como disse que chamava.

– E você, como se chama, minha filha?

– Celeste.

– Continue.

Em nenhum momento Celeste pensara em pecado ou gravidez porque Odilo falara em casamento desde o primeiro encontro no parque de diversões. Por isso...

– Voltou ao terreno baldio?

Por isso, voltou ao terreno baldio, mas não muitas vezes porque logo começaram as chuvas. Odilo quis levá-la a um hotel. Conhecia um muito limpo que não exigia carteira de identidade. Celeste não foi, desfunilando o braço que a forçava. No terreno baldio, quando não chovesse, sim. Era apenas uma extensão do parquinho ou do quintal de sua casa. E, com os carros passando, os faróis e buzinas, não em completa solidão nem em completa escuridão, aquilo parecia apenas uma liberdade maior e não uma coisa feia da qual pudesse envergonhar-se.

– Quanto tempo durou isso?

– Um mês. Dois meses.

– E quando disse que estava grávida, ele desapareceu?

– Nem esperou confirmação. Quando disse que desconfiava da gravidez, Odilo sumiu.

— Que mau-caráter!

— Mas qualquer uma acreditaria nele. Nunca vi moço tão bom! E como gostava de dar presentes!

— Como sabe que Odilo era nome falso?

— Fiquei sabendo que fez o mesmo com uma moça do bairro, dizendo chamar-se Juvenal.

— E ela também não descobriu quem era Odilo?

— A coitada abortou e mudou de bairro, envergonhada.

Hilda lembrou-se da escritora inglesa de livros policiais.

— Tem algum retrato dele?

— Odilo dizia detestar tirar retratos. Achava que não era fotogênico, apesar de tão bonito!

— Conhece algum amigo seu?

— Eu o vi com alguns rapazes, mas não sei quem eram. Vivia se lamentando da solidão. Que ninguém gostava dele e que ninguém o compreendia.

— Sabe, ao menos, onde ele mora?

— Uma amiga minha, Matilde, disse que o viu duas vezes perto do palácio do Governo.

— Campos Elíseos. Conheço bem o bairro porque moro lá, mas não se pode procurar ele de porta em porta. Não desanime. Vamos continuar. Não acredito em crimes perfeitos. O tal Odilo tinha carro?

— Umas duas ou três vezes veio ver-me de carro. Mas disse que era do irmão mais velho.

— Que tipo de carro? Lembra a marca?

— Era pequeno, mas não sei de que marca.

— Viu a placa? Mesmo se não lembrar de todos os números...

— Nem olhei para a placa.

Madame Zohra não desanimava, insistia:

— O sobrenome? Odilo de quê?

— Nunca me disse.

Uma sacudidela de cabeça de total reprovação. Leviana!

— Então, você se entrega a um moço sem nem saber o sobrenome dele?

Celeste encolheu-se, virou cachorrinha:

— Fui uma boba, eu sei.

— Muito boba!

— Eu só pensava no amor.

Hilda lembrou Adriana: ela faria uma coisa assim com um desconhecido? Sua filha, nunca. Além do mais, por instinto de defesa, Adriana namorava, não amava. Era como Lenine, que tinha uma pequena em cada quarteirão, mas lhe prometera apenas casar-se com uma moça que o merecesse. Segurou a mãozinha da infeliz.

— O que sabe mais a respeito dele?

— Nada, nada.

— Coragem, menina!

— O que devo fazer, Madame Zohra?

Hilda tinha uma ideia, vaga, mas ideia.

— Vou pedir para que ele volte. Pelo meu programa.

Para Celeste a possibilidade pareceu ainda mais esfumada.

— E se ele não ouve o programa?

— Alguém que ele conheça, e que saiba do caso, talvez ouça. Já fiz isso.

— Fez?

— Faz alguns anos. Chamava-se Miguel. Todos os dias eu pedia, implorava para ele corrigir o seu erro. Engravidara uma moça como você. Miguel dos Santos. Tinha desaparecido.

— E ele apareceu?

— (Com um gesto afirmativo de cabeça.) Apareceu, casou, tiveram alguns filhos e são muito felizes. Todos os Natais me mandam cartão de boas-festas.

Celeste levantou-se, pondo mais à mostra seu desânimo.

— Mas ele se chamava Miguel dos Santos, não? Odilo não tem nome, não existe.

E foi saindo com Madame Zohra atrás. Celeste estava convicta: a conselheira nada podia fazer por ela. Fora perda de tempo. Atravessou o corredor. Passou pela portaria. A aflição ficara com a conselheira.

— Celeste, o que vai fazer?
— Aborto!
— Minha filha!
— Até algum dia, Madame Zohra.
— Quero seu endereço. Venha aqui.

Foram ao balcão, onde Hilda anotou um telefone para recados.

— Por que quer ele?
— Posso ter uma inspiração.
— Adeus.
— Vai pegar o ônibus?
— Aí na esquina.
— Eu também pego o meu lá.

Seguiram para o ponto do coletivo, Hilda calada, Celeste falando do namorado-fantasma. Alto, inteligente, engraçado, dadivoso e bonito. Qualquer outra teria se enganado! (Menos Adriana.) Muito preocupado com a família. Raros moços de sua idade são assim.

— Que idade tem?
— Vinte e quatro.
— Tenho um filho de vinte e quatro anos.

Sempre a mãe, o pai e os irmãos. Parece que tinha uma irmã mais jovem. Coisas que cativam uma moça de boa formação. Religioso não era, mas dizia acreditar muito em Deus.

A família! Madame Zohra supôs que poderia haver aí uma brecha no diabólico plano do sedutor.

— Nunca mencionou os nomes das pessoas de sua família?

O ônibus vinha vindo.

— O quê?
— Nomes. Da mãe, do pai, dos irmãos.

Celeste abriu a bolsinha para ver se tinha dinheiro trocado.

— O da mãe disse uma ou duas vezes.
— Qual era?
— Mas se ele mentia o próprio nome...

O ônibus parou.

– Mas você lembra?

Celeste, com o pé no estribo, e como quem acrescenta um complemento completamente supérfluo a seu depoimento:

– Hilda.

Ouvira bem?

– Como?

– Hilda, se não me engano.

O ônibus partiu, levando a magoada consulente, mas a radialista de tailleur, com pés de chumbo, permaneceu no mesmo lugar a olhar sem ver a imagem vespertina da rua. Sofria na pele e intramuscularmente a dor de uma coincidência igual àquelas que só os novelistas de rádio sabiam produzir. O gancho dos finais de capítulo. O dia não corria nada bem para Hilda: o suicídio do presidente, o desaparecimento do marido, a pobre Zilah Nascimento virando telefonista e agora aquilo. Decidiu ir a pé até a igreja de Santa Cecília para rezar.

5 – O Dobro Mais Um

– *F*ique aí na cama, deitadinho. Já volto – disse (ordenou maciamente) a já referida "O Dobro Mais Um" a seu jovem amante, a caminho da fase higiênica e preparatória do banheiro.

– Não tenha pressa, benzoca, quero acabar o uísque – respondeu o gatinho, estendido sobre a colcha, em meias e cuecas, para adiar alguns minutos mais a hora do sacrifício.

Era assim: sempre desejava que ela demorasse no banheiro para ter tempo de configurar o futuro e contemplar na tela da parede o nada que fizera até ali. Esse nada era um curso ginasial incompleto, nove meses servindo o Exército, subempregos, o atual como corretor-aprendiz duma imobiliária, e alguns defloramentos, felizmente sem consequência. A mulher rica dos seus sonhos, a amazona que surgiria a cavalo para conduzi-lo ao país do ouro e da felicidade, já chegara e estava no chuveiro. Era Wanda, a proprietária desquitada daquele luxuoso apartamento, de muitos imóveis, um, maravilhoso, no Guarujá, e duma lancha. Pena que a amazona já soprara as quarenta e nove velinhas. Aliás, fora esse – o da idade de Wanda – um mistério que desafiara Lenine. E conseguiu elucidá-lo numa situação exatamente igual àquela, enquanto a desquitada se banhava antes de saborear o prato de sua juventude. Vendo sua bolsa sobre um móvel e ouvindo a ducha do chuveiro, o curioso rapaz, com pés de arminho, pegou a bolsa, abriu-a e dela retirou para consulta a carteira de identidade. Jamais leitura tão breve lhe causou tão forte impacto. Calculara trinta e seis anos, mas já podia ser sua mãe! E, junto com a surpresa, pôde avaliar os milagres ao alcance da ginástica, massagens, vapores e cosméticos. Soube depois que até fizera uma operação plástica em Paris, onde lhe puxaram e repuxaram alguns centímetros de pele. Entendeu então por que ela nunca tirava o sutiã. Embora amasse ficar nua, caminhar pelada pelo apartamento, jamais se desfazia daquela peça, armada e sólida como um cone arquitetônico. Devia ser a região onde não cabia disfarce para sua verdadeira idade. Essa descoberta, a do registro geral, abalara os arroubos românticos de Lenine Manfredi. Acabaram-se as cenas de amor dialogadas. E para compensar a redução das legendas, resignou-se a ser passivo objeto sexual.

– Como a água está gostosa! – ela informou do banheiro.

Certamente Lenine já ensaiara o grito de independência. Mas a gaiola de ouro oferecia vantagens. Dirigia o Oldsmobile, manobrava a lancha no Guarujá, esquiava, circulava nas tardes turfísticas, lia o cardápio dos melhores restaurantes e boates, passara o último carnaval no Rio, ganhara um guarda-roupa ítalo-britânico e havia, ainda, a planejada viagem à Europa, ou *around the world*, quiçá. Esses os benefícios materiais.

Os imateriais: com a "O Dobro Mais Um" descobrira que era bom ir ao TBC, Teatro Brasileiro de Comédia, papear furado no Nick Bar, visitar as bienais, assistir aos filmes do Museu de Arte Moderna, soubera de Orson Welles, Picasso, Freud e Proust. Recebera dela toda uma bagagem sociocultural que sempre levava às costas e que começara com a fixação do "s" como elemento labial indispensável na formação do plural. Nunca aprendia nada, mas assimilava tudo e, graças a um ouvido de ouro, repetia aqui o que ouvira ali. Não se vexava em fazer suas as ideias e opiniões alheias, e se no coletivo era um tagarela, no particular era todo silêncio e atenção. Alquimista, com uma gota de inteligência fazia uma laranjada. E não economizava palavras para tingir com cores vistosas o óbvio e o lugar-comum. Assim, prosódico, sabendo o que era bem e o que era *shangai*, a par das novidades urbanas, e tendo gravado o que significava bônus, monocultura e ações preferenciais, não destoava na roda elitista de Wanda. Entre os novos-ricos notívagos era aceito desde que conseguira abrir uma champanhota sem derramar nem furar o teto com a rolha. O ano do IV Centenário da cidade de São Paulo parecia ser seu ano. Começara promissor, com Wanda e seu clã, mas seu anjo da guarda lhe segredava que iria muito mais longe. Para isso não lhe faltava pinta, lábia e brilhantina.

Quem será essa mulher que Benito abocanhou?

Por "falar" em mulher, tinha um plano para desviar o curso da noite. Não queria ir ao Oásis ou ao Hugo. Precisava convencer a "O Dobro Mais Um" a irem ao Lord. Havia lá uma atração que não podia perder: Coca!

— Já vou indo! — gritou Wanda do banheiro.

A divina crooner! A grande meta sexual do ano! *La reina de la noche!* Se ela quisesse, lhe daria o Oldsmobile de Wanda e fugiriam para Punta del Este. Uma fêmea que valia um escândalo!

— Você está disposto? — ela perguntou antes de entrar em cena.

— Estou, Wandeca.

"Ouvi dizer que o condicionador de ar do Oásis está pifado", talvez fosse a desculpa. "Vamos ao Lord, lá acertam melhor o seu manhattan." "Que tal se fôssemos a um lugar mais alto?" Usaria qualquer desses argumentos, ou os três, para convencê-la. Mas tudo dependeria de seu desempenho erecional naquele dourado fim de tarde. E de sua capacidade de camuflar intenções. Vampiresca, sempre em sua carótida, Wandeca sugava e fazia pavorosas cenas de ciúme. Locais prediletos: saguões de hotéis, salas de espera e elevadores. Para esfriar o interesse de Lenine pelas fêmeas, antes de qualquer saída pela noite adentro, exigia intenso comparecimento sexual adiantado e à vista. Felizmente, suas vinte e quatro primaveras lhe permitiam saltar obstáculos carnais, qualquer barreira psicoerótica, mesmo em regresso de suas caçadas nas selvas suburbanas. Ela, para garantir exclusividade, não lhe perdoava indisposições, resfriados, cefaleias, enjoos ou ressacas. E, se por acaso Lenine se mostrasse menos apto ou motivado, logo inventava imaginativos jogos sexuais, sugeridos pelo seu psicanalista, para que o mercúrio da paixão marcasse novos recordes de febre.

Wanda cantava no banheiro enquanto se enxugava: era para embalar.

No final de seu repouso, Lenine, nada egoísta, não pensava apenas em sua pele. Também na dos outros. Na suave e lisa pele de Celeste, por exemplo, a margarida que ele desfolhara naquele terreno baldio. Que excitante e prolongada aventura estaria ali, se não fosse sua estreita e proletária vocação para o casamento! Mas o receio resistia a qualquer detergente. Será que por um dos azares da vida algum dia ela o surpreenderia com um "toma que o filho é seu", de perversa inspiração popularesca? Enquanto tomava mais um gole de uísque, pensou no velho Manfredo, que tanto devia estar sofrendo com o suicídio de Vargas. Em dona Hilda, com seu ridículo programa de conselhos radiofônicos. Em sua linda irmãzinha, namorando o pilantroso Maurício de Freitas. E em Benito. Tinha pena do primogênito, inteligente, trabalhador, lido, competente, econômico, citado na PN e na *Revista da Propaganda*, mas dez centímetros mais baixo que ele, dispéptico e sem sorte com mulheres. Que lhe adiantava já ter seu apartamento próprio?

A porta do quarto se abriu e, à luz do abajur, Lenine viu Wanda entrar nua, apenas com o sutiã com que nascera. Mas seus seios lhe despertavam menos curiosidade que os joelhos duma freira. Fingiu receber o impacto. Abstraindo o referido detalhe, a desquitada até que possuía um corpo fora do comum para sua idade: carnudo, bem estaqueado e ágil. O rosto igualmente não era desprezível. Chamava bastante atenção, devido aos seus ângulos e à sua boca, cujos lábios nunca se tocavam por causa da emissão e reemissão constantes de ar e sopros sensuais. Mas o mais chamativo eram os olhos, pretos e agudos, não de ressaca, como os de Capitu, porém exteriores, de cobra planejando o bote, olhos de cobiça urgente, e tão carnívoros que só uma cruz ou uma réstia de alho poderia anular seus poderes malignos. Não deixaria pedra sobre pedra até que acabasse sua menopausa.

– O apartamento está vazio – informou Wanda. – Dispensei as empregadas.

– Vai querer brincar? – perguntou Lenine, mostrando na voz sua indisposição.

– Vamos aproveitar que Elsa e Dora não estão.

– Acha necessário?

– Faz tempo que a gente não brinca.

– Não quer aqui na cama?

– Aí não tem graça, Leni.

– Vou contar um minuto no relógio.

– Não, conte até trinta, e bem alto. Prefiro ouvir sua voz.

– Está certo, Wandeca.

Deixando um persistente perfume atrás de si, a "O Dobro Mais Um" acenou em despedida, e, mais nua à medida que se afastava, saiu do quarto. Para desinibir-se, Lenine encheu a boca de uísque, mordeu a última lasca flutuante de gelo, arrancou a cueca e começou a contagem regressiva. Sempre que dispensava as criadas, Wanda forçava-o ao sacrifício. Quando chegava ao trinta ou ao zero, partia à sua procura, de preferência, a princípio onde sabia que não se escondera. O encontro se dava em lugares desconfortáveis: armários embutidos, privada da criadagem, debaixo de camas ou no lavabo. Fosse onde fosse, tinha de possuí--la ali. Então, a imaginosa desquitada resistia como se fosse atacada por um assaltante, tarado sexual, ou, numa regressão à infância, fazia muxoxos, protestando baixinho, pequena e inocente ante o arremesso do primo ladino. Num e noutro papel mantinha bom nível de representação, muito superior ao de seu desajeitado parceiro. A arte é dom divino, não aquinhoa qualquer um.

Terminada a contagem, Lenine foi percorrer um a um os cômodos do vasto apartamento de andar inteiro. Ela devia ter caprichado na escolha do esconderijo. Espiou debaixo das camas das empregadas. Na área de serviço. Na despensa. No jardim de inverno, visível da rua. Onde se escondera a garotona? Se o apartamento tivesse chaminé, estaria dentro dela.

– Wanda! Onde você está?

Ela nunca informava. Estaria frio ou quente? Recomeçou tudo com mais atenção. Evaporara.

– Wanda! Wanda!

E se desistisse? Ela lhe perdoaria tudo, menos isso. Seria a maior prova de desinteresse. Viu a porta de entrada. Estaria a tresloucada no hall, exposta à surpresa de quem chegasse de elevador? Foi abrindo a porta devagar como quem fila uma sequência de pôquer. Wanda não se achava ali. E nem poderia estar, com o hall e o corredor ainda iluminados pela luz do dia. Ia fechar a porta, quando o diabo lhe mandou olhar para baixo, à escadaria, entre um pavimento e outro.

– Wanda!

Nua, com seu sutiã e sapatos altos, a grã-fina sorria despudoradamente, a viver com certa graça e talento o novo papel de estátua, embora lhe faltasse lamentavelmente o cavalo branco de lady Godiva. O espanto de Lenine não doeu nela. Continuou imóvel.

– Wandeca, você está doida! Suba depressa antes que chegue gente!

Ela ameaçou descer mais um degrau.

– Wanda!

Desceu.

– Volte depressa!

Desceu mais outro.

– Você quer ser expulsa do prédio?

Wanda alargou mais o sorriso, já no ângulo entre os dois apartamentos.

– Venha, Leni.

– Você quer aí?

A estátua moveu a cabeça afirmativamente. Chegara ao limite máximo de seu atrevimento e fazia-lhe bem. O jovem amante, porém, acovardava-se. Aquilo era mais desafiante que qualquer terreno baldio. E muito menos romântico.

– Depressa, Leni.

Depressa, como? O inesperado afogara o motor de seu erotismo. Preferia um prato de arroz-doce, que detestava. Mas a "O Dobro Mais Um" continuava parada, chamando-o com os olhos.

– Aí não dá, Wandeca!

– Dá, sim, venha.

Lenine correu até os elevadores: os dois estavam parados no térreo. Retornou ao topo da escada. A impudica esperava-o com as pernas entreabertas. Foi descendo os degraus com frio e medo. Tocou-a com as duas mãos.

– Vamos pra cama, benzoca. É melhor.

– Tem de ser aqui – disse a mulher de gesso.

– E se aparecer alguém?

– Não vai aparecer, medroso.

Lenine esfregou seu corpo no dela para excitar-se. Concentrou-se como Einstein no dia em que formulou a Teoria da Relatividade. Deu resultado. Começou a possuí-la como se fosse um trabalho, tarefa ou nova modalidade atlética – ela sem participação motora, talvez impedida pela rigidez do gesso, apenas alçando um sorriso, restrito ao lábio superior. Imóvel, sobre um pedestal imaginário, era uma obra de arte acometida pelo sadismo e pretensão dum genial escultor enlouquecido.

Concluída mais uma missão, Lenine respirou todo o ar do ambiente e levou sua patrocinadora de volta ao apartamento. Suas pernas tremiam e a boca estava seca. Assim que entraram no quarto, ele desabou na cama, enquanto Wanda fazia uma visita ao bidê. Além de oco e exausto, doía-lhe o corpo todo devido à posição na escada e à desgastante tensão daquele jogo. Mas seus vinte e quatro anos lhe diziam que, em meia hora, estaria lépido outra vez e inteiro para gozar a noite que principiava a tingir as janelas. Wanda reapareceu só com uma toalha:

– Que tal foi, Leni?

– Alucinante – afirmou o moço com a respiração sob controle. – Melhor que pesca submarina.
– Tem alguma ideia para esta noite?
Lembrou-se da crooner.
– Gostaria do Lord. Lá há mais ventilação.
– Então, vou telefonar para Rubens e Laura.

6 – Onde – embora tardiamente – surge a simpática figura do narrador

Hilda fez o que tencionara e foi, a pé, da emissora à igreja de Santa Cecília, para que seus calos a castigassem por qualquer pecado que tivesse cometido. Não tinha ainda certeza se Odilo era Lenine, mas as radionovelas lhe haviam ensinado as tramas do destino. Um e outro pareciam o mesmo e, se fossem, o que faria? A conselheira sentia-se impotente para aconselhar-se. Precisava dum conselheiro maior, o próprio senhor de nossas vidas. Faria o que Ele mandasse, se fosse capaz de ouvi-lo.

Felizmente, não havia casamento naquela terça-feira fúnebre e Hilda pôde gozar a paz da igreja. Apenas algumas pessoas rezavam. Um sacristão acendia velas. Viu um homem simples chorando, talvez um operário, pela morte de Getulio. Ela, porém, não estava lá para observar as pessoas. Fechou os olhos, contou a Deus o que Ele por certo já sabia, e aguardou Sua resposta. Pouco se sabe dos processos divinos, mas a espera sempre foi a mais sábia atitude de quem necessita. E Deus fala por ventriloquia, usando a própria voz de quem a Ele recorre. Não foi breve nem fácil, mas Hilda conseguiu, graças à sua fé, autoaconselhar-se. Não se sentiu menos infeliz por isso, porém saiu da igreja com uma decisão assumida. Talvez a mais importante dos últimos anos.

Apesar de reabastecida sua crença, Hilda não quis ir logo em seguida para casa. Fez o que fizera no dia em que assinara o primeiro contrato. Foi a uma confeitaria-casa de chá, a mesma da ocasião, e, como se repetisse um ato em despedida, tomou um mate bem quente com torradas, muito distinta com sua bolsa de couro e seu tailleur, agora, sim, atenta às pessoas que entravam e saíam. Vejam o que a Rádio Ipiranga me deu, pensou. Só as senhoras da burguesia é que entram numa casa de chá. Deveria ter feito isso muitas vezes. Quantas coisas só nos passam pela cabeça quando se tornam impossíveis!

E agora o narrador deixa dona Hilda com seu chá quente e suas torradas crocantes, e, percorrendo as ruas inquietas do dia do suicídio do presidente, dá um pulo até os Campos Elíseos, onde, na casa dos Manfredi, em seu quarto, diante do espelho do toucador, Adriana se detém no exame da maravilha que Deus fez com seu rosto. Tinha certeza: só não fora coroada Miss São Paulo porque seu pai não lhe permitira ingressar no concurso. Lenine era de opinião que venceria: morena, olhos verdes, cabelos soltos e altura ideal. Achava que estava ali a chance correta dum bom casamento. Beleza e esperteza são os atributos mais úteis aos pobres. Lenine gostava da irmã, ensinava-a e protegia-a. Não queria que ela se envolvesse com os galãs de quarteirão e prometia levá-la aos melhores clubes e boates quando pudesse. Seu capital de beleza não podia ficar em casa, tinha de ser empregado. Mas a bonita amizade nasceu não porque amassem as mesmas coisas, mas porque odiavam as mesmas pessoas. E só não se tornou incestuosa por ignorarem o significado dessa palavra. Nasceram com algo bastante em comum: a vaidade. Lenine, igual à irmã, na falta dum poço, passava horas diante do espelho. E ensaiara seus encantos pessoais desde o grupo escolar, onde conquistara as melhores notas sem estudar e sem levar maçãs às professoras.

Quando Adriana completou doze anos, já tendo decepado a cabeça de sua última boneca, Lenine, com dezesseis, levou-a ao quintal, sob a laranjeira, sua única árvore, para lhe contar os doces e perigosos mistérios da natureza. Não foi necessário. Adriana, com um sorriso úmido de criança, disse que sua amiga Jaqueline, dois anos mais velha que ela, contara-lhe tudo-tudo sobre o sexo outro dia enquanto patinavam. Havia um rinque muito concorrido nas redondezas. Lenine beijou o rosto da irmã, saudando sua encantadora superficialidade, e passou a crer que ela venceria na vida porque não complicava as coisas. Surgiu nesse beijo um elo entre os dois, mais um acordo de proteção mútua para a juventude que os aguardava, e descobriram num velho dicionário o vocábulo *álibi*, que os salvaria dos castigos paternos.

Quando Lenine se apropriou dum Fiat 1100 apenas pra dar uma volta pelo bairro com as faladas gêmeas Morandi, Adriana livrou-o duma surra de cinta, jurando ao pai Manfredo que, naquele exato momento em que o carro atropelara uma carrocinha de pipocas, os dois decifravam cartas enigmáticas nos degraus do quintal. E que jogavam peteca, quando se dizia que Lenine afanara e vendera as luvas de boxe dum pugilista residente no bairro. Ele, por sua vez, fingia não vê-la quando ela se esfregava nas matinês dos cines Royal e Coliseu, embora ficasse por perto, com receio de que se prendesse a um daqueles rapazinhos.

Lenine não era inteligente como Benito, não lia seus livros, não conversava a sério com os mais velhos, não pensava no futuro e faltava-lhe qualquer vocação profissional, mas, grande frequentador de cinema e ouvinte de rádio, colecionava palavras, maneirismos, pilhérias, gírias no mesmo álbum em que colava com goma-arábica sorrisos especiais, cortes de cabelo, gestos elegantes e hábitos de higiene. Para Adriana, o irmão era o homem perfeito, um sadio pescador de oportunidades, embora até os vinte e quatro só pescasse sereias.

Quanto a Benito, seu relacionamento com Adriana sempre fora vago e circunscrito à área construída da casa. Implicava com o tempo incrível que ela gastava escovando os dentes. Parece que era a única observação que fizera sobre a irmã nos últimos vinte anos. No tocante a Lenine, Adriana acreditava que ele lhe tinha inveja. Enquanto os irmãos mais jovens puxaram o pai, alto, forte e sedutor, Benito tivera a infelicidade de ser feito com os genes maternos. Hilda não era nenhum tipo de beleza e, se não fosse sua voz microfônica, sua baixa estatura seria muito evidente. Por outro lado, Adriana não entendia as pessoas introvertidas. O mundo e a vida eram coisas que mereciam ser comentadas em voz alta. Benito, muito casmurro para seu gosto, parecia habitar um inferno particular, donde só saía para comprar mais carvão. Seu único contato com o exterior era um sorriso irônico, que cultivava como se fosse uma criação de ratos brancos. Mas seria incorreto classificá-lo como uma pessoa amarga. Era alguém que sabia onde estava o tesouro de Cavendish, mas apenas tinha preguiça de ir buscá-lo. Adriana, com sua pele sensível, sua paixão pelo cotidiano e por morangos, não podia amar uma pessoa que preferia ligar o ventilador a abrir a janela.

O que Lenine diria de Maurício de Freitas? Sabia que já o vira uma ou duas vezes, mas ignorava que nota lhe dera. Ela também mal conhecia o ator. Mais sua voz nas radionovelas. A ligação datava duma semana. Simples encontros de rua e um sorvete. Aquela noite sairiam pela primeira vez. "Passo pela sua casa de carro." "Você tem automóvel?" "Tenho." "Onde a gente vai?" "Combinamos depois." E antes de desligar o telefone, ela acrescentara: "Papai foi viajar, posso voltar mais tarde." "Ok."

Adriana levantou-se. Não que se cansasse da autocontemplação. Nunca se cansava. Ia tomar banho, primeira providência para fruir a noite que já começara. Como sempre, demorava-se no banheiro, porque admirar o corpo era outra de suas fixações. E era lamentável que um espetáculo tão fascinante fosse tão exclusivo.

Impossibilitado de olhar através da porta que Adriana fechou, levo a minha narração ao bairro de Vila Mariana, para constatações e prenúncios. Manfredo não disse "não" ao convite para almoçar com a professora Deolinda. À tarde, a serviçal foi para sua igreja, parece que batista ou adventista, a fim de rezar pela alma do presidente falecido. E assim que chegou a primeira aluna de Deolinda, do período vespertino, o politizado carreteiro foi para o quarto da dona da casa ouvir os noticiosos. Apesar de interessado e ainda indignado, adormeceu na respeitável cama de viúva, acordando apenas no fim da tarde. Já eram horas de visitas se retirarem, mas o conhaque não acabara. A mestra, após apertar a mão da última aluna do dia, parecia saudosa de seu Manfredo. Más línguas diriam depois que suas aulas foram apressadas e distraídas. No geral tão exigente, perdoara todas as falhas da garotada. À mãe de uma das meninas, presente na sala, disse que o suicídio de Vargas a perturbara demais.

À noite, Manfredo ia se retirando quando recebeu o convite para jantar. Rute, que já voltara das rezas, estranhava visita tão longa, mas a conversa entre os dois, à mesa, familiar, urbana e trivial, não promovia suspeitas. E sem nenhum pensamento pecaminoso na mente, a serviçal lavou os pratos, ouviu um pouco de rádio, serviu café para a patroa e o visitante na sala, e foi dormir com as galinhas. Então, Deolinda sorriu para Manfredo, sentou-se à banqueta, abriu o piano e começou a tocar Ernesto Nazareth.

O narrador, às vezes, não pode perder tempo nem com uma boa interpretação musical. Ele, que já fora Ícaro e virara Super-Homem, para acompanhar o progresso da imaginação criadora, projetou-se ao centro da cidade, Barão de Itapetininga, onde a Mênfis Propaganda, agência de porte médio, ocupava dois andares. Benito era o chefe do departamento fotográfico, isto é, dele mesmo e de dois auxiliares. Mas não se limitava a bater fotos. Bolava ideias próprias, que expunha ou impunha nos departamentos de redação e arte. Antes de falar em brainstorm, já provocava tempestades de dicas e sugestões. Foi Benito o primeiro publicitário que criou e realizou o anúncio de porta utilizável de geladeira. E inventou a expressão "espaço integral", logo imitada por todas as marcas de refrigeradores. Participou da campanha educativa do lançamento das lava-roupas elétricas. E como o fez? Romantizando o velho tanque de roupa, aposentado, e útil apenas para se lavar cachorrinhos, brincar com barcos de papel e dar banho num simpático negrinho, filho da empregada. Com layouts que quase dispensavam o texto (quem lê o texto?), Benito mereceu elogios impressos e aumentos de salário. Há dois anos começara a pagar um apartamento na planta, o que atestava virtudes profissionais e um senso de economia elogiável na família. Quem tem um apartamento aos vinte e seis vai longe. E Benito queria ir. Longe. E já com carro próprio em vias de ser trocado por outro muito melhor. Hilda, íntima do zodíaco, futuróloga, via o primogênito casado e com filhos. Seria um exemplo para Lenine, Adriana e até para Manfredo.

Sim, tudo claro e entendido. Mas o que fazia Benito até essa hora na Mênfis, se a agência fechava às seis e meia? Quase nove, e ainda trabalhava. Serviço extra? "Cupinchas", como se diz na gíria publicitária? Anúncios para outras agências? O que era isso? Ambição? Não. Ele nunca fora ambicioso além do horário.

Benito saiu da câmara escura, exausto e inquieto. Abriu o armário de ferro e retirou seu terno de qualidade mais ostensiva e um frasco de perfume *for men*. Saiu do edifício elegante, mas aéreo e sem rumo. Embora herdasse do pai o interesse pela política, nem o suicídio do presidente dividira seus problemas e tensões particulares. A invasão da Terra pelos marcianos talvez o conseguisse. Atravessou a praça da República e entrou numa barbearia. Entregou a cara e os dedos a mãos profissionais. Olhava o relógio. Ainda tinha muitas horas para doer. Trocar muitas horas de espera por poucas de prazer vinha sendo seu negócio. Que partido tomaria uma balança honesta com tais pesos em seus pratos? Sentiu uma pontada aguda. Felizmente, não na alma, mas apenas uma descuidada barbeiragem da manicure.

Disse um autor de radionovelas à dona Hilda que todo fabricante de histórias é um ilusionista. Escreva onde escrever, é um mágico de smoking no palco com seu sortimento de aparelhos. Mas o melhor Mandrake, ele ensinava, é o que usa apenas mãos, lenços, cigarros ou cartas de baralho. Acende um cigarro e, num lance, o faz desaparecer numa nuvem teatral de fumaça. Depois mostra a mão espalmada ao público. Porém, nem ela nem seu sorriso revelam em que dedo escondeu o cigarro. Toda história, comparando, tem um trunfo truncado. Um objeto ou desfecho que a fumaça protege. Com as mãos entregues à manicure, como se não precisasse mais delas, Benito lembrava o que o radioautor dissera e imaginava qual seria a próxima ilusão programada. Achava-se, assim, vivendo uma magia com todo domínio digital sobre lenços, cigarros e cartas. Mas, quando a cortina corresse, a realidade lhe bateria no ombro e tudo estaria acabado. A realidade era como o alicate da manicure.

7 – O galã frívolo e sua carruagem

A moderna literatura universal não registra, e não registrará mais – porque fora de linha de produção – nenhuma cena de amor vivida num Prefect, um daqueles carrinhos, tipo guarda-louça, adotados pelas autoescolas, e que representavam o esforço industrial inglês de pós-guerra. Um desses, talvez dos últimos que ainda circulavam em 1954 na América Latina, pertencia ao radioator Maurício de Freitas. Mas a fragilidade e instabilidade desse automóvel eram compensadas por uma buzina personalíssima, de agrado dos surdos. Maurício, que o comprara num cemitério de veículos, pôde comprovar essa virtude ao estacioná-lo diante do sobrado amarelo dos Manfredi. Logo à primeira buzinada viu a bela Adriana surgir à janela, fazendo-lhe sinal que não bisasse aquela estridência. O jovem radialista atirou-lhe um beijo e acendeu um cigarro, já fora de sua carruagem, com receio de que Adriana desistisse do passeio, se a visse.

A moça, no toucador, ultimava seus preparativos. Conseguira o impossível: ficar ainda mais sedutora. Correu para a cozinha, despedir-se da mãe, mas o que viu desarmou sua pressa. Hilda lavava os pratos do jantar e chorava. Embora sem ruídos nem espasmos, chorava um rio, não por exagero o Amazonas, mas sem dúvida um de seus afluentes. Justamente ela, cuja profissão era estancar lágrimas alheias.

— Mamãe!

Hilda levou a ponta do avental aos olhos.

— Já vai sair, minha filha?

— Não se preocupe, mãe. Papai sempre voltou. Amanhã estará aqui.

— Não é por causa dele que estou chorando.

— Algum problema na estação?

— A Ipiranga está balançando, mas também não é por causa dela. Vá se divertir, Adriana.

Adriana largou sua *minaudière* sobre a mesa da cozinha.

— Antes me diga o que aconteceu.

Hilda tornou a usar a ponta do avental:

— O Lenine... Lenine fez uma coisa terrível.

O susto indicou uma cadeira para Adriana.

— Terrível? O que ele fez?

— Fez mal a uma moça um ano mais jovem que você.

— Lenine?

— E não é só isso: está grávida.

— Que moça é essa?

— Chama-se Celeste e é minha consulente.

— Ela lhe escreveu?

— Escreveu e hoje esteve na Ipiranga.

— Pode não ser verdade. Alguma chantagem!

— Não, ela nem sabe que sou mãe de Lenine. Foi coincidência.

E, voltando a lavar os pratos para que a rotina do ato anulasse parte do drama, contou o que ouvira de Celeste, pouco mas o suficiente para lhe dar a certeza. O sedutor morava no bairro, seu irmão mais velho tinha um carro e sua mãe chamava-se Hilda. A idade, a mesma: vinte e quatro anos. Não precisava de mais informações.

Adriana defenderia o irmão mesmo se tivesse presenciado a cena no terreno baldio:

— Mãe, não se torture antes de ouvir Lenine.

— Deus quis me provar. Quer saber se minha campanha contra o aborto é sincera.

– Todos sabem que é sincera.
– É o que eu própria vou saber agora.
– Não acredito, mas, se foi Lenine, o que vai fazer?
– Obrigar Lenine a casar-se com ela.
– Lenine sempre diz que não casará antes dos trinta.
– Casará agora. Num mês.
Adriana procurou abrir um espaço para o irmão:
– A senhora disse à tal Celeste que é mãe de Lenine?
Olhar no ladrilho:
– Não, mas vou dizer.
A boa irmã divisou Lenine nadando a salvo para a praia!
– Que vagabundinha! Aposto que se entregou só para forçar o casamento.
– Disse que seu irmão fez o mesmo com outra.
– E o sobrenome dele, ela sabe?
– Ele deu um nome falso: Odilo.
– Odilo? Acho que Lenine nunca inventaria um nome tão sem graça. Mãe, tenho certeza de que Lenine não é o cara que sua consulente procura. Ouça o *Vai da Valsa*, na Nacional, e esqueça tudo. Pelo menos até amanhã. Vou passear com Maurício.

Adriana foi saindo, acompanhada da mãe, quando viram Benito entrar. Ainda estava fazendo hora.

– De quem é o rabo de peixe que está na porta? – perguntou o primogênito sem transparecer ironia.

– Deve ser de Maurício – disse Adriana, iludida.

– Já lhe deu todos os conselhos? – Benito quis saber de sua mãe, agora abertamente gozador.

A informação de que Maurício viera de rabo de peixe reacendeu em Adriana a chama apagada pelo hidrante lacrimal da mãe. Queria ter uma bela, uma longa, uma *golden night* como Lenine, o poliglota, costumava rotular suas noites de prazer. *Golden* ou *unforgettable*. Pobre Lenine, lamentava Adriana, voltaria a ter noites douradas e inesquecíveis se Madame Zohra o obrigasse ao casamento com Celeste? Certamente não, porque sempre dissera que o matrimônio era um espeto, uma calhordice, uma droga, a não ser por interesse. E, sem pensar mais nada e esquecendo tudo, o broto dos Manfredi, num vestido azul-claro, novo, abriu a porta da casa e olhou a rua para ver ansiosamente o Cadillac do ator, sem imaginar que estava a frações de segundos duma tragicômica decepção.

Maurício colocara-se diante do Prefect para receber a srta. Manfredi. Magro e baixo, não era nenhum galã dos caramelos Fruna, mas toda a sua força – como no caso de Sansão – estava na cabeleira, domada e armada graças a meio quilo de brilhantina. Enfiado num paletó jaquetão, de largas lapelas, risca de giz, conseguia, numa distância de dez metros, principalmente à luz lunar, ilustrar o protótipo do conquistador distrital, com a vantagem de ser um radioator.

A moça não olhava para ele, mas para o carro atrás do Skoda de Benito. Não havia rabo de peixe, fora pândega do irmão.

– Este é seu automóvel?
– É pequeno, mas tem um motor possante – informou Maurício. – Não o trocaria por um Cônsul ou Austin.
– Aquele é de meu irmão.
– Não é grande coisa. Esquenta muito e não sobe ladeiras.

Adriana, que erroneamente julgava automóveis apenas pelo aspecto, entrou de cara feia no pequeno Ford inglês. Julgava-se bonita e bem-vestida demais para um passeio naquele carro.

O ator da Ipiranga acomodou-se à direção com seu enjoativo perfume nos cabelos. Empolgado, considerava que uma morena de olhos verdes era o máximo para uma terça sem salário nem vale.

– Em que cinema quer ir?
– Cinema?
– Estão passando dois bons filmes: *Pão, amor e fantasia* e *Mogambo*.
– Não quero ir ao cinema.
– *Pão, amor e fantasia* é com Gina Lollobrigida.
– Ao cinema vou todas as semanas.
– Então, onde quer ir?

– A uma boate.
– Que boate?
– Qualquer uma.
– Você frequenta boates? – perguntou Maurício como se fosse uma censura.
– Nunca fui a nenhuma, mas gostaria de ir.
– Por quê?
– Porque é onde todo mundo vai agora.
– Sou sócio do Espéria.
– Bailes de clube não têm graça. Só dá criança e gente velha.

Maurício girou a chave do carro.

– Primeiro vamos dar um passeio.

Quando Maurício punha o Prefect em movimento, Adriana viu Benito sair de casa todo apressado e entrar no Skoda. Lenine tinha razão. O primogênito estava se modificando – até na maneira de andar. Parecia imitar uma pessoa positiva e dinâmica. Ainda não era uma imitação perfeita, mas principalmente à noite se aprimorava. O que estaria acontecendo com ele? Seria a compra do apartamento a causa de tão profunda transformação? A sensação de propriedade?

Olhando para a frente, no saltitante veículo, como se a cavalo se dedicasse à caça à raposa, Maurício dirigia e pensava. Não tinha dinheiro para boates. Esse, o problema. E nem imaginara que a filha de Madame Zohra quisesse uma noite cara. Que mania essa das garotas! Até mesmo as mais suburbanas queriam dançar e fazer despesas. Mas o carro conhecia os caminhos prediletos de Maurício e foi se dirigindo a uma ruazinha muito escura do aristocrático bairro do Pacaembu. E tão experiente era que brecou sozinho no lugar certo, diante dum muro.

– Furou algum pneu?
– Parei pra gente conversar.
– Aqui na rua?
– Não estamos na rua, estamos no carro.
– Conversar o quê?

Maurício olhou-a docemente. A brilhantina dava-lhe confiança:
– Adriana, queria dizer que estou apaixonado por você.
– Mas você pode dizer noutro lugar. Dançando é mais gostoso.
– Quer que ligue o rádio?
– Não é preciso.

Maurício manteve o carro em ponto morto. Precisava fazer a declaração, mas sem script não era nem fluente nem prolixo. Atrapalhou-se logo às primeiras palavras e não soube tirar partido de sua voz redonda de radioator. Decidiu então provar com as próprias mãos tudo que sabia do amor. Tentou começar a bolina. Mas o guidão e o câmbio de alavanca, eficientes, cuidaram da proteção da donzela. Não dava. Daria se Adriana colaborasse, não se colando tanto à porta.

– Vamos sair.
– Sair do carro?
– É.
– Pra quê, ele vai pegar fogo?
– Até o muro.
– Fazer o que naquele breu?
– Ficar juntinhos, só um pouco.
– Quer que suje meu vestido novo?
– Adriana, por favor – suplicou como qualquer bípede implume faria.
– Saímos para ir a uma boate, não para ficarmos segurando muro.
– Que graça tem uma boate? O pessoal vai lá só pra ouvir violão elétrico e comer amendoim. A gente não se diverte e paga uma barbaridade.
– Mesmo assim, quero conhecer. Minhas amigas vão numa que tem shows e cantores internacionais.

Maurício viu acender a luz vermelha do estúdio. Estava no ar e a rubrica pedia o tom e empostação das confissões. Cada sentimento detona sons próprios. O daquele momento teria de ser baixo, íntimo e sob o nível do queixo.

– Não tenho dinheiro para isso.

– Não tem ou é um unha de fome?

– Juro que não tenho – reafirmou Maurício, perdido no espaço.

– Mas você não ganha bem?

– Por que pensa assim? Porque meu nome sai na *Revista do Rádio*?

– Sei lá onde seu nome sai, mas é galã de novelas.

– Quem disse isso?

– Você não é um galã?

– Não propriamente.

– Então o que você é?

– Sou um galã frívolo, não é a mesma coisa.

– Frívolo?

– Sabe o que é um galã frívolo? Sei que não sabe. Eu explico.

Era uma classificação técnica de elenco. Galã, dama-galã, centro ou central, centro característico ou caricato, vilão, ingênua, vamp e galã frívolo. O galã frívolo era aquele que eventualmente podia namorar a dama-galã, beijá-la, noivá-la, mas casar jamais. Se o mocinho e a mocinha brigavam, aparecia o frívolo. Os pais da mocinha, dama ou ingênua, podiam aceitar o frívolo, mas a carpintaria das novelas não permitia que ele a levasse ao altar. Depois da reconciliação, o frívolo era esquecido e o autor jogava-o na cesta de papel. Muitas vezes era esbofeteado pelo galã.

– Mas você pode chegar lá – ponderou Adriana. – Não desanime. – Tudo depende duma oportunidade.

– Não vou chegar.

– Por quê?

– Um vilão pode ser promovido a galã, mas um frívolo, nunca.

– Essa não entendi.

Tinha, porém, explicação. O Mal, sendo o outro lado do Bem, possui, como ele, carisma e magnetismo. Ao contrário do frívolo, cujo signo não é competitivo, o vilão é um entroncamento dramático. Depois, o ódio que desperta tem vias de acesso para o erotismo. Não há vilão impotente ou sexualmente controvertido. De grande poder catalítico, nunca é um solitário devido à sua capacidade de influenciar pessoas. Um Jack, o Estripador, por exemplo, não se insere na categoria. O vilão, galã às avessas, feio ou bonito, é a ponta mais afiada dum triângulo amoroso e a literatura nunca lhe concedeu aposentadoria. Foi o fascínio da vilania que levou Humphrey Bogart e Richard Widmark ao estrelato. Maurício de Freitas, meramente frívolo, presente mas não atuante, não mereceu a mesma sorte.

– Por que não abandona o rádio e tenta a televisão?
– Não há novelas na televisão.
– Mas há teleteatros.
– Fui recusado por causa de minha altura: um metro e sessenta e cinco.

Adriana mostrou uma cara sofrida, não porque lamentasse o futuro sem perspectivas de seu companheiro, mas por desejar o bolero, a bebida gelada, o rosto a rosto e o ar-condicionado.

– Como faz para se divertir?
– Vou ao futebol e ao taxi girl.
– Onde se paga para dançar?
– Sim, a gente recebe um cartão na entrada. Depois da dança, o cartão é entregue a um picotador. Vou sempre ao Salão Verde. Ele e o Avenida são os melhores.

Adriana, ante a inutilidade de seu vestido novo, começou a odiar o frívolo. E já não suportava o cheiro enjoativo de sua brilhantina.

– Você não trouxe nenhum dinheiro?
– Trouxe.
– Quem sabe baste.

Maurício retirou a carteira. Havia nela muitas notas, mas todas de pouco valor. Contou-as.

– Cento e vinte cruzeiros.
– Como você sai com uma moça com tão pouco dinheiro? Onde costuma levar suas namoradas? Apenas ao cinema?

Maurício teve de abrir o jogo. Falou sem olhá-la:

– Geralmente, depois do cinema, vamos a um apartamento. Os amigos sempre me emprestam uma chave.

O econômico plano de Maurício não colou.

– E esperava que eu fosse?

– Muitas moças direitas têm ido. Para hoje, tinha um com eletrola e geladeira.

A moça considerou num relance se havia no carro espaço para uma bofetada. O som duma mão espalmada de encontro a uma face foi ouvido em todo o Pacaembu. Mas o galã frívolo não revidou como o faria um vilão nem a subjugou com um beijo, como agiria um galã de verdade. Apenas deu partida no carro.

Não eram ainda dez horas quando o Prefect, trazendo duas pesadas decepções, parou diante do sobrado amarelo.

Adriana viu luz na sala. Sua mãe estaria ouvindo o *Radioalmanaque Kolynos*. O que ela diria ou o que diria a ela, chegando tão cedo? Se falasse da desonesta proposta de Maurício, Madame Zohra o expulsaria da Ipiranga. Já erguia a nádega esquerda para deixar o carro, quando lançou um olhar ligeiro ao seu proprietário. Lá estava ele, deprimido, arrasado, com os seus cento e vinte cruzeiros no bolso, a viver o eterno papel de galã circunstancial. Adriana, moça prática e moderna, era no entanto uma criatura sentimental e já ouvira o pai dizer que todos no mundo merecem uma oportunidade. Além do mais, depois de sentir a força e decisão de seu braço, Maurício talvez não ousasse mais.

– Onde é esse apartamento? – perguntou.

8 – Alguns percalços e surpresas duma *golden night*

A boate Lord, apesar do luto nacional, vivia na terça uma noite de sexta ou sábado. Nas praças e ruas não se podia conversar porque a polícia ia dispersando os grupos que se formavam. Por isso, ia-se aos bares e boates. Foi com algum trabalho que Lenine e Wanda encontraram uma mesa vaga, ele, satisfeito, ela um tanto constrangida porque preferia endereços mais classudos. O jovem Manfredi, porém, depois do seu desempenho nas escadas, conseguira convencê-la a irem ao Lord. Seu motivo era Coca Giménez, a sensualíssima crooner por quem há quase um ano sofria obsessiva fixação audiovisual. Com Wanda ou sozinho, sempre aparecia nas casas onde Coca cantava. E depois de levar a "O Dobro Mais Um" de volta ao apartamento, reaparecia para admirar e aplaudir a bolerista uruguaia. Uma vez lhe mandara flores. Por uma chapeleira, fizera um recado atrevido chegar às suas mãos. Flertava-a dentro da melhor técnica hipnótica. Mas nada dera resultado.

– Felizmente, encontramos esta mesa – disse Wanda, extravasando elegância. – Mas dê uma olhada. Veja se o Rubens e a Laura já chegaram.

Lenine ergueu a cabeça, reconhecendo assíduos frequentadores. A Lord, instalada no último andar de um alto edifício da avenida São João, era uma espécie de *starlight roof* paulistano. Lá concentravam-se, todas as noites, os novos-ricos do boom imobiliário, fazendeiros na picada de aventuras urbanas, contrabandistas de todas as muambas, prefeitos e políticos do interior, os primeiros grandes salários da publicidade, gente do rádio e da televisão. O resto eram mulheres, mulheres soltas, desvinculadas, afoitas, cheirosas, comunicativas, que circulavam entre as mesas na expectativa do primeiro michê.

– Ainda não chegaram, Wandeca.
– Se chegarem, faça sinal a eles.
– O que vamos drincar?
– Quero um manhattan.
– Eu vou de uísque.
– Mas não bebe demais – advertiu Wanda. – Não quero que faça feio diante de Rubens e de Laura. E não permita que ele seja mais brilhante que você. Mesmo se não entender do assunto, não fique calado.

A "O Dobro Mais Um" sempre treinava seu jovem amante antes dos encontros com elementos de sua tribo. Ensaiava-o para esconder sua juventude e seu desinteresse cultural. Não o desejava como um dois de paus à mesa. E se ele se calasse, tendo acabado a corda, Wanda lhe pontapeava a canela. Aí, lembrando seus deveres escolares, ele principiava a falar pelos cotovelos. Não se omitia nem no item das pesquisas atômicas. Qualquer observador superficial diria que não se saía mal, já que a técnica da conversa em grupo consiste em não deixar cair a peteca e fazer perguntas quando nos cabe dar respostas. E interromper a todo instante aquele que pretenda se tornar o dono da bola. Lenine logo aprendeu que a coerência não faz parte da boa prosa. E que uma boa pilhéria substitui o melhor argumento. Aquela noite, Wanda queria que estivesse afiado porque Rubens e Laura formavam um casal pretensioso, com trânsito livre na orla marítima e ramificações no soçaite.

– Estão chegando – informou Lenine, já de pé para receber o casal.

— Laura, lá estão eles — disse Rubens, aproximando-se da mesa.

— Wanda, querida, como está linda!

— Não diria linda — corrigiu Lenine. — Personalíssima!

— E você, o que tem feito? — perguntou Rubens, depois que sua mulher se sentou.

— Eu ando na crista do boom. Onde há um terreno baldio, lá está Lenine Manfredi para fazer avaliações!

— Onde está trabalhando?

— Na Felipe Dandolo Imóveis. Somos carne e unha — afirmou Lenine, que só vira uma única vez o seu patrão. — Dandolo é um semeador de edifícios. Foi agricultor, mas prédio dá muito mais do que café.

— Mas essa onda passa.

— Não passa. Neste ano, São Paulo se tornou a maior cidade do Brasil e já nesta década será a maior da América Latina. A febre da residência própria tomou conta da classe média. E há também a especulação. Comprar hoje para vender amanhã com lucro. Não há melhor investimento.

Laura lançou um olhar giratório pela boate.

— Pensava que não viesse ninguém.

— Por causa da morte do presidente? Bobagem, não há lugar mais adequado para se trocar informações — disse Lenine. — Na rua há o perigo dos cassetetes.

— Quem diria que Getulio ia se matar! — comentou Wanda, bebericando seu coquetel, com os olhos no palco, onde um falso Luiz Gonzaga, vestido a caráter, sanfonava o "Baião de dois", tentando em vão animar uma plateia apática.

— Café Filho já assumiu — noticiou com atraso Rubens, ele e a mulher muito à vontade na noite, criaturas que eram do signo lunar, embora houvesse fatos diurnos que não ficava bem ignorar. — Assim terminam vinte e quatro anos da era getuliana.

— Será que terminam mesmo? — ponderou Lenine, atendendo a um olhar-comando de Wanda. — Ouviram a carta-testamento pelo rádio? É uma bomba! Parece uma voz de além-túmulo. O próximo presidente eleito será sem dúvida getulista.

– Hugo Borghi, talvez – sugeriu Rubens.

– Ou Jango Goulart – lembrou Lenine. – Mora em São Borja, que vai ser a cidade santa do trabalhismo.

– Preferia o Adhemar – disse Wanda. – Ao menos, é paulista.

– E rouba, mas faz – acrescentou Laura.

– Está aí um slogan sincero – declarou Lenine. – Mas, afinal, o que foi que ele fez mesmo?

– E o que vai acontecer a Lacerda? – perguntou Laura para a mesa.

– Talvez o matem – aventou Rubens.

Essa possibilidade assustou Lenine. Seria o velho Manfredo tão doido que quisesse garantir para si algumas linhas da História? Onde estaria ele naquele momento? Imaginou-o desfilando no velório do presidente, no Rio, com o revólver no bolso. Num piscar de olhos, rejeitou a imagem.

Laura, que só se fixava nas suas joias, procurou dar novo rumo à conversa:

– Vocês viram William Faulkner?

Lenine, a julgar pelo tom da pergunta, julgou que se tratasse dum cantor ou artista de cinema, mas Wanda, que assinava vários jornais e revistas, salvou-o com outra pergunta:

– O escritor americano?

– Assistimos a uma conferência dele no Brasil-Estados Unidos – informou Rubens.

A memória de Lenine, num inesperado de relâmpago, veio em seu auxílio:

– Ele ganhou o Prêmio Nobel. – E num chute seco de meio de campo: – Aliás, merecidamente.

– Que tal a conferência? – quis saber Wanda com uma curiosidade que não encheria um dedal.

– Oh, é apenas um sujeito baixinho, de rosto vermelho e cabelos brancos – resumiu Laura.

– E fuma Chesterfield – acrescentou seu marido, enciclopédico.

– Chesterfield? Bem, parece que já sei mais sobre ele do que sobre Shakespeare – admitiu Lenine, humilde. – Não sei que marca de cigarros Shakespeare fumava.

A instrutiva etapa da conversa não parou aí. Laura provou que tinha mesmo interesse em conhecer pessoalmente pessoas famosas. Quando estivera em Londres, sentara-se num restaurante com o marido na mesa ao lado da que estava Aldous Huxley.

Lenine, que já lera muitas vezes a lombada de *Contraponto*, um dos livros de seu irmão, sentiu-se com segurança para comentar:

– Ah, o autor de *Contraponto*. Então, você o conheceu?

– Apenas jantamos ao lado dele.

– Que tal ele é?

Laura reorganizou na face os traços duma decepção antiga:

– Não me pareceu nada profundo. Imagine que o ouvi dizer a uma pessoa que o acompanhava: "Passe-me o sal".

Lenine, ciente de que a literatura não era seu forte, falou sobre outros temas, impulsionado e governado por Wanda, mas calou-se repentinamente quando acordes de bolero, no palco, anunciaram a esperada troca de crooner. O sósia fajuto de Luiz Gonzaga, apenas fundo de papo, saiu com sua indesejável sanfona, dando lugar a Coca Giménez, vestida impactuosamente de preto e segurando uma contrastante rosa branca.

O corpo e o espírito de Lenine desligaram-se da mesa, sugados pelo spotlight. Para controlar súbita taquicardia, levou à boca o copo para o mais longo gole da noite. Procurava, no entanto, disfarçar a hipnose, olhando evasivamente para os músicos que acompanhariam a cantora, fingindo bem uma curiosidade de primeira vez e um formal respeito à apresentação da artista.

A iluminação favorecia as curvas e relevos da uruguaia, que não estava disposta a começar seu turno antes de colher todo o silêncio do ambiente. Isto obtido, com voz pastosa e adesiva aos ouvidos, ondulando o corpo como se cada palavra fosse uma pedra atirada no meio dum lago, começou a cantar o já antigo, mas sempre eficaz, "Ai de mí".

Felizmente para o jovem Manfredi, cessou a pueril conversa da mesa. E Lenine, depois de lançar enganoso olhar a Wanda, imitação correta dum cego voltado à janela dum trem, fixou toda sua atenção na bolerista. Agora, esquecendo o incansável ciúme de sua proprietária, tentou romper as costuras do belo vestido de Coca apenas com a força do pensamento positivo.

– Como é vulgar! – exclamou Laura.

– E como canta mal! – aduziu Wanda.

– Era justamente o que ia dizer – concordou Lenine, molestado, mas sem desviar os olhos da feiticeira dos boleros.

– Não sei por que Dom Ciccilo contratou essa mulher – espantava-se a "O Dobro Mais Um".

– Também não sei – disse a voz da hipocrisia. Concordar depressa e inteiramente era a melhor forma que Lenine descobrira para liquidar um assunto inconveniente. Afinal, o que lhe importava a voz de Coca? O bolero não é uma ária de ópera. E depende muito da presença do animal cantante. A seu ver, era música para ser vista e servida com amendoim, pipoca e cuba-libre, seu melhor digestivo etílico.

Depois de alguns números da sequência de Coca, alguns pares se levantaram para dançar. E Lenine, para que as lavas de seu coração pudessem jorrar livremente, e para ver a cantora mais de perto, saiu dançando com Wanda. Bolerando, chegou a postar-se a dois metros da crooner, dizendo o *quizás, quizás, quizás*, e nessa proximidade pôde conferir que seus atrativos não trucavam iluminação e distância. Lá estava a radiosa bolerista, com seu colar de pérolas na boca, seus lábios esponjosos, olhos pretos e brilhantes, e sobretudo com aquele corpo rijo, monobloco, com duas andinas elevações muito acima do nível de sua rasteira possibilidade.

Ao regressar à mesa, levando Wanda pelo braço, o jovem Lenine sentiu-se como um prisioneiro que a guarda momentaneamente libertara para tomar sol no pátio. Tudo que a amásia lhe dava eram migalhas para subvencionar sua juventude. Sempre exclusivista, possessiva, vampiresca, prendendo-o à sua coleira. Essa imagem frenadora, a da coleira, arranhou-lhe a alma, o pescoço e o orgulho. Por que não se libertava? Por que, se era moço, inteligente, astuto e com uma saúde de ferro? Num raro e curto momento, cronometrou a inveja que às vezes seu irmão Benito lhe despertava. Benito podia levar uma vida medíocre, mas não perdera nem vendera sua liberdade de ir e vir.

— Em que está pensando, querido?

Lenine pegou a mão de sua protetora e beijou-a:

— Em nada, meu amor.

— Eles estão nos convidando para irmos sábado, ao Santana, assistir às *Folies*.

— Pode combinar.

Lenine fora sincero ao dizer "em nada". Estava apenas vendo Coca Giménez a requebrar suavemente o corpo de serpente e a obter reflexos inesperados em seu vestido preto. Como fabricar um ar convincente de fastio para tranquilizar sua dona se um grande ímã atraía tão fortemente seu nariz para o norte?

— Onde vai, queridinho?

— Ao toalete.

— Pode ir, benzinho.

Lenine dirigiu-se ao bar da boate. Lá muitas vezes vira Coca bebendo com alguns fregueses. Se a visse, mesmo que estivesse com um marajá, daria um jeito para passar-lhe um SOS. Seu pai fizera uma loucura pela manhã. Faria outra pela madrugada.

A incrível uruguaia não estava no bar. Mesmo assim, encostou-se no balcão, cansado de Wanda, Laura, Rubens e de toda a sua tribo. Ao menos, havia a esperança de que Coca aparecesse. Ao virar o rosto para a direita, viu, a seu lado, tomando uísque puro, elegantemente vestido, alguém que jamais esperara encontrar na Lord:

— Benito!

— Você por aqui, Lenine?

— Eu é que pergunto. Aqui é meu lar, não o seu.

— Não sei o que vê de tão atraente nesses cabarés.
— É um pouco melhor que trabalhar.
— Está só?
— Não, estou com Wanda e um casal. Gente simpática e civilizada. Quer conhecer ela?
— Quero, noutra oportunidade.
— Não é preciso demorar. Cinco minutos apenas. Wanda não é tão desagradável como a pintei. Quero que ela saiba que há um intelectual na família.
— Não sou intelectual, sou fotógrafo.
— O que tem? Às vezes, fotografia dá muito mais.
— Leni, não posso.
— Mas está tão bem-vestido!
— Tenho compromisso.
— Marcou aqui com alguns clientes da agência?
Benito sorriu, tentando reter nos lábios o segredo da manhã:
— Mulher. Não lhe disse hoje cedo que tinha uma?
Lenine festejou o irmão com um tapa nas costas:
— É uma das mariposas da equipe da Lord? Aqui se reúnem todas as noites as mais belas prostitutas da cidade. Diga o nome dela, provavelmente conheço. Elas me amam.
— Não é da equipe da casa.
— Pode ser que ela lhe deu o bolo. Vamos à mesa, chamo um champanhe.
— Ela não vai me dar o bolo.
— Tem tanta certeza assim? Nunca se pode ter com uma mulher.
— É que já vem vindo. Amanhã nos veremos. Bom divertimento e minhas recomendações à dona Wanda.
Lenine voltou-se à esquerda, imaginando o bofe que Benito arrumara. Engatilhou o sorriso para o desfrute.
Em parágrafo novo Coca Giménez, com o mesmo vestido negro do palco, aproximava-se. Benito, alguns centímetros mais baixo que ela, o mesmo Benito concebido por Hilda Manfredi, e

que dormia em seu mesmo quarto, abraçou e beijou nos lábios a bolerista, e sob a tensão da inveja ambiental ambos se dirigiram de braço dado aos elevadores.

Assim que Lenine constatou a realidade da ação, desossado, e com um despeito que carecia de socorros hospitalares, dobrou-se sobre o balcão e pediu ao bartender, como se pedisse a Deus:

– Qualquer coisa dupla, forte e urgente.

9 – A madrugada dentro de um frasco

As rezas e a decisão da tarde não garantiram a Hilda Manfredi um sono reparador. Os pensamentos mexiam-se inquietos em sua cabeça. Ouviu rádio até a meia-noite e depois foi para a cama sem nenhum desejo de dormir. Ao seu lado, o espaço vazio de Manfredo parecia ocupado por todos os seus dissabores. De que tipo de mulher teria ido à procura? Claro que não fechara a MM para matar alguém. Ele gostava de odiar ao ar livre e em movimento, nunca numa cela de presídio. Mas não se atormentava muito com isso. Nas velhas famílias italianas, sexo nada tem a ver com amor e família. E sempre foi assunto só para homens. Todo o seu ciúme se esgotara nos primeiros anos de casamento, quando Manfredo tirava a aliança e ia namorar noutros bairros. Compreendia-o. Um homem que passara tantos anos dirigindo nas estradas ficara com a alma cheia de poeira e pecados. Gozara tanto da liberdade, que só dependia de combustível e dos pneus. Soubera que costumava levar prostitutas junto dos fretes. E que talvez tivesse filhos perdidos na geografia. Manfredo voltaria, como sempre, mentindo. Não foi por sua causa que se levantou e foi à cozinha tomar calmante. Abriu um pequeno frasco e derramou umas gotas dentro dum copo. E acabou levando o frasco, copo e jarra d'água para o quarto, com a certeza de que precisaria de muitos esforços para adormecer. Lenine lhe tirara o sono.

Seu ato sujo envergonhara-a. Como diria a Celeste que o encapuzado Odilo era seu filho? Que palavras usaria? Haveria formas mais suaves para contar algo tão terrível? Mas pior ainda seria se Lenine se negasse a corrigir o mal. Se fugisse à sua responsabilidade. Se transferisse todo o problema para ela, sua mãe. Aí, a solução só poderia ser aquela que ouvira na igreja.

Muito mais tarde Hilda percebeu passos na sala de jantar. Um de seus filhos chegara. Pensou em levantar-se, mas teve receio de que fosse Lenine. Aquela questão, tão dolorosa, só devia ser discutida à luz do dia. Muita claridade! Precisava contar com o apoio do sol.

Lenine, naquela noite de 24 de agosto, foi o primeiro Manfredi a voltar para casa. Depois da surpresa no bar da boate, travou a língua e tornou-se companhia desagradável à mesa. Da Lord os dois casais se transferiram ao Gigetto, onde ele continuou sério e monossilábico. Deixou Wanda no apartamento e tomou um táxi. Seria um ser inútil até que Benito lhe contasse tudo sobre La Giménez.

Ao entrar no quarto, viu a cama do irmão arrumada. O lobo de pele de cordeiro não voltara. Como devia estar se divertindo! Vestiu o pijama, fazendo-se a clássica pergunta: o que ele tem que eu não tenho? Foi à cozinha, esquentar o café. Já levava a xícara à boca quando ouviu ruídos e sobre patins deslizou até a sala. Não era Benito. Com os cabelos em desalinho, como se tivesse ficado uma hora diante de um ventilador, e sem um grama de pintura no rosto, Adriana entrava.

— Onde esteve? Nadando na ACM?

Adriana sorriu misteriosamente e passou pelo irmão:
— Boa noite!
— Vou dizer à mamãe que chegou às três.
— Pode dizer.
— O que você e aquele cafajeste fizeram?
— Maurício? Não foi com ele que estive até agora.

— Com quem foi?
Adriana aproximou-se de Lenine e fez uma pergunta-bomba:
— Conhece uma moça chamada Celeste?
— Celeste? Não.
— Era tudo. Boa noite.
O Capitão Gancho a deteve pelo braço:
— Por quê? Quem é essa Celeste?
— Não precisa ficar pálido.
— Não estou pálido.
— Lenine, neste momento sou eu o seu espelho. Será que tem café?
— Esquentei.
— Estou doida por um gole.
Foram à cozinha. O café ainda estava quente.
— Quem é essa Celeste?
— Uma consulente do programa da velha. Escreveu a ela, dizendo que lhe fizeram mal e que está grávida. Li a carta hoje à tarde. Boa caligrafia.
— Essa carta me incrimina de alguma coisa?
— Não.
Lenine bocejou. O bocejo é ausência de emoções.
— Então, onde entro na história?
Hoje à tarde, Celeste esteve na emissora. Não se satisfez com a resposta. Queria conselhos pessoais. E ficaram conversando muito tempo.
— Sobre assuntos imorais?
Celeste fez à Madame Zohra, nossa mãe, uma descrição perfeita dum tal Odilo, vinte e quatro anos, bonitão, usa um carro do irmão mais velho, mora nos Campos Elíseos e tem uma mãe chamada Hilda. O que foi, Leni? Está se sentindo mal?
Lenine sentou-se:
— Acho que é apenas um enfarte.
— Então, a velha matou a charada.
— E disse à moça que Odilo era seu filho.

— Não disse.

— Ainda bem. Não é com nenhum retrato falado que vão me apanhar.

— Odilo! Como foi arranjar um pseudônimo tão pífio?

— Tyrone Power ou Robert Taylor seria muito suspeito. Os Odilos inspiram mais confiança, principalmente no escuro.

Adriana tomou o café, preparando outra pergunta:

— O que vai dizer à velha?

— Só tenho um caminho: negar até a morte.

— Adianta? Ela está nos seus calcanhares!

— Nesse caso pinto os cabelos de vermelho, uso óculos pretos, munhequeira e ando com um lulu-da-pomerânia nos braços. O grande erro de Landru foi não ter raspado a barba: se raspasse, estaria em liberdade até hoje.

— Leni, não é tão simples assim.

— Por favor, não complique.

— Madame Zohra obrigará você a casar.

— Tudo, menos isso.

— Por que tudo menos isso?

— Porque estou de malas prontas. Vou para a Europa com uma mulher, Wanda, uma ricaça.

— E Celeste?

— Não disse que tem uma boa caligrafia? O que ela quer mais? Qualquer um vai querer casar com ela.

— Mamãe não deixará você viajar.

— Se me prender no quarto, pulo a janela.

— Não tem remorso do que fez?

— Tenho. E muito. Foi um erro incorrigível. Por isso vou viajar.

— Bem, maninho, só quis preveni-lo. Acho que não vai ter uma boa manhã. Estou com sono.

Lenine beijou o rosto da irmã:

— Reze por mim.

— Não entendo nada de demonologia.

Lenine ainda a deteve para uma pergunta zangada:

– Com quem você saiu?

– Saí com Maurício, mas estive até agora com um senhor de cinquenta e dois anos.

– Deve ser um tarado.

– E logo no primeiro dia me pediu em casamento. Oh, Leni, como estava delicioso no Oásis! Tchau!

– Tchau!

Lenine também perdera o sono, como dona Hilda. Precisava dum banho quente. Entrou no chuveiro e ficou invisível sob a ducha e a fumaça. Era como gostaria de ficar até que Celeste o esquecesse. Mas a resolução estava tomada: Europa. Sua amada Wanda, Wandeca, Wandinha o salvaria. A UDN em socorro do PTB.

Limpo e resoluto, voltou para o quarto. Surpresa! O primogênito já dormia. Devia estar tendo um sonho indecente porque dormia com os olhos abertos.

– Benito! Acorde! Benito!

O amante de Coca Giménez não acordou ou não quis acordar. Lenine viu sua camisa sobre a cadeira. Pegou-a e cheirou-a longamente como se fosse um lenço embebido em lança-perfume. Identificou logo: cheiro de noite, de pecado e de bolero. Trocaria a Europa pelas horas que o mano vivera com a uruguaia.

10 – "Ouro sobre azul", de Nazareth

Manfredo apreciava Ernesto Nazareth, mas jamais tivera oportunidade de ouvir todo o seu repertório de maxixes e tanguinhos brasileiros. Principalmente com conhaque. Aboletado numa poltrona, sem paletó nem gravata, lábios umedecidos pela bebida, via a professora trabalhar os teclados com prazer e correção. Dona Deolinda, farta de suas aulas e de seus alunos e alunas, tocava o que lhe ia na alma. Quem sabe desejara um dia ser pianista de cabaré, como o próprio Nazareth e Zequinha de Abreu. O certo era que o Nazareth dos seus dedos não conferia com o das festinhas familiares. Era um Nazaré mais pelintra, com tempo para olhares e piscadas, saltitante na banqueta como se fosse o inventor do bambolê. Aquela sala de aula e visitas nunca assistira a tanta frajolice e o falecido no retrato oval da parede arregalava os olhos ante o dengo da viúva.

Deolinda estava incansável e com a memória bastante fosfatada, embora bisasse mais o "Apanhei-te, cavaquinho", o "Sururu na cidade" e o "Ouro sobre azul". E, a cada turno de sua seleção, olhava para trás, a Manfredo, que com sorriso e movimento de cabeça aprovava a repetição. Aquela era a Deolinda de que gostava, a da quina da geladeira do dia da mudança, a do amaro Gambarota, não a Deolinda que a empregada vigiava com seu decoro protestante. A mulher que lhe mordera o lóbulo da orelha, retirando seu orgasmo do arquivo, era a virtuose, a artista daquela bela noite de terça-feira. E enquanto houve bebida no litro, Manfredo não revelou nenhuma intenção carnal. Queria Nazareth, álcool, cigarros e os relances maliciosos da pianista. Quando engoliu o último gole de conhaque, então, sim, sentiu o sexo.

– Por hoje chega – disse a professora, fechando o piano.

Antes que ela se levantasse, Manfredi lhe beijou o pescoço.

– Você toca divinamente – disse sem consciência do lugar-comum.

– O senhor que é bondoso.

– Sabe que horas são?

Ela olhou em seu pulso.

– Puxa! Duas horas!

– E a esta hora não tem mais ônibus nem táxi!

Deolinda começou a tremer:

– Será que não?

– Não tem.

– Vai ter de caminhar até a praça.

– Depois dum litro de conhaque? Seria assaltado ou preso como ébrio.

Deolinda abraçou-o, a imaginar no mesmo quadro ambos os perigos. O único espectador de sua sala de espetáculos beijou-lhe o rosto. E em seguida os lábios. Qualquer beijo é embriagador, depois de tanto álcool, mas restavam algumas cautelas.

– A Rute...

– Está no terceiro sono.

– E amanhã?

– Ela não vai me levantar.

A professora não disse "sim": deixou-se simplesmente conduzir para o quarto. Morreria de remorsos se ele fosse assaltado ou preso.

Uma hora mais tarde Deolinda dormia. Manfredo, não. Os ouvidos e os olhos da imaginação estavam em ação. A notícia do suicídio, o pranto dos Vargas, a carta-testamento e as declarações dos líderes trabalhistas, tudo o rádio lhe trouxera. E via o corpo no caixão, o desfile sem fim dos getulistas e o povo nas ruas febris do Rio de Janeiro. E ele lá, na cama, com o sexo emporcalhado.

Sem fazer o menor rumor jogou as pernas para fora da cama, calçou as meias, os sapatos, ergueu-se e vestiu-se com a respiração presa para não acordar Deolinda. O revólver estava ali, mais preto, sobre o criado-mudo. Enfiou-o na cinta. Saiu do quarto, alcova. Chegou até a sala, às escuras. As pernas bamboleavam, mas estava decidido. Até seus filhos, Lothar e Hilda, se o vissem, acreditariam que estivesse de partida para fuzilar o jornalista carioca. Mas não o fez, de acordo com o que a História documenta.

Segunda Parte
O velório
25, quarta-feira

11 – Bom dia, mamãe

Lenine dormiu até os subúrbios do meio-dia. O sono sempre fora o sepulcro transitório de seus problemas, que nunca levava para o mundo dos sonhos. Mas aquela noite sonhou, e coisas boas, a despeito da tensão. Sonhou que estava em Toledo, cidade que não conhecia nem de postais. Wanda, porém, no sonho, não era Wanda. Havia outra turista qualquer, muito jovem, que levava uma bolsa estufada de cheques de viagem. De Toledo foram num instante para Atenas, o que se deveu mais à sua ignorância do que à sua fantasia. No Velho Continente visitou cabarés, praias particulares, iates fluviais e clubes de nudismo. Tudo grátis e duma tonalidade azul. Ao acordar, sofreu uma decepção: estava em sua casa, nos Campos Elíseos. Checando a realidade, olhou para a cama do mano para fazer-lhe afinal as perguntas da véspera. Benito já levantara.

Vendo que persistia o clima e a lentidão dos feriados, como pôde comprovar pela janela, Lenine preparou o espírito, enquanto se banhava e se vestia. Sabia que na cozinha o esperava o Furacão Hilda com ventos terríveis, e infelizmente Benito e Adriana não estavam lá para que ensaiasse alguns lances defensivos. O que deveria proteger melhor? A cabeça ou o estômago? Valeria dedo nos olhos? Diante do espelho, retocou a calma, graduou o cinismo, molhou os cabelos e foi galhardamente para o café.

– Booom dia, mamãe! – cumprimentou a matriarca, observando que levava sobre ela a vantagem duma noite bem-dormida. A zodiacóloga mostrava evidentes sinais de insônia e ansiedade.

A primeira pergunta não tardou, parecia com a que Adriana lhe fizera à noite:

— Você conhece uma mocinha chamada Celeste?

A pergunta ricocheteou na mesa e fragmentou-se em sílabas e letras. Um estilhaço acertou Lenine no rosto:

— Conheço várias Celestes — respondeu, como se pretendesse dizer que as Celestes, e talvez Celestinas, eram vinho da mesma pipa. Todo jovem tem ou já teve a sua Celeste. Isso nunca modificou o mundo.

— Me refiro à última que você conheceu.

— Já fica mais fácil, mãe, mas não tão fácil assim. Deixe-me lembrar. Celeste...

— Uma que você levou para o mato.

Com a simpatia dum Dorian Gray, principalmente depois de ter causado a morte de Sybil Vane, Lenine, sorrindo, retrucou:

— Para o mato? A senhora bem sabe que vivi toda a minha vida no asfalto. Nunca frequentei sítios, chácaras e fazendas. E não sou dos que acreditam que o futuro do Brasil esteja na agricultura. Isso é pregação de bêbados. Eu jamais convenceria qualquer pessoa a ir para o mato. Isto posto, acho que já posso ir mourejar na imobiliária.

— Lenine, ainda nem começamos.

— Notícias do velho?

— É de você que vamos falar.

Hilda, nesse ponto, tendo tomado a beberagem de Robert Louis Stevenson, transformou-se em Madame Zohra e respirou fundo. A pessoa que lida com microfone precisa conhecer todos os recursos da respiração para dramatizar, criar suspense ou mudar de tonalidade. A voz é um instrumento de comunicação e como tal deve ser afinado, regulado, dimensionado e usado. E Hilda aprendera essas lições com Farid Riskallah e Osmano Cardoso, diretores, desde que assinara o primeiro contrato como Levarière, a austera mamãe e tia solteirona dos radioteatros.

— Uma de minhas consulentes foi me procurar na Ipiranga. Um moço fez mal a ela e a deixou grávida.

— Que moça leviana! – comentou Lenine. – A senhora não lhe puxou as orelhas? Pois duvido que esse rapaz tenha feito o que fez à força.

— O moço lhe deu um nome falso, mas acho que sei de quem se trata.

— A história parece ser interessante – admitiu Lenine. – Mas tenho encontro com um cliente. Vou vender um apartamento nas Perdizes. Grande living, três quartos, face norte, quarto de empregada com WC, garagem, playground. Uma pechincha!

— É você esse moço?

Lenine tomou o café que restava na xícara. A pressa de sair duma situação embaraçosa pode comprometer. Lembrou a fleuma dos atores ingleses. E imitou a postura de James Mason numa cena em que tudo parecia perdido:

— Não sei se falamos da mesma pessoa. De fato, conheci uma certa moça que dizia se chamar assim. Mas podia ser um nome falso.

— Sei que não vai confessar. Terei de trazer a infeliz à sua presença.

— Não sei a que horas vou voltar.

— Iremos à imobiliária.

— Hoje?

— Não quero dormir mais uma noite com essa dúvida.

Lenine resolveu mudar de atitude. O que menos ansiava na vida era um cara a cara com Celeste.

— Não será preciso. Conheci, sim, uma Celeste. Apenas uma dessas *civettas* de bairro.

— E você a seduziu?

— Eu? Coitado de mim! Teria muito que aprender com ela. Minhas intenções até que eram boas. Mas foram mal interpretadas.

— E depois do que fez desapareceu!

— Mãe, tudo aconteceu tão facilmente que fiquei escandalizado. Decidi não vê-la nunca mais. Qualquer rapaz decente faria o mesmo.

Madame Zohra sinucou a bola branca:

— Se estivesse bem-intencionado não se apresentaria como Odilo.

O jovem Manfredi aproveitou a oportunidade para revelar:

— Aí que a senhora se engana. Odilo é meu pseudônimo, como Hilda Levarière foi o seu.

— O meu era pseudônimo artístico.

— O meu não é artístico, mas uso sempre. Sou Lenine só para assinar documentos.

— Por quê? Não sabia disso.

A nova identidade dum democrata:

— Papai me batizou com esse nome quando tinha ingressado no Partido Comunista, lembra? Queria que Luís Carlos Prestes fosse meu padrinho. E agora esse nome me prejudica profissional e socialmente. É um peso nas costas. Posso até ser preso por me chamar Lenine. Lá na imobiliária tive de fazer por escrito uma profissão de fé ideológica. Por isso, adotei outro nome: Odilo. E me sinto melhor assim.

Madame Zohra não acreditou na explicação, mas tinha outras granadas de mão em seu bornal:

— Sabia que ela está grávida?

— Ela me disse, mas é sempre um recurso sujo que essas moças usam para prender os rapazes.

— Não é nenhum recurso. A moça está desesperada. Parece disposta até a acabar com a vida.

Lenine procurou rir com muito som e naturalidade, não mais James Mason, mas Vittorio de Sica.

— Mãe, isto está parecendo uma ópera de sabão!

— Ópera de sabão? O que é isso?

— A senhora trabalha numa fábrica e não sabe? As radionovelas! *Soap opera*, como rotulam os americanos. Ópera de sabão! Por causa dos patrocinadores, sempre de sabões, sabonetes e dentifrícios.

A instrutiva informação irritou ainda mais Madame Zohra:

— Por que ópera de sabão?

— Porque nas novelas nunca falta uma donzela infelicitada que chora o tempo todo. Mas os ouvintes já sabem. No fim, sempre surge um bom moço que repara o erro do outro. Ela que espere até aparecer o seu Odair Marzano! Ópera de sabão!

Madame Zohra não cantou aí nenhuma ária. Pelo contrário, jogou o script no lixo:

— Lenine, você vai casar com ela!

— Casar?

— Vai casar, sim.

— Com que dinheiro, mãe? O que ganho mal dá para mim. E com o país à beira duma guerra civil! O presidente suicidou-se, dona Hilda. Sabe o que isso significa? O caos? Quer que esqueçamos a nação e só nos ocupemos de nossos probleminhas particulares? Seria muito egoísta!

— Você não tem condições agora, mas poderá casar mais tarde.

— Não disse que ela está grávida? Gravidez não espera! Se não pode ser agora, não poderá ser nunca. Dou a liberdade para essa moça casar com quem quiser. Acho um ato até muito digno.

Madame Zohra não se deu por vencida, embora reconhecendo que Lenine não estava em condições de casar, nem ela de ajudá-lo, com a Ipiranga se esvaziando dia a dia. Nem Manfredo com a MM, ainda com um só caminhão.

— Não posso abandonar essa moça. Ela está em minhas mãos.

— Mas há uma saída.

— Que saída?

— Basta não dizer a ela que Odilo é seu filho. Só.

Como tudo é tão simples para as pessoas sem escrúpulos, pensou a conselheira, apesar de reconhecer que a solução era tentadora. Talvez Celeste nem a procurasse mais. Quem sabe poderia resolver sozinha seu problema. Nessa linha de pensamento, quase entregou os pontos. Mas reagiu:

— Celeste está grávida, Odilo, quero dizer, Lenine. Vai ter um filho. Você vai ser pai. Eu serei avó dessa criança. Não posso cruzar os braços. Imagine o que me aconteceria se ela se jogasse do viaduto do Chá ou se atirasse no Tietê.

A menção dessa grande obra de engenharia urbanística paulistana – o viaduto – e do rio por onde partiram as monções, ambos orgulhos da cidade e pontos de atração turística para suicidas, causou em Lenine Manfredi profundo mal-estar. Consumindo apenas um grama de imaginação, viu o corpo de Celeste, no Anhangabaú, interrompendo o trânsito, ou pescado nas águas turvas do Tietê.

– Ela falou mesmo nisso?
– Falou, meu filho.

Se o presidente da República se matava, Celeste podia fazer o mesmo. A nação vivia o signo do suicídio. Nunca fora tão heroico e admirável acabar com a própria vida. A sombra do escorpião escurecera o país inteiro. Era prudente, pois, encarar a cena com maior seriedade.

– Temos de impedir uma loucura dessas!

Madame Zohra voltou a ser Hilda Manfredi ao ouvir a ponderada consideração. Seu filhinho, ouvindo a Voz da Consciência, que no rádio às vezes era projetada através dum tubo acústico, talvez partisse daquela frase para reparar seu mal. Ele e Celeste poderiam morar lá mesmo. Adriana ou Benito dormiriam na sala. E teria mais uma pessoa para ajudá-la nos serviços domésticos. Só um pouco mais de água no feijão e tudo estaria resolvido.

– Certo, Lenine, não podemos nos sentir culpados da morte dessa moça!
– De perfeito acordo, mamãe.
– Ainda bem que pensa assim.
– Claro, claro.

A expectativa e a esperança forçaram Hilda a sentar-se:
– Você casa com ela?

Lenine, já com sua solução, parecia aliviado:
– Não disse isso.
– Mas não há outra coisa a fazer.
– Há.
– O quê, meu filho?

Lenine sentou-se no canto da mesa, lá no alto, ela embaixo.

— Não sou adepto de soluções radicais. Casar seria uma radicalização de minha parte. Morrer seria uma radicalização da parte dela. Procuremos o sadio meio-termo. Se há um mal, vamos extirpá-lo e tudo voltará ao normal. Certo?

— Não entendi nada do que disse.

— É que ainda não disse.

— Então diga.

O que Lenine tinha a dizer não era nenhuma originalidade. Sugeria somente que se recorresse a uma solução milenar, certamente sob processos e cuidados modernos.

— Convença a moça a abortar.

A bomba estourou nos pés da conselheira:

— Aborto???

— Sim, mas bem-feito, digamos, um aborto de luxo num bom hospital. Eu pago tudo, caso Benito me empreste dinheiro, naturalmente.

Madame Zohra levantou-se. Qualquer cego diria que estava indignada:

— Será possível que não conhece meu programa?

— Que programa?

— O da Ipiranga, *Madame Zohra e você*?

— Confesso que o tenho perdido ultimamente. Trabalho a tarde toda. Deviam transmiti-lo no horário nobre.

— Pois fique sabendo que há dez anos faço campanha contra o aborto e contra as mães que não amamentam seus filhos.

— Também sou contra isso de leite em pó. Nada melhor que o seio.

— Já recebi congratulações da Câmara dos Vereadores, do secretário da Saúde, da mulher do prefeito e da Liga das Senhoras Católicas.

— Devia colocar esses documentos num álbum, mãe.

— E as cartas de minhas consulentes? Mulheres que já fizeram aborto hoje não fazem mais e estão muito arrependidas.

— Deve ser uma bonita campanha. Vou passar a ouvir o programa.

Dedo em riste:

— E não me fale mais em aborto. Para mim, é ponto de honra.

Lenine fez uma pausa inteligente, deu um passeio circular pela cozinha e depois voltou à carga, floreando uma sutil arma branca:

— Mãe, todas as regras têm exceção. Já ouviu falar nisso?

— Eu também admito exceções.

— Admite?

— Admito.

— Julgava-a mais intransigente. Vejo que me enganava.

— Às vezes, uma moça é atacada por um tarado. Nesse caso, sim, sou a primeira a aconselhar o aborto. Seria um trauma imenso ter filho dum animal.

Lenine meneou a cabeça, dando asas ao argumento. Repousou a mão no ombro materno. Seu novo ponto de vista carecia de contato físico para crescer e valer.

— Suponha que Celeste continue ignorando a verdadeira identidade de Odilo e que a senhora não se tivesse impressionado com a banalidade duma coincidência.

— Seja mais claro! Por favor!

— Não sou tarado, graças a Deus, mas num minuto convencerá a moça de que o tal Odilo agiu como se fosse. Aconteceu o que aconteceu e evaporou-se. Sendo assim, pode-se fazer aí uma exceção. Direito?

— Como se ela tivesse sido atacada por um monstro?

— Ela vai aceitar a sugestão, mãe! Vai porque sabe que o monstro não foi tão criminoso assim. Tanto que ela voltou ao terreno baldio e teria voltado mais se não fossem as chuvas. A figura do tarado servirá apenas para que ela fique em paz com a consciência.

— Isso pode ser muito bem pensado, mas não vou abandonar meus princípios. Quero que você case com Celeste!

— Mãe...

— Você precisa casar com essa moça.

Casualmente os dois olharam para a porta, onde Adriana tudo ouvia. Lenine aproximou-se da irmã e beijou-lhe o rosto.

– Dormiu bem, querida?

Adriana não dormira bem, justamente por causa de Lenine, apesar de sua *golden night*.

– O que está acontecendo aqui? – perguntou, como se ignorasse tudo.

– Mamãe quer que me case com uma de suas consulentes. Mas como poderia, se ela gosta dum tal de Odilo? Tchau, mãe! Tchau, mana! E juízo.

Ao ver o irmão sair da cozinha, Adriana chegou-se à dona Hilda.

– O que ele disse?

– Que não casa.

– Mãe, não insista mais. Talvez Lenine tenha motivos para não casar com essa moça. Pode ser que não seja nenhuma santinha. Tem tantas assim por aí.

– E você? É alguma santinha?

– Eu também não sou. Mas há uma diferença. Sei que estamos em 1954.

– Onde você foi ontem, Senhorita 1954?

– À boate Oásis, a mais cara da cidade.

– Com Maurício?

Adriana ficou surpreendida pelo seu próprio sorriso:

– Mãe, por que não apresenta Celeste a Maurício? Os dois estão muito por baixo.

12 – A manhã do dia seguinte

Manfredo acordou com café na cama. Desde a lua de mel não gozava desse requinte de conforto e carinho. A professora Deolinda, já banhada e vestida, sentada e realizada, apontava-lhe um sorriso que trouxera do primeiro orgasmo após o recital de Nazareth. Sob o foco do aludido sorriso o inconsequente carreteiro bebia (café com leite) e comia (pão, queijo e manteiga) com ritmo e prazer. Quis também um copo cheio d'água para refrescar as vísceras sensibilizadas por tanto conhaque. Então, sentiu-se novo e inteiro para ler o jornal que a pianista trouxera.

– Deite um pouco ao meu lado, gordota.

– Não posso, Manfredo. A aluna das nove já chegou. Está com a mãe na sala. Depois a gente conversa.

Manfredo acendeu um Petit Londrino, que pouca gente ainda fumava, e começou a ler as notícias. Mas, antes, dedicou uma fração de seu tempo para pensar na mulher, nos filhos e no traseiro de Kioto dos cumprimentos e despedidas diárias. Lembrou-se de aumentar-lhe o salário na próxima oportunidade. Boa moça. Muito melhor que sua antecessora, uma mulata, incapaz de apreciar um gesto afetivo. Voltou ao jornal, lendo, palavra por palavra, uma longa entrevista do novo presidente. Ao lado, uma foto de Getulio, no caixão, contemplado por Lutero e Alzira, seus filhos. Um pouco mais distante, o irmão Benjamim. À tarde, o féretro seguiria para o aeroporto Santos Dumont. Fácil prever: seria o maior e mais lamentoso enterro da história do país.

Não fosse o maldito pavor de aviões, seria ele um entre o povo e teria muito que contar. No entanto não era getulista de primeira hora. Em 40 não fizera coro com o queremismo, então comunista por indução dum gráfico espanhol, seu amigo de álcool e boêmia. Mas não entendia o comunismo como não entendera o fascismo, sua fé da mocidade. Ao getulismo aderira pelo rádio, através do som, já possuindo de Vargas a imagem do homem gordo, baixinho e simpático. Mussolini estava muito longe e o rejeitara. Lenine tinha uma cara estranha e o que lera dele e sobre ele confundira-o. Um pobre precisaria ter educação de rico para compreender o marxismo de Lenine. E já morrera. Getulio estava lá, vivo, perto, nos retratos, no rádio e nos comícios. Estava no anedotário, nas letras de sambas e marchinhas. Era feriado e carnaval. Sempre que o Pai dos Pobres vinha a São Paulo, Manfredo fechava a MM e juntava-se ao povo. Fora a diversas cidades do interior, vê-lo inaugurar obras públicas. E estivera num churrasco em sua homenagem com mais cinco mil trabalhadores. Foi quando bebeu demais e jogou o caminhão num barranco. Quinze dias sem faturar. Mas seu fanatismo não entrou em declive como o Fordão. E, quando o reinado de Vargas sentiu-se ameaçado pela campanha de Carlos Lacerda, todo o seu antigo fervor se multiplicou.

Manfredo desviou os olhos do jornal, fixando-os no revólver sobre o criado-mudo. Ia tocá-lo com os dedos quando a porta do quarto se abriu.

– Oh...

Esse "oh" fora exclamado em reticência por Rute, que entrara com a vassoura ignorando a presença dum estranho na cama fidelíssima da patroa. Negra, virou mulata, embora nada sensual. Perdeu tudo: a cor, a calma, o controle da respiração e a vassoura, que foi ao chão.

O que faria Manfredo? O certo. Cumprimentou-a:

– Bom dia!

Rute continuou no estado já descrito.

– O senhor dormiu aqui?!...

Esse show room de pontuação é para visualizar o espanto batista (ou adventista) da serviçal.

– E gostei muito do colchão de molas. É Epeda?

A decente crioula respondeu com outra exclamação:

– Dona Deolinda perdeu o juízo!

– Perdeu? É a senhora mais distinta que já conheci!

– Ela foi uma mulher distinta! – disse a empregada, expulsando as palavras da boca. Seus dentes penderam para a esquerda: usava dentadura.

– Ora, o que tem isso? É uma viúva.

– Viúva, mas sempre foi muito honesta.

– Eu não sou nenhum vagabundo, minha senhora. Sou estabelecido por conta própria, casado e com três filhos.

– Casado? O senhor é casado?

– E vivo muito bem com minha mulher.

Os argumentos não acertaram o alvo. Na verdade, não eram bons. Rute foi toda sacudida por uma sequência de soluços. As lágrimas explodiram e depois rolaram pela face. Chorando, a serviçal ficou horrivelmente feia e incapaz de controlar-se. Manfredo olhava-a sem tomar nenhuma atitude. Mas a cachoeira não secava, com mais decibéis que o exercício pianístico que vinha da sala.

– Dona Rute, por favor.

– O senhor profanou minha patroa! – Sim, disse profanou, verbo de odor putrefato, que se espalhou incontinente pelo quarto.

– Vamos, pare de chorar. Dona Deolinda sabe o que faz.

– O senhor é um demônio!

– O que fiz de errado? Tinha perdido o último ônibus.

– Satanás! Amaldiçoado! Belzebu!

Manfredo não suportou tanto elogio. Levantou-se da cama, com a cueca aberta, um rasgo lateral a revelar um tufo crespo de pelos, na tentativa atabalhoada de dominar a situação. A pudibunda empregada, ao ver o homenzarrão seminu aproximar-se com a genitália à mostra, cheirando a conhaque de ontem e com propósitos indefinidos, recuou com nojo e pavor e disparou pelo corredor como se tivesse uma ratazana nos calcanhares. No mesmo tempo em que o aplicado exercício de piano se interrompia, Manfredo perseguia a crioula, querendo apagar o incêndio dum edifício com uma cusparada.

– Saia daqui – berrou a doméstica, já na cozinha. – Não me toque, seu... filisteu!

Não, Manfredo não era um filisteu.

– Cale a boca, sua negra velha.

– Fique onde está!

– Se não acabar com esse berreiro, eu te estrangulo – ameaçou o carreteiro, dando um passo à frente.

– Um homem nu! Um homem nu! – anunciou a serviçal, transferindo seu espetáculo para o quintal, a fim de que o mundo a ouvisse.

Manfredo, desorientado, sem esparadrapo para calar a serviçal, e no dever de dar explicações, dirigiu-se à sala. As calças, seu Manfredi! Ao lembrar delas já estava diante de Deolinda, duma menina assustada duns nove anos e de sua assombrada progenitora – por coincidência, as três olhando para ele.

A professora procurou no chão o buraco que a tragaria, a garotinha escondeu o rosto puro na saia da mãe, e esta, uma gigantesca senhora, conseguiu falar sem abrir a boca:

– Meu Deus! O que é isso?

Deolinda, ainda viva, explicou:

– É um conhecido meu.

– Muito prazer! – cumprimentou-as Manfredo, readquirindo inacreditavelmente sua dignidade.

A mãe da aluna puxou-a para a porta, sem evitar que ela arriscasse o mais ousado olhar de sua pequena vida àquele homem.

– Um momento – pediu a professora. – Fique, dona Júlia. Também não sei o que houve lá dentro.

A resposta a esse apelo foi um abalo sísmico, que derrubou bibelôs, cantoneiras e uma coruja de olhos fosforescentes, provocado por sensacional batida de porta. O resto foi silêncio e um diálogo de olhares. Manfredo voltou para o quarto e ela foi procurar a doméstica.

Ele retomava seu interesse pelo jornal, quando a virtuose de Nazareth apareceu com os nervos aparentemente no lugar.

– A negra se acalmou?
– Está fazendo as malas.
– Por quê?
– Não quer ficar mais aqui.
– Duvido.
– Vai, sim – confirmou Deolinda. – Pediu a conta. Fique à vontade.

Manfredo abandonou o jornal. Sentiu uma súbita saudade de sua querida Hilda, dos filhos, de Lothar e fez um movimento de toque no traseiro de Kioto. Ia reabrir a MM e permitir que Carlos Lacerda continuasse vivo. Começou a vestir-se e a pentear-se. Enfiou o berro na cinta, todo ele em ritmo de adeus. Viu um litro de colônia: assaltou-o.

A mestra retornou:
– Onde vai?
– Embora.
– Por quê, meu bem?
– Já causei muitos problemas aqui. Perdeu a empregada, e com toda a certeza uma aluna.
– Sei fazer comida, faxina e tenho mais quinze alunas.
– Deolinda, lamento, mas vou.
– Gosta de camarão?
– O quê?
– Perguntei se gosta de camarão.
Quem não gosta de camarão?
– Meu prato preferido.
– Já comeu à grega?

– Nunca.

– Com vinho branco é a melhor coisa do mundo. Fique. Vou comprar duas garrafas de chileno.

– Um pouco de vinho ia bem agora – admitiu Manfredo ainda sob tensão.

A mestra olhou para a cama:

– Vamos deixar o vinho para o almoço. A próxima aula é às dez. A gente pode aproveitar o tempo.

Foram para a cama, sob iniciativa dela, sem se importarem com as incômodas migalhas de pão e queijo, e ali permaneceram até o meio-dia porque a aluna das dez não compareceu. Nem a das onze. Deolinda atribuiu o fato insólito à morte do presidente, mas sem muita convicção. Seus receios eram mudos, mas não infundados, pois as ligações telefônicas foram muito intensas naquela manhã de 25 de agosto, quarta-feira, no respeitável bairro de Vila Mariana.

13 – Hoje, tudo o que aconteceu ontem à noite

Adriana aproveitou a ida da mãe ao mercadinho para trazer à realidade da luz solar os acontecimentos noturnos da véspera. A horizontal é a melhor posição para o fluxo das lembranças, ao contrário da vertical das antenas que captam em sons e imagens o momento presente. Deitada na cama, afrouxou os músculos, desafivelou a mente, fixou o teto e regulou o tempo, atrasando-o para a noite do dia anterior.

O apartamento do amigo de Maurício de Freitas era uma quitinete muito limpa num edifício novo. Como ele prometera, tinha realmente geladeira e eletrola, embora com poucos discos de setenta e oito rotações.

– Você sempre vem aqui?

– Neste, é a primeira vez.

– Seu amigo mora aqui?

– Não propriamente – respondeu o frívolo embaraçado. – A quitinete é duma imobiliária. Ele trabalha lá.

– Meu irmão é corretor de imóveis.

– Ganha muita grana?

– Ele está começando.

– Quer ouvir uma música?

– Quero.

Maurício, já sem queixas do mundo, foi à eletrola, colocando no prato o "Menino grande", de Antônio Maria, que andava nas paradas. Mas disfarçava mal seu interesse no disco em rotação mais lenta que a de seu coração.

– Está muito calor – disse, arrancando o paletó e jogando-o na cama como se fosse uma cascavel.

– Em que novela está trabalhando? – perguntou Adriana, sentando-se aos pés da cama.

– *O céu uniu dois corações.*

– É boa?

– Não sei, só leio minhas falas. Quem sabe das novelas é o público. Para os artistas, são todas iguais.

– Que tal o seu papel?

– Agora, melhorou. Usei a cabeça.

– Como usou a cabeça?

– Tinha uma fã que não me dava sossego. Apresentei ela ao autor e agora só está dando eu na escalação.

– Isso é muito sujo.

– Sou um cara limpo. Mas, às vezes, preciso livrar a cara. A vida é assim – concluiu o filósofo.

– Você devia confiar mais no seu valor – prosseguiu Adriana, querendo manter a conversa em nível sério.

– Já vi que não entende nada de rádio – replicou Maurício.

– Minha mãe subiu muito sem ter de fazer nenhuma sujeira.

– Sua mãe é velha.

– Mas era moça quando entrou na Ipiranga.

– Ela sempre foi uma grande chata. Desculpe, Adriana, mas eu acho. Lá na Ipiranga ninguém suporta mais o *Madame Zohra e você*. É de encher o saco. E toda estação tem um programa igualzinho. Seja franca, você ouve sua mãe?

Adriana era franca, mesmo sem que lhe pedissem:

– Faz uns três anos que não.

– E, se ela não fosse sua mãe, nunca teria ouvido.

– Pode ser.

Maurício abriu a geladeira:

— Será que tem alguma bebida? — mas ficou segurando pelo trinco sua decepção. — Uma pera, um tomate e um guaraná. Que pena! Ia bem uma coisa bem forte.

— Eu não quero beber. Tenho é fome.

O frívolo aproximou-se dela, abrindo o jogo:

— Parece mentira que estamos sozinhos.

Adriana notou que, sem paletó, o subgalã cheirava a suor.

— Tanto no carro quanto aqui não temos assunto — disse a bela, já arrependida de não estar com sua mãe, ouvindo rádio.

— Para que conversar? — contestou Maurício com muita malícia. — A gente pode fazer outras coisas.

— Vim só para fazer hora, Maurício.

— Como, fazer hora? — perguntou o rapaz, que realmente não entendera.

— Não quis voltar para casa muito cedo.

— Então, vamos ficar olhando um para a cara do outro? — espantou-se o ator, como se o seu sexo tivesse sido arrancado e atirado aos cães.

Adriana gingou e escapou:

— Tem aí alguma música de Nora Ney?

— Disco a gente ouve o dia todo — replicou o machão.

— Sabe que estou com fome de verdade?

— Tem uma pera, aí.

— Queria um bauru. Um big bauru.

Maurício olhou a ampulheta do tempo e perguntou-se onde poderia encontrar mais areia. Deu seu lance, apenas uma sugestão para noite de calor:

— Não quero fazer mal a você. Nunca fiz mal a nenhuma moça, mas a gente podia tirar a roupa e ficar na cama.

— Tire você, se quiser.

— Posso tirar?

— Não me oponho, mas é esquisito eu vestida e você não.

O ator pegou no chão a folha dum script que a censura condenara:

— Adriana, juro que não toco em você. Vamos fazer um acordo. Você tira a roupa, mas não precisa ir pra cama.

Ela não entendeu a barganha:

— ?

— Só quero ver você nua.

— Só?

— Já que não quer nada, basta olhar — disse o voyeur com o olho no buraco da fechadura.

— Você não vai se contentar.

— Vou, sim.

— Oh, que vontade dum sanduíche! Não jantei.

— Quer mesmo um?

— Quero.

— Posso descer e comprar. Se não tiver bauru, serve um misto-quente?

— Serve.

— Depois você tira a roupa?

— Não sei, vou pensar.

— Então, vou buscar — decidiu o subgalã, com mais esperanças em seu bornal. — Mas fecho a porta e levo a chave.

— Que história é essa?

— Pra você não dar o pira. Sou gato escaldado. Uma vez desci pra comprar cigarros e, quando voltei, a garota tinha sumido.

— Fechada não fico.

— Já manjei, você quer é pinicar.

— Então não precisa descer porque presa não fico. Ponha outro disco.

Maurício foi à eletrola. Tinha o *Luna, lunera*, Gregorio Barrios.

— Gosta desse?

— Já tem barbas brancas. Me dê um cigarro.

— Você fuma muito?

— Fora de casa, sim.

Maurício deu-lhe um Hollywood e acendeu-o. Também acendeu o seu, mas, logo às primeiras tragadas, voltou ao tema, rejurando que apenas queria vê-la nua e mais nada.

117

— Um minuto só, apenas um.
— Estou fumando.
— Depois você tira?
— Não sei.
— Como não sabe?
— Não quero tirar, mas posso mudar de ideia.
— E você não sabe se vai mudar de ideia?
— A ideia é que muda, não a gente — ensinou Adriana.
— E eu vou ter de ficar esperando?
— Não, meu bem, não é obrigado.
— Já vi que não vai tirar nada — concluiu Maurício, vendo pela janela sua noite esfacelar-se em mil pedaços.
— Também acho que não vou tirar. Nunca tirei para ninguém.
— Engraçado! Se eu fosse médico, você tirava.
— Nem precisaria ser. Basta me mostrar seu certificado de admissão à faculdade.

Não se disse que Maurício tinha classe, mas de qualquer forma perdeu-a:
— Você é uma burra, é o que você é! Uma burra!
— Agora é que não tiro.
— Se vê logo que é filha de Madame Zohra. Ela que pôs essas ideias atrasadas em sua cabeça.
— Quem me pôs ideias na cabeça foi meu irmão Lenine. Mas até que são muito adiantadas.

O dono do Prefect continuou se atolando:
— Você não tira só porque não te levei pra uma boate!
— Pode ser.
— Então você é uma interesseira!
— Mamãe sempre diz isso. Desde que eu tinha cinco aninhos.
— E você não se envergonha?
— Não me envergonho.

Só com a cabeça para fora do pantanal, Maurício arriscou:
— E se eu lhe der meus cento e vinte cruzeiros você tira?
— Não tiro.

– Mas não disse que é interesseira?

– Cento e vinte é uma ninharia. Não dá nem para uma bolsa!

Maurício, sem chance nem argumentos, pensou em atirar-se a seus pés, suplicante. Já mendigara a atenção e o amor de muitas mulheres ao microfone e recebera parabéns do ensaiador. Sem script, porém, as palavras, como algodão-doce, se dissolviam em sua boca e decididamente não sabia manipular emoções com as mãos, os braços e o corpo, como os atores de teatro. Mas não podia ficar parado. Falou e movimentou-se pela quitinete, num longo "bife", como se dizia em linguagem radiofônica. Lauda e meia, no mínimo, cheia de observações entre parênteses, rubricas e efeitos de contrarregra. Adriana ouvia com paciência, percebendo as modulações vocais, as pausas estudadas e as intenções do subtexto. Em dado momento, quase se comoveu, tal a realidade da interpretação. Era sensível. Mas não tirou o vestido.

– Espero que ao menos me pague um bauru – disse.

Maurício ia derrubar seu rei no tabuleiro, quando teve outra inspiração; começou a despir-se. Tirou a camisa, as calças, descalçou os sapatos e estendeu-se na cama.

– Venha, Adriana, venha – implorou.

– Tchau.

– Venha com o vestido mesmo.

– Vou pegar meu ônibus.

O frívolo enfiou a mão na abertura da cueca e retirou, rijo e úmido, seu último argumento:

– Veja como é grande! Não quer?

Adriana olhou-o como se se tratasse duma peça de massa exibida pelo professor de ciências físicas e naturais, dos tempos de ginásio, e, satisfeita com sua curiosidade curricular, pôs a mão na maçaneta da porta.

Na cama, para dar um pouco mais de ação a seu fracasso, Maurício começou a masturbar-se, enquanto, sem muita razão, aludia ao tamanho de seu membro viril. Adriana, que já vira feirantes apregoarem nabos e mandiocas, riu divertidamente e, para supliciá-lo, ergueu o vestido, mostrando-lhe a calcinha. Foi como jogar gasolina sobre uma brasa.

— Mostre mais! — ele pedia em gemidos. — Mostre mais!

Adriana ergueu novamente a cortina de seu palco sexual, não como concessão, mas para torturar o espectador. Recusou-lhe, porém, uma terceira exibição.

— Não entendo por que gosta tanto do azul — ela estranhou, que era a cor de sua calcinha. — Agora, tchau mesmo! — Girou a maçaneta, mas não saiu.

Não saiu porque alguém entrava: um cinquentão bem-vestido, cabelos cinzentos, barbeado e cheiroso, forte e queimado de sol — provavelmente um sol de luxo, como o do Guarujá. Revoltado com a situação imprevista, sofria como numa invasão de domicílio. É dispensável dizer que, à entrada do terceiro personagem, Maurício interrompeu a masturbação. Ou a prolongou mais um centésimo de segundo.

— Quem é você? O que faz aqui?

Era a voz imperativa e indignada do outro, que ainda não se sabia quem era.

— Sou amigo do Alfredo — disse Maurício, sabendo que não respondia a pergunta alguma.

— Que Alfredo?

— O moço que me emprestou a chave.

— Mas quem é esse Alfredo?

— Ele trabalha numa administradora de bens — informou o jovem nu, já imaginando quem o interpelava.

— Vou descobrir quem é e expulsá-lo da empresa. E vocês sumam daqui e deixem a chave na portaria. Isto aqui não é um bordel! — e, dizendo essa palavra, que Adriana só conhecia de romances antigos, o homem saiu enfurecido pelo corredor do andar.

A moça vivera seu primeiro vexame desse gênero:

— Quem é esse homem?

Ainda nu e na cama, embora menos sexy, Maurício supôs:

— Acho que é o dono da imobiliária e da administradora. Coitado do Alfredo! Vai pra rua!

— Que vergonha que passei!

— Vou levar você pra casa.

— Não é preciso — ela gritou, com ódio de Maurício. Preferia voltar a pé do que em seu Prefect. Saiu correndo da quitinete.

No corredor, diante dos elevadores, Adriana viu o autor do flagrante. Decidiu enfrentá-lo. Mas astuciosamente:

— Queria agradecer ao senhor.

Ele olhou-a bem do alto, se bem que fosse de estatura mediana.

— Agradecer o quê?

— Foi Deus que mandou o senhor.

— Deus?

— Se não chegasse, podia até ser violentada — disse Adriana.

— Esse cafajeste não é seu namorado?

— É a primeira vez que saio com ele.

— E já foi se metendo num apartamento?

Adriana achou que uma mentira facilitaria o entendimento:

— Disse que ia haver uma festinha, e eu, boba, acreditei. Assim que chegou, foi logo tirando a roupa. Quase morro de susto. O senhor apareceu na hora certa.

O elevador. Entraram.

— Então ele não é nada seu?

— Nada.

— Que indecente!

— O apartamento é do senhor?

— Ele e o resto do edifício. É meu negócio.

— O que foi fazer lá?

— Quando vi luz, da rua, estranhei, porque está desocupado, como todo o andar. Normalmente não faria isso, mas senti um impulso e subi.

— Não disse que foi Deus?

O terceiro personagem regozijou-se por ter participado como mensageiro duma entidade superior, mas Deus, que exagero! Foi o que disse a ela, e riram.

121

Na rua, Adriana viu um rabo de peixe atrás do Prefect de Maurício de Freitas. O transatlântico e o cargueiro. Lá estavam dois destinos sobre rodas. À porta do prédio, a noite esfriando, e ainda cedo, ambos ensaiando despedidas, com o braço curto e emoções travadas, ela pendeu sobre o corpo de seu salvador. Precisava dum foguete para ultrapassar os limites do bairro:

– Estou me sentindo mal – disse. – Foi o susto.

– Quer que a leve para casa?

– Aceito.

Entraram no carrão. Ela olhou num relance para cima e viu a luz da quitinete ainda acesa, mas nem pensou no onanista flagrado, absorvida pelo molejo, luxo e carisma da marca famosa. A seu lado, o senhor de cabelos cinzentos, já desligado da cena da invasão do seu patrimônio, reajustado à elegância de sua roupa e porte, saboreava de canudinho a presença da doce Adriana. Os pobres se iludem porque nem sempre os ricos têm programa e, naquela noite, ele só tinha suas quatro rodas:

– Onde você mora?

– Nos Campos Elíseos – ela respondeu, tirando uma ideia da gaveta. Mas se o senhor não tem pressa, eu gostaria de tomar um refresco em qualquer lugar. Estou com a boca seca e meu coração ainda está batendo por causa daquele malvado.

– Não tenho pressa alguma – disse ele, confirmando a impressão do narrador. E acrescentou, para garantir sua vaga noturna: – Hoje estou completamente solto.

– Sua mulher viajou?

– Há muitos anos. Para o além.

– Lamento, mas é melhor sair com um viúvo do que com um homem casado – disse Adriana, envolta no aconchego do automóvel. – O senhor vive só?

– Tenho uma filha, casada. Sou um vovô.

Ela riu fino e comprido como se por brincadeira puxasse as barbas dum Papai Noel de loja. Mas se ria de dois anacronismos: um vovô e uma virgem. Era uma excitante parceria. Animou-se, pediu um cigarro, e qualquer coisa que lhe pareceu a própria felicidade misturou-se à fumaça.

— Então, já que está solto, como disse, e meu pai teve de viajar, tomaria um uísque — ela decidiu. — Ou talvez dois. Não bebo, mas quero beber.

— Isso é bom demais! — ele exclamou. — E eu que já ia dormir! Vamos ao uísque, senhorita! Ah, não sei se interessa, mas me chamo Felipe Dandolo.

— Engraçado! Parece que já ouvi esse nome. Dandolo.

Nesse ponto, Adriana interrompeu seu flashback, saiu do quarto e foi para a sala. Queria contar à dona Hilda que lhe acontecera na noite passada. Lá, a conselheira, ao telefone, administrando os conflitos da família, deixava um recado para Celeste: que fosse aquela tarde à Rádio Ipiranga. Impreterivelmente. Essa palavra, inventada apenas para produzir eco ou dar seriedade a intimações, assustou tanto a moça que ela voltou para seu quarto e às lembranças das horas vividas com Felipe Dandolo.

14 – Esclarecimento ao redor duma lata de margarina

Depois da conversa com mamãe Hilda, Lenine calçou botas de sete léguas e ganhou a rua, caminhando sob o céu triste de agosto. Fora bastante determinado com Madame Zohra: não se casaria com Celeste por mais lágrimas que sua negativa provocasse. O casamento era preço muito alto para pagar o couvert duma noite de luar. Afinal, cabia à astróloga resolver os problemas de suas consulentes e não trazê-los para a intimidade do lar. Ao chegar à esquina, o folhetim da "Ginasiana Enganada" já perdera as páginas. Seu pensamento, como um arquivo de imagens, preferia concentrar-se no bar da boate Lord, onde encontrara Benito à espera da mulher-enigma, que logo se revelara ser Coca Giménez, a mais fabulosa fêmea que já vira acordado. Por azar, como foi relatado, o irmão já dormia quando saíra do banho e já se levantara quando despertara naquela manhã. Com tantas perguntas a fazer-lhe e ainda sob o embate que rompera o dique da inveja e afogava seu orgulho, não podia ocupar-se dos trabalhos vulgares da imobiliária. Apenas passou por lá, cumprimentou os corretores, informou que ia visitar os clientes e voou para a agência de publicidade, onde o afortunado mano fotografava.

Benito estava em plena faina, no departamento fotográfico, enquadrando uma lata de margarina suspensa por um fio invisível quando Lenine entrou. Enlevado como Lewis Carrol fotografando suas Alicinhas em posições lânguidas, o primogênito não teria percebido a aproximação dum bisonte, tão aplicado estava na regulagem da câmara e na dosagem da luz.

– Trouxe um cachorrinho pra você fotografar – disse Lenine.

Benito desviou o olhar da margarina e fixou-o no irmão, que jamais o visitara na agência.

– Você? O que veio fazer?

– Bater um papo. Relaxe.

– Só depois de fotografar trinta e seis vezes essa coisa.

– Não lhe vou roubar muito tempo.

– Já é um consolo ouvir isso.

Lenine foi logo ao assunto, o fascinante quebra-cabeça da noite passada.

– Vim movido pela curiosidade. É uma doença crônica nas mulheres e aguda nos homens. Não pude suportar.

– Já sei, quer que fale de Coca Giménez.

– Tudo.

– Mas, infelizmente, estou trabalhando.

– Eu também larguei o trabalho por causa disso.

– O que quer saber, além do que já imaginou?

– Quero saber como um cara como você, que nunca se interessou tanto por mulheres, e que não circula pela noite, e que nem ao menos gosta de boleros, fez para conquistar aquele monumento. Que técnica usou, como conseguiu essa vitória? Me julgava um mestre, mas estou aqui para aprender.

– Não sei se lhe posso ensinar muita coisa.

– Ponha a modéstia de lado. Tomarei notas, se permitir.

– Você é engraçado!

– Comece pelo começo. Como a conheceu?

Benito deu um tapa na lata de margarina suspensa, que girou como um pião.

— Foi num bar noturno, parece que no Pierrot.

— Sim, cantou no Pierrot. Eu ia sempre lá.

— Fui levado por um cliente particular. Hoje em dia é nas boates que se fecham negócios.

— Olharam-se e apaixonaram-se.

— Não foi tão rápido assim. Mas na noite seguinte voltei.

— Sozinho?

— Faltei a uma reunião na APP para vê-la.

— E ela sentou-se à sua mesa.

— E ela sentou-se à minha mesa. Estava chovendo e não tinha quase fregueses. Conversamos um pouco. Coca conhece quase todas as capitais da América Latina e me falou delas. Clima, aspecto, modos de vida, coisas assim.

— E você passou a ir todas as noites ao Pierrot.

— Menos às segundas.

— Por que menos às segundas?

— Porque às segundas o Pierrot fechava.

— Continue.

— Depois mudou para o Chez Moi.

— E você também.

— E eu também.

— Ela cantou no Le Barbar.

— Boa memória, Lenine! Não sei como não nos encontramos lá. Eu ia quase todas as noites.

— Já era namoro?

— Éramos ainda amigos cordiais.

— Mas acabaram se tornando amantes?

— Satisfeito?

Lenine não estava satisfeito. Foi sua vez de dar um tapa na lata de margarina. Ansiava por detalhes estratégicos, explicações minuciosas, manobras enxadrísticas. Isso tudo seria dispensável se Benito fosse um rapaz de boa pinta ou tivesse dinheiro. Mas não era uma coisa nem tinha a outra. Nem possuía uma charla envolvente ou científica. Por outro lado, era natural e humano que alguém que dormisse com La Giménez trombeteasse. E ele não trombeteara. Pelo contrário, fizera segredo, desses que só se revelam em memórias póstumas. Por quê?

– Ela te ama?

– Amar, amar é um verbo literário. Se ela me ama? Acho que não.

– Bem, isso, de fato, não é importante. Dormir com ela já é o suficiente. Mas espere um pouco – disse Lenine, lixando-se num ponto. – Você sempre dorme em casa! E geralmente chega mais cedo que eu. Que amante é esse? Você trepa com ela mesmo ou é apenas uma companhia? Toulouse-Lautrec saía com todas as boas de Paris e não pegava nem resfriado. Será que matei a charada? Pode se abrir, mano. Você é apenas um confidente da ninfa. Confesse e me retiro.

– Vamos sair um pouco.

– O quê?

– Convido-o para um drinque.

– E sua margarina?

– Ela que fique sozinha, lembrando os bons tempos do supermercado.

Pressentindo que Benito tinha muito a dizer, e mais curioso do que nunca, Lenine acompanhou-o até um bar fechado, nas proximidades da agência, onde chamara dois uísques. Percebeu que durante o trajeto o primogênito se transformava. Sua máscara de sujeito equilibrado caiu e ninguém pegou. Tomou a primeira e encomendou a segunda:

– Então quer saber como conquistei a uruguaia?

– Se não for história excessivamente excitante.

– Que truques e armadilhas usei para enredá-la?

– Seja bastante didático, frio e objetivo.

– Pois vai saber.

– Ótimo! Coragem!

Benito começou com os olhos no copo, como se o gelo fosse um barquinho de papel fitado por olhos infantis. Falava devagar, prestando depoimento para uma estenógrafa. E embora sua fisionomia fosse imutável, as palavras e as pausas lhe doíam:

– Passei a ir buscar Coca todas as noites à saída das boates. Ela escolhia os melhores restaurantes e entendia de champanhe. Eu precisava treinar os músculos faciais no banheiro para não me surpreender com as notas. Mas logo entendi que, só com secos e molhados, não iria longe. Entrei na fase das flores, bolsas, luvas, perfumes franceses e pequenas joias. Em seguida, a fase das joias maiores. Em pouco tempo, acabara o dinheiro da carteira, do banco e ainda não dormira com ela. A chance surgiu num fim de semana somado com um feriado, quando combinamos três dias maravilhosos no Guarujá. Vendi meu relógio, todos os livros técnicos, um pneu e por segurança pus no bolso uma das últimas prestações do apartamento. Não sei quanto custaram por homem-hora aqueles três dias de prazer, mas quando voltei só restava um cruzeiro no bolso. Mas estava aliviado.

– Eu também estaria.

– Supunha que depois desse sacrifício financeiro me livrasse daquela obsessão diabólica. Pagara caro por um capricho, dinheiro que recuperaria num mês de horas extras e freelances. Engano.

– Disse engano?

– Sim, porque aqueles três dias não me satisfizeram. Pelo contrário, serviram para me prender ainda mais a ela. A paixão virou vício. E o pior é que não tinha gaita para manter o vício ou curá-lo pela exaustão. Foi então que fiz a loucura do ano.

– Meu Deus, estou imaginando! Mas diga você mesmo!

– VENDI O APARTAMENTO.

– V...endeu?

– Vendi.

– Bem ou mal?

– Mal, mas precisava de dinheiro para continuar com Coca. Péssimo negócio.

– Sem desespero, compre um apartamento menor e esqueça.

– Era minha intenção comprar um de três peças sem garagem.

— Arranjo-lhe um que é uma graça.
— Compraria, se não tivesse torrado o dinheiro.
— Todo? Por favor, pare de olhar para esse gelo e me olhe. Estourou tudo com a uruguaia?
— Em três meses.
— Como conseguiu, em tão pouco tempo?
— Quem conseguiu foi ela. Tem mais prática.
— E agora?
— Agora, o quê?

A esperança:
— Ao menos está curado?
— Não.
— Mas como pode estar apaixonado por uma sanguessuga?
— Ignoro.
— Pretende ver ela outra vez?
— Claro, só penso nisso.
— Mas está a zero quilômetro!
— Tenho meu salário.

Lenine comentou com palavras inúteis a venda do imóvel. As únicas paredes que um Manfredi já conseguira comprar. Talvez fosse o teto dos velhos, se um dia desapropriassem a casa dos Campos Elíseos. O gelo diluiu todinho. Benito teve de encarar o irmão sem a proteção do iceberg.

— Não sente remorso?
— Minha preocupação é continuar com Coca, mesmo sem dinheiro.
— Acredita mesmo nessa doce ilusão?
— Sim, é uma ilusão, mas, como você diz, é doce.
— Ela vai chutá-lo.
— É o mais provável.
— Tenha certeza. Conheço as mulheres melhor que você.
— Coca viveu dois anos com um homem pobre.
— Aposto que se matou.
— Sabe que ela nunca me pediu dinheiro vivo? – defendeu-a Benito.

— Imagino, como os babalaôs e santos de ataque só aceitam gratificações.

Benito disse que aquela seria uma noite decisiva; terminaria tudo ou recomeçaria mais solidamente seu caso com Coca. Mas, cedendo a certa insistência do irmão, mudou o tom da conversa e referiu-se às minudências eróticas de seu relacionamento. Seu corpo era um poema e não vira nada mais lindo exposto ao sol. Lenine babou, quando ele contou o que fora sua epopeia no Guarujá. Como bom fotógrafo, sabia descrever os detalhes anatômicos daquela formosura.

Havia carne em sua voz. O caçulinha, aos poucos, foi esquecendo a loucura da venda do apartamento. Afinal, para que se atribuir tanto valor a algumas toneladas de cimento, cal e tijolos? É um feio materialismo.

Lenine:

— Se você fosse eu, jamais faria o que fez. Mas se eu fosse você, teria feito a mesma coisa.

A frase, apesar de sua lógica discutível, teve o condão de devolver aos dois o bom humor. Benito recuperou o otimismo. Talvez a uruguaia o aceitasse mesmo sem vintém. Não era impossível. O próprio Lenine, depois que o irmão pagou a conta, abriu uma brecha em seu parecer. Sim, por que não? Quem sabe, arrisque, pode ser...

À saída do bar, Lenine fez a Benito uma pergunta que correspondia a uma brincadeira que andava em moda:

— Sabe o que o chato disse para a pomada Mercurial?

— Não.

— Nossos mortos serão vingados.

Nem puderam andar de tanto rir. Benito consultou o relógio. Como o tempo passara! Três horas!

A hora em que Madame Zohra entrava no estúdio.

15 – A mãe de Odilo aceita a realidade

Ao terminar seu programa, Madame Zohra dirigiu-se ao saguão, à espera de Celeste. Sentou-se no banco frio com um desejo estranho. Queria que naquele momento ocorresse fenômeno igual ao de Sodoma e Gomorra, uma erupção como a que sepultara Pompeia, ou mesmo caísse uma bomba atômica. Somente as maiores forças de Deus, da natureza e da física nuclear poderiam salvá-la do que ia fazer. Queria que seu corpo, naquela posição, sentado, apenas fosse encontrado por um arqueólogo do século XXI. Então, só assim, seria a múmia duma mulher sem pecado. Havia também a possibilidade de que Celeste não atendesse a seu chamado telefônico e que abandonasse seus conselhos como quem joga fora um pão amanhecido.

Não vou esperar muito tempo, decidiu. Afinal, é ela a maior interessada. Ia levantar-se, quando Celeste, com um vestido limpinho e modesto, apareceu à porta. A leviandade dessa moça prejudicou todo o meu trabalho, pensou Hilda. Vai jogar na cisterna todas as palavras que pronunciei em doze anos. Fará de milhares de cartas uma fogueira. E me envergonharei de suas cinzas.

– Recebi seu recado – ela foi dizendo.
– Podemos conversar?
– Vim para isso.
– Vamos ao auditório.

Os cinquenta passos que separavam o saguão do devastado auditório foi a mais tormentosa viagem que Madame Zohra fez na vida. E o que mais a torturava era o impulso de contar a verdade: Odilo é meu filho. O desabafo poderia fazer-lhe bem, mas traria consequências incontroláveis e imprevisíveis. Talvez Lenine fugisse. E aí seriam duas à procura do misterioso personagem do terreno baldio.

Sentaram-se no auditório, onde uma faxineira idosa acionava um aspirador de pó.

– Por que mandou me chamar? – a moça perguntou, ansiosa.

– Estive pensando em seu caso, Celeste.

– Não se preocupe tanto comigo. – E anunciou: – Não farei o aborto.

– Não?

– Fique tranquila. Estou disposta a contar tudo a meus pais. Não era essa a promessa que queria ouvir?

Sim. Com abraços e beijos. Se o nome de seu filho não estivesse em jogo. Agora, Celeste dizia que perdera o medo. Mesmo se seus pais a expulsassem de casa. Não sabia por quê, mas se operara essa revolução no seu íntimo. Talvez porque conhecera Madame Zohra. Ou porque o filho que ia nascer já lhe mandara a primeira mensagem intrauterina. Mas quem sabe fosse ainda influência das radionovelas que sempre socorriam as mães solteiras. Hilda entrara no lugar-comum das emoções: fria e trêmula. Como destruir com argumentos recentes a força nodosa de velhos e estaqueados ideais? Como arrancar as raízes duma palmeira com uma tesourinha de unhas?

– Celeste, minha filha, não vamos nos precipitar.

– Por quê? Acha que podemos encontrar Odilo?

– Para dizer a verdade, não acho. Temos poucas informações sobre ele e a cidade é tão grande! A maior do país. Não há nenhuma pista segura.

– Adelaide, outra amiga minha, disse que também o viu nos Campos Elíseos, perto do palácio do Governo.

– Pode ser, mas o bairro é imenso.

– Descrevi o carro do irmão dele ao dono dum posto de gasolina. Disse que é um Skoda.

– Mas isso também não ajuda muito.

– Um Skoda amarelo.

– Não podemos sair pelo bairro à procura dum Skoda amarelo.

– Ontem quase lembrei os dois últimos números da chapa.

– Há muitos números numa chapa.

As esperanças de encontrar Odilo terminaram aí.

– Farei o que a senhora mandar. Até entrar para um convento.

– Convento? Que bobagem!

– O que faço, então?

– Como disse, pensei muito em seu caso...

– Sim?

– Há quanto tempo está grávida?

– Dois meses ou dois meses e meio.

– Dois meses – repetiu Madame Zohra. – Felizmente faz pouco tempo. O feto ainda não tem forma. Propriamente, nem vida e muito menos alma. (Seriam a matéria e a alma criadas no mesmo instante? Ou primeiro uma, depois outra? E quem sabe a alma precederia à célula, vencendo os espermatozoides na corrida do circuito vaginal? Zohra admitia que qualquer conceituação em nome de Deus seria muito delicada. Deus fez tudo, mas não contou nada. Como podia responder ao que a teologia e a biologia apenas perguntavam? Mas ignorar é sempre a melhor desculpa. E quem tem mais autoridade do que uma pessoa que fala pelo rádio?) Estou pensando mais em você do que em meus princípios, minha filha.

– O que a senhora quer dizer?

– Uma raspagem assim no começo não ofereceria perigo. Em menos de uma hora estaria livre. Nem doeria.

Celeste ouvia, querendo não entender o que já entendera. Esperava qualquer coisa de Madame Zohra, menos aquilo. Será que estava aconselhando o aborto? Depois de tantos anos de campanha contra? Precisava duma confirmação, pois a dor física era o que menos temia.

– A senhora acha que devo...

– Como bem sabe, querida, condeno o aborto. Principalmente para mulheres casadas. Mas seu caso é diferente. Tem muitos anos para viver. Poderá ainda ter filhos, o que talvez não aconteça como mãe solteira. Devemos nos preocupar com seu futuro. Com a grande família que terá um dia. E quanto ao que aconteceu, considere esse rapaz um monstro que a atacou – concluiu Zohra lembrando a cínica, porém hábil, sugestão de Lenine.

Celeste sorriu como para um pequeno espelho de estojo:

– Difícil considerar Odilo um monstro. Se a senhora visse como era bonito!

Teria dito a ela que vencera um concurso de robustez infantil?, pensou Hilda. Sim, do centro de saúde do bairro. Ainda guardava o diplominha. E um retrato dele com o bumbum pro ar. Lenine dissera que pretendia um dia vender a pose para a revista *Playboy*.

– Você me entendeu?

– Então, a senhora aconselha? – perguntou Celeste, não refeita da surpresa.

– Nunca aconselhei o aborto. Posso jurar. Mas coloco sua felicidade acima de tudo. – Mentir é só uma questão de começar.

– Nem sonhava que decidisse assim. Veja minhas mãos! Estão suando!

– Decepcionada comigo?

– Oh, não! Apenas não esperava merecer uma exceção. Isso quer dizer que é bondosa e que gosta muito de mim.

– Seu caso me comoveu bastante.

Celeste, ante a nova situação, encarou Madame Zohra ainda mais dependente.

– Mas não saberia como fazer isso. Não conheço esses médicos.

Madame Zohra cobriu-lhe a mão com a sua:

134

– Sei duma clínica porque a denunciei muitas vezes pelo meu programa. Mas ninguém lá me conhece pessoalmente.
– Custa muito caro?
– Não pense em dinheiro.
– Por quê?
– Eu pago tudo, querida.
Meu Deus, por quê?
– A senhora?
– Pago.
– Mas é um caso meu. A senhora não tem culpa de nada.
– Não tenho culpa, tenho economias.
– Já sabe quanto vai gastar?
– Não sei.
– Se seu marido souber, pode não aprovar.
– Sou bastante independente dele.
– Seus filhos ajudam a senhora?
– Um deles ajuda.
– Madame Zohra, depois vou querer que me diga quanto gastou. Pagarei, mesmo em prestações.

Hilda passou a mão nos cabelos da moça, obtendo uma pausa repousante. Isto explicado, teriam de passar a coisas mais práticas.

– Quando eu faria isso?
Zohra já havia cuidado de tudo.
– Amanhã cedo há horário na clínica. Telefonei hoje cedo. Depende apenas de confirmação.

A missivista ia abraçá-la, mas uma nova realidade se antepôs entre as duas.

– Tenho medo – confessou. – Não da dor, mas do hospital.
– Não precisa ter. Iremos juntas. Podemos nos encontrar à porta da clínica às nove. – Retirou da bolsa uma tira de papel com um endereço. – Às nove em ponto.
– Vou ter de ficar muito tempo lá?
– Diga a seus pais que vai almoçar com uma amiga. Talvez tenha de repousar algumas horas. Evita problemas. Depois levo

você de táxi para casa. Mas nada de esforços. Descanse, pretextando gripe ou dor de cabeça.

— Farei o que a senhora mandar.

— Sua mãe permitirá que almoce fora?

— Às vezes, almoço na cidade com Clarice. Ela trabalha numa loja onde costumo substituir as balconistas faltosas.

— Muito bem. Tudo combinado.

— Só faltarei numa hipótese.

— Qual?

— Se Odilo aparecer para casar comigo.

Dona Hilda e Deus sabiam que seria esperar pelo impossível. Odilo só compareceria algemado e ladeado por cães pastores. Mas ia rezar para que outro, melhor que ele, garantisse o desfecho feliz.

— Tome um calmante hoje à noite — aconselhou Madame Zohra.

— Ainda há gente boa neste mundo! — exclamou a jovem, tocando a radialista com ambas as mãos para materializar sua certeza.

— Vamos indo — disse Zohra. — Ainda tenho coisa importante a fazer.

Não queria prolongar despedidas. Separaram-se no corredor. Em seguida, Hilda foi à antessala da diretoria. Queria marcar uma entrevista com o diretor artístico. Para amanhã, às três e meia: assim que acabasse o programa. Deixou anotado que o assunto era sério e inadiável. Por favor! A secretária riu bobamente, mas não ligou. Na portaria havia em seu casulo uma carta para Madame Zohra. Ficou olhando o envelope e ia estender a mão para apanhá-lo no gesto automático de tantos anos, mas não o fez. Recolheu os dedos um a um como se houvesse um sapo no casulo. E dirigiu-se com uma pressa sem velocidade para a rua.

16 – Conspiração em Vila Mariana

Quando Deolinda foi ao empório, depois do meio-dia, comprar as duas garrafas de chileno prometidas a Manfredo viu Rute, na farmácia, com a mala, cercada de algumas pessoas e ainda detendo a enxurrada lacrimal da manhã. A batista ficara o tempo todo na rua, dividindo com outros o seu espanto. Como as alunas das dez e das onze haviam faltado às aulas, e nenhuma confirmara as da tarde, o que era de hábito, a professora supôs com muita razão que seu escandaloso amor com o carreteiro estivesse tocando todas as campainhas do bairro. De posse das garrafas, cigarros e alguns vidros de tempero, voltou com a impressão de que, por trás das cortinas da rua, olhos cheios de malícia seguiam seus passos. Podia ser mera impressão, mas se sentia um alvo em movimento. Apressando os passos, apressou também a resolução de livrar-se de Manfredo antes de perder todas as alunas.

Já em casa, cozinhando essa decisão na mesma panela fumegante dos camarões, Deolinda ouvia o rádio que o carreteiro ligara. O desfile ante o corpo do presidente prosseguia no Catete. Alguém falava ao microfone e chorava. A dor do povo chegava ao alto-falante em forma de estática. O país transformara-se num som surdo e intermitente. Mas o pensamento da professora não viajava com as ondas hertzianas. Fixava-se no piano, no retrato do marido, no bairro e nas alunas. O que Rute estaria dizendo na farmácia? E o que já dissera noutros lugares? Depois de duas sessões sexuais, a da noite e a da manhã, ponderava a diferença entre corpo e pele. O corpo estava satisfeito, porém a pele poderia sofrer. Não havia outro jeito. Assim que Manfredo passasse o guardanapo na boca pela última vez, lhe pediria que fosse embora.

A despeito de seus receios, Deolinda fez excelente almoço, louvado pelo homem da MM desde a garfada inicial.

– Minha mulher é boa cozinheira, mas você não perde para ela.

– Se quiser pode comer mais.

– Você não está com fome?

– Não.

– Como é possível não comer o que cozinhou tão bem?

– Perdi a fome.

– Então, beba o chileno. Abre o apetite.

Deolinda tomou um gole de vinho, repetiu, e logo compartilhava com Manfredo, mano a mano, o fundo da primeira garrafa. A bebida relaxou-lhe as tensões. O que importava o que Rute estava dizendo ou já dissera? Pensamentos se apagam, fatos não. Quando o nível da segunda garrafa baixou à altura do rótulo, já não temia mais nada e não se flagelou quando a aluna das duas não veio.

– Acabou o vinho – lamentou o carreteiro.

– Agora que estava ficando bom.

– É verdade. Mas preferia o tinto. O branco é suave demais.

– Quer que vá comprar?

– Eu lhe dou o dinheiro. Mas traga logo um garrafão. Não pretendo beber tudo, porém, é melhor que não falte.

Desta vez, Deolinda encontrou mais gente no empório. À sua entrada, um grupinho muito coeso junto ao balcão, coeso e sussurrante, ficou indócil e formou aquela roda dos jogadores de rúgbi quando combinam jogadas nos momentos decisivos das partidas. O time dos moralistas do quarteirão ia atacar. E assim que a pianista saiu com o garrafão de vinho, símbolo de insensatez e lascívia, a primeira assinatura encimou uma folha de papel almaço sem pauta, que seria enviada com a maior brevidade para o proprietário da casa onde Deolinda morava ou para a delegacia mais próxima. Em meia hora, quatro páginas cheias de garranchos, revelando um coletivismo jamais obtido pelo rompimento dum cano de esgoto ou pela falta de semáforo diante do edifício do grupo escolar.

– Bem, agora podemos beber sem contar os copos – disse Manfredi, abrindo o garrafão.

– Acho que falavam de mim no empório – informou Deolinda.

– Isso te assusta?

– Acho que não.

– E quanto às alunas?

– A das três também não veio.

– E se não vier nenhuma por causa da desgraçada daquela negra?

– Paciência.

– Mas você vive das aulas, não vive?

– Tenho o montepio de meu marido. Com ele, nunca morrerei de fome.

Manfredo deu um sorriso molhado. Bendito montepio, que aliviava sua culpa.

– Então brindemos a seu marido! Foi um homem previdente. Aí está uma coisa que deveria fazer: garantir o futuro de minha mulher.

– Você não tem casa própria?

– Nem casa própria, nem seguro nem nada. A única propriedade da família é um apartamento que meu filho Benito está acabando de pagar. É um rapaz de juízo.

– Mas você tem sua empresa.

– Quando eu morrer, fechará as portas. Meus filhos não trabalham comigo. Aliás, MM vai muito mal. Mas isso só me preocupa quando bebo, porque minha cara-metade trabalha e me ajuda bastante.

— Sua mulher trabalha? É costureira?
— Radialista.
— O que é isso?
— Trabalha no rádio, tem um programa.
— Sua mulher tem um programa de rádio? — Manfredo, que sempre se orgulhara da fama de Hilda, embora nunca ouvisse seu programa, revelou vaidosamente:
— Você deve conhecer ela. Minha mulher é Madame Zohra.
A professora de piano olhou-o, descrente:
— Madame Zohra é sua mulher?
— O nome dela é Hilda, Hilda Manfredi.
Deolinda ficou toda parada:
— Você está brincando!
— Não estou brincando.
— Mas eu conheço muito Madame Zohra. Sou sua fã desde que meu marido era vivo. E, ainda hoje, quando posso, ouço o programa. Ela tem muito cartaz aqui no bairro. Sabe que uma vez lhe mandei um cartão de Natal?
— Mandou?
— E ela agradeceu pelo microfone. Quase chorei de emoção. Foi a única vez que meu nome foi dito ao microfone. Então ela é sua mulher mesmo?
— Não sei por que duvida tanto! Só que certamente não lhe escrevo cartas nem a chamo de Madame Zohra.
— Ela é uma mulher formidável!
— É o que sempre digo: casei com uma mulher formidável.
— Gosta dela?
— Gosto muito de Hilda. Ela pode brigar comigo, mas eu não brigo com ela.
— Se gosta tanto, o que está fazendo aqui?
Manfredo não entendeu:
— Aqui em Vila Mariana?
— Aqui em minha casa.
Ah, sim, entendia.

— Ora! Você também gostava muito de seu marido, suponho, e está aqui comigo!

— Mas não é a mesma coisa. Henrique morreu e sua mulher está bem viva.

Não se podia responder a isso a seco. Manfredo tomou um gole de boca cheia:

— As coisas acontecem por acaso.

— Acaso?

— Eu não saí de casa para trair minha mulher. Saí para matar Carlos Lacerda – explicou, batendo na cinta como se a arma estivesse lá. – Mas ao passar por aqui me lembrei de você e quis lhe fazer uma visita. O resto você já sabe. E não me arrependo, porque este vinho está delicioso.

— Gostaria de ser amiga de sua mulher – disse Deolinda.

— Não acho tão necessário.

— Sempre quis conhecer ela pessoalmente, abraçá-la e dizer quanto a admiro.

A Manfredo parecia exagero.

— Diga, admira ela tanto assim?

— Madame Zohra tem salvo muita mocinha do mau caminho. Tem ajeitado muito casamento. E a campanha que faz contra o aborto é a mais patriótica que se faz pelo rádio. Você tem acompanhado a campanha, não?

— Sim, a campanha contra o aborto, mas no que ela é patriótica? Você quis dizer isso mesmo?

— Claro, o que falta neste país é gente.

— Oswaldo Aranha disse que somos um deserto de homens e de ideias.

— Sim, falta gente. Aqui cabe a população da China e, no entanto, a Amazônia está praticamente desabitada. E se não povoarmos ela, um dia cai nas mãos dos estrangeiros. Nunca leu nada sobre esse perigo? Getulio já falou. A Amazônia pode ser norte--americana amanhã.

— Isso é verdade.

— Aí está a importância da campanha de Madame Zohra. Lutando contra o aborto, ela está salvando a Amazônia. Se toda emissora de rádio tivesse um programa como o dela, o país dobraria a população em dez anos.

Manfredo estava pensando nessas coisas pela primeira vez. Era uma descoberta que merecia um copo cheio. À sua Hilda!

— Veja você como é preciso, às vezes, a gente dar uma fugidinha! Tive de sair de casa, dormir com outra mulher, para descobrir a importância daquela baixinha.

— Madame Zohra é baixinha?

— É deste tamanho — mostrou Manfredi, como se tivesse casado com uma anã —, mas que força tem a mulherzinha! E depois do que disse sobre a Amazônia — arrematou — ainda pergunta o que faço aqui? Vim para dar mais valor à minha Hilda. Até parece arrumação de Deus!

— Não sei se Deus tem alguma coisa a ver com você aqui em casa — duvidou a viúva —, mas sua mulher é um dínamo. Meu marido chamava de dínamo as pessoas fortes. Uma verdadeira deputada. Pena que esteja tão abandonada nessa luta. E ainda há aquelas que debocham dela.

— Debocham? Quem?

— Principalmente os moços. Dizem que essa conversa é chover no molhado. Dão risadas.

Essa informação magoou Manfredo, que fez uma espécie de juramento após novo gole de tinto.

— Hilda não estará mais sozinha. O que você explicou me convenceu. É uma grande patriota. Quando voltar, vou dar a ela todo apoio e estímulo. E obrigarei meus filhos a fazerem o mesmo. Acho que a patroa já está merecendo um pouco de respeito.

A pianista não ouviu nem quis ouvir as últimas palavras do visitante apesar do tom quase bíblico. Afastou-se dele e do garrafão e ficou a um canto com uma cor estranha, que parecia a do remorso. Foi saindo, sem dizer nada, e Manfredo, com o copo de vinho na mão, alcançou-a na sala, onde se postara diante do retrato do falecido como se estivesse acoplada a um túmulo.

O carreteiro aguardou um tempo para perguntar, intrigado:
— O que aconteceu?
Ela não respondeu, disse a si mesma:
— Estou envergonhada.
— Por quê?
— Andei com o marido da mulher que mais admiro.
— Você não conhece ela pessoalmente.
— Quando a gente ouve uma pessoa pelo rádio muitos anos seguidos tem a impressão de que já tomou café com ela. Foi minha companheira de todos os dias. E, graças à Madame Zohra, pude enfrentar a dor da viuvez. Me convenceu de que há pessoas que sofriam mais do que eu. E fui trair meu falecido justamente com o marido dela!

Manfredo decidiu lutar por seu garrafão:
— Você não sabia que eu era casado com Hilda.
— Não sabia, mas não faz muita diferença.
— Se fizer algum esforço, continuará ignorando. Faça de conta que não lhe disse nada ou que menti.

O jogo mental proposto por Manfredo não atraiu a professora. A tal cor do arrependimento ficou mais intensa em seu rosto. Deixou de existir a desinibida intérprete de Nazareth. Seus olhos, então, focaram mais de perto o retrato oval do defunto. E ela e Manfredo ficaram a olhar aquela fisionomia plácida e desativada, evidentemente, de alguém que já deixara este mundo. Há pessoas com essa predestinação ao posar para a fotografia. Conseguem frear o ar nos pulmões, as batidas do coração, e morrer um instante para viver na memória eterna dos que ficam.

— Aí está um cavalheiro simpático – disse Manfredo, tentando preencher o vazio na conversa. Acho que era um bom papo.

Deolinda ergueu a mão e, como se fosse fazer um teste de poeira, tocou os dedos no vidro do retrato. Em seguida, sem nenhum gesto de previsão, desatou a chorar e saiu da sala quase correndo. O marido da zodiacóloga, ainda com o copo de vinho, mas sem derramar uma gota, correu atrás dela. A professora entrou no quarto e trancou-se por dentro. O pestilento ficou no corredor, batendo inutilmente na porta. A surda proibição fez com que desistisse logo. Voltou à sala. Foi olhar novamente o retrato, à procura de explicação. O falecido não lhe disse nada. Então, Manfredo ouviu um baque na janela e parte da vidraça se estilhaçou em mil sons de tonalidades diversas, e ele, curvando-se, viu a seus pés uma enorme pedra que atiraram da rua.

17 – Mais um pedaço da noite de Adriana

A noite de terça ainda persistia na quarta-feira de Adriana. Se tivesse pendores literários, poderia escrever o romance duma noite com apenas dois personagens e muitos figurantes. Ela, Felipe Dandolo, músicos, cantores e os frequentadores da boate, estes sem rostos por causa da penumbra comercial. Outros personagens tinham rosto, mas não presença como a mãe, o pai e, principalmente, Lenine, o amigo-irmão querido, que lhe ensinara o uso do saca-rolhas, do grampeador e dos mecanismos da ambição. A vida é uma corrida de obstáculos, dissera uma vez, e o importante não é saltá-los, porque se pode cair, mas passar por baixo ou contorná-los. Lenine era para ela um guia alegre e prático. Se o Reino da Fantasia pudesse ser organizado num único pavilhão, ele seria por certo o melhor cicerone.

– Você é uma linda pequena! – exclamou Felipe, assim que se acomodaram na boate. – Venceria qualquer concurso de beleza.

Adriana sorriu, ainda lembrando de Lenine, que brigara com os pais ao tentar inscrevê-la no Miss São Paulo. Aqui você vence, garantira. No Miss Brasil terá uma entre duas chances. E no Miss U, uma entre três. Mas, quando os Manfredi disseram "não", ele confessou que sua maior vocação na vida era ter um cunhado milionário. Seguraria com todas as forças (disse) dele até resolver todos os problemas financeiros da família. Madame Zohra, porém, não podia ser mãe duma moça que tivesse de mostrar as pernas para subir. A ideia foi vetada.

Sem saber o que retrucar ao elogio de Felipe, Adriana repetiu uma das frases do livro que algum dia o irmão não escreveria:

– Lenine disse que a beleza é um grande capital.

Mesmo sem conhecer o marxismo-leninismo, era para estranhar:

– Não sabia que Lenine tinha dito isso. Você lê Lenine?

– Não, ele me disse pessoalmente. Lenine é meu irmão.

– Pensei que fosse o pai da Revolução Russa.

– Quando Lenine nasceu, meu pai era comunista.

– E não é mais?

– Não, agora ele está nos transportes – informou Adriana, sem lhe ocorrer que isso pudesse ser uma pilhéria.

– O comunismo é uma beleza de filosofia. Se fosse pobre, seria comunista, mas parece que me tiraram essa oportunidade.

– Antes de ser comunista, meu pai era fascista. Meu irmão mais velho se chama Benito.

– Que homem versátil! Gostaria de conhecê-lo.

– Dizem que eu e Lenine puxamos por ele, mas quem manda mais na família é mamãe. Ela é uma mulher famosa.

– Sua mãe é famosa?

– Ela trabalha no rádio. Na Ipiranga.

– O que faz sua mãe, canta?

– Mamãe dá conselhos. Ela é Madame Zohra.

Filipe ouviu algo inacreditável.

– Madame Zohra é sua mãe? Minha mulher tinha verdadeira veneração por ela. O programa ainda é às três horas? Nesse horário, Paula não saía de casa nem para ir ao médico.

– Ela já foi uma das pessoas mais populares desta cidade. Agora a Ipiranga está no bagaço.

– Deve orgulhar-se muito dela, não?

– No ginásio até me envergonhava. Minhas colegas faziam chacotas com seus conselhos. Diziam que era uma quadrada. Sabe o que é quadrada, não?

– Sei, minha filha diz que sou quadrado. Apesar de minha barriga redonda.

– Acho você engraçado – disse Adriana, como se fosse um grande elogio.

– Diná, minha filha, não acha.

– O que importa o que os filhos pensam dos pais? A gente nunca chega a conhecer eles. Um homem quadrado não estaria aqui no Oásis com uma moça como eu.

– Não se sente constrangida por causa de minha idade?

– Maurício tem pouco mais de vinte e me deixou constrangida. Quer saber de uma coisa? Estou feliz! Muito mesmo. Apesar do suicídio de Getulio Vargas. Nunca tinha ido a uma boate e, neste momento, estou na mais cara e luxuosa. Por que constrangimento? Por que você nasceu muito antes? Depois desse uísque, quero dançar. Não me diga que não sabe.

– Não sei, mas não direi.

– Sou doida por boleros e por toda música de dor de cotovelo.

– Já sentiu essa dor?

– Claro que não! Mas, quando ouço bolero, fico sabendo como é.

Felipe dançaria, sim. Não era velho bastante para dispensar o contato daquele corpo. Aliás, nenhum contrato ou compra vantajosa lhe dera a alegria daquela noite. Sua pressão, sempre baixa, deveria estar altíssima. O amor faz bem ao coração e rejuvenesce, concluiu, admitindo que o interesse por Adriana terminaria na madrugada.

– Bem, já tomamos o uísque, vamos dançar – decidiu Felipe, já se pondo de pé. – Que bolero é esse?

– "Quién te lo dijo?"

Enquanto dançavam na diminuta pista da boate, diante dum conjunto musical, Adriana não exagerava, pensando estar nos braços dum príncipe encantado. Mas por que príncipe?, pensava. Podia ser um duque encantado. Era uma piadinha que contaria a Lenine. "Mano, ontem fui ao Oásis com um duque encantado."

Assim, colhia recordações para uso posterior. Não na noite da morte de Getulio, mas na noite em que saíra com o duque. Prestou atenção à música e procurou fixar rostos para retratar o tempo vertiginoso. Do lado de Filipe as coisas eram menos conscientes. Sua maior preocupação consistia em manter a segurança do escritório. Como dançava mal, queria portar-se bem. Infundir a confiança que lograva nos clientes. Era a credibilidade um fator positivo na conquista duma mulher, como na Dandolo Imóveis? Duvidava. Afinal, não estava dançando em sua sala de reuniões!

Ao voltarem para a mesa, já começara a intimidade dos dedos entrelaçados. Cigarros e copos, antes estímulos, passaram a ser empecilhos. Seria o verdadeiro amor abstêmio? Felipe formulou a pergunta, mas perdeu a resposta no decote de Adriana. Que tentação de reavê-la com a mão, no escuro da boate.

– Dancei mal? – perguntou.

– Você esteve ótimo. Me pisou só três vezes.

– Está sempre assim, de bom humor?

– Não, você ainda não me viu quando mamãe me obriga a cozinhar. Detesto serviços caseiros.

Felipe ia dizer que Paula também detestava, mas não disse. Não pretendia criar uma Rebeca entre os dois. Queria neutralizar, sempre que possível, a figura melancólica do viúvo. Mas por quê?, perguntou-se. Estarei pensando em casar-me com a moça que há uma hora estava posando para um exercício de masturbação? Diná queria que ele tornasse a casar e sempre tocava no assunto, mas nunca sugerira uma noiva de vinte anos. Ficou confuso sobre a natureza e extensão de seus sentimentos. Adriana, porém, como se pelo tato sentisse seus problemas, indagou:

– Por que não se casa novamente?

– Devia?

– É melhor do que ficar espiando se há clandestinos em seus apartamentos.

– Oh, aquilo aconteceu por acaso. Mas, voltando à sua pergunta, só pensei em me recasar uma vez.

– Quando?

– Agora, neste instante – respondeu Felipe Dandolo, procurando ser natural e quase o conseguindo.

Adriana levantou-se:

– Vamos.

Vendo sua felicidade pegar fogo o milionário acreditou que errara o lance.

– Já quer ir?

– Ir? Está doido? Quero dançar mais.

O retorno à pista foi triunfante para Felipe. Desta vez, não só manteve os olhos bem abertos enquanto dançavam como também viu o que se passava a seu redor. Descobriu imediatamente que ele e Adriana formavam o par mais observado. Somente se dançasse sozinho poderia chamar tanta atenção. A inveja dos homens virou petróleo e sentiu o calor daquele contato. Apertou a dama mais um pouco e encostou seu rosto no dela. Fez mais, beijou-a levemente para que não imaginassem que fosse sua filha ou sobrinha. Ninguém apenas dança, o dançarino pode ter pensamentos supérfluos, mas não deixa de pensar. Adriana lembrava o conselho duma amiga mais experiente: use o breque. Dançar com breque de braço é mais seguro. Recebeu até uma aula prática e já usara muitas vezes nos bailecos de clube. Mas não recorreu a esse processo mecânico. Permitiu que Felipe a apertasse e não fugiu com o rosto a seus beijos, que foram poucos e ternos.

Esse entendimento experimental de passes, o cuidado de não se pisarem nem saírem da pista, a emoção bilíngue de ouvir e traduzir as letras dos boleros e de obedecer ao ritmo imposto pela bateria, causou nos dois um ajuste perfeito. Não falavam, mas parecia que o diálogo prosseguia. E só voltaram ao seu lugar quando o conjunto musical fez um intervalo.

– O que você disse?

– O que eu disse?

– Quando perguntei por que não se casava outra vez.

— Respondi que só agora estava pensando nisso — desta vez, sim, Dandolo obteve uma naturalidade convincente.

Adriana lembrou-se de Maurício, que não fora natural em nenhum momento, e o mistério do inconsciente lhe retrouxe a fome da quitinete.

— Quero um sanduíche — pediu.

Os ricos são milagreiros. Fazem um sinal, assim, e as coisas aparecem. Dandolo ergueu a mão ao garçom e Aladim pôs sobre a mesa um prato com dois sanduíches fumegantes.

— Um é de galinha, o outro de peito de peru.

Não posso deixar escapar um homem desses, pensou Adriana. Maurício só me daria um bauru se me conformasse em ficar presa no apartamento. Mas aí, sim, esqueceu de pensar para comer e mais nada. Então, mais um uísque e mais liberdade.

— Pensando em casar comigo sem me conhecer?

— Há dez anos precisaria dum mês para isso.

— E agora, na sua idade, bastou uma hora?

— Não, aos cinquenta e dois já não acho importante conhecer profundamente as pessoas. Minha mulher morreu antes que a conhecesse. E não conheço minha filha. Quero casar com você mesmo sem saber direito quem é.

Adriana encostou seu corpo no dele, lateralmente, como se tivesse sono. Daí lembrou-se do primeiro beijo, da gorda gorjeta que Felipe deu ao garçom, os dois entrando no Cadillac, o retorno, o carro parando diante de sua casa e a cena de sexo que houve ali. Quase foi violentada. E, por fim, lembrou-se do encontro marcado para o dia seguinte, quando teria uma conversa mais séria.

Ouviu ruídos na sala. Hilda chegava da emissora. O dia voltou.

18 – A frivolidade castigada

Na imobiliária, sentado à mesa, cada corretor na sua, todos com os olhos na extensão telefônica, à espera de chamados, Lenine pensava no seu perigoso destino. Madame Loba e sua consulente poderiam cercá-lo com vassoura e pau de macarrão em sua própria casa ou no emprego. Viu-se entrando na igreja, puxado pela mãe. Ou casando na delegacia, não em latim. O enigmático Odilo estaria com os dias contados. Só uma pessoa no mundo poderia salvá-lo da campanha contra o aborto. Wanda, a injustiçada "O Dobro Mais Um". Se ela não lhe atirasse a boia, morreria afogado. Precisava atirar-se aos seus pés e bem depressa. Olhou o relógio da parede. Seis horas. Ninguém mais telefonaria para comprar apartamento.

– Adeus, crianças! – disse aos colegas. – E bons negócios!

No elevador, Lenine fortaleceu sua decisão: uma viagem à Europa, tão sonhada por Wanda, o tiraria da cena do crime.

O mais prudente era fugir com sua rainha para a outra extremidade do tabuleiro.

Ao chegar à rua já pensava no atestado de vacina e no passaporte. E na máquina fotográfica a tiracolo. O uniforme de turista era sua meta. Voltaria com mil presentes na bagagem. A muamba do suborno. E quando Madame Zohra lhe falasse de Celeste, fingiria não entender o idioma. Com um pouco de Paris na cabeça, ninguém o pegaria. Mas, se o chateassem, mudaria definitivamente para o apartamento de Wanda, como amante-residente.

Na Itapetininga, a caminho da São Luís, Lenine passou por um bar onde, encostado a um balcão, e bebendo qualquer coisa colorida, viu uma figurinha que lhe chamou a atenção. A olhar as moças que circulavam na rua, todas com os cabelos à Evita Perón, o frívolo Maurício de Freitas fazia um teste de personalidade. Era ele mesmo, o atorzinho que saíra com Adriana, só Deus sabia com que intenções.

Lenine parou e olhou o galã com cara feia. Mas não ficou nisso. Malemolente, braços soltos, como um crioulo desfilando com a escola de samba ante o palanque da prefeitura, entrou no bar.

– Você é aquele artistinha do rádio, não é?

– Artistinha, não. Sou Maurício de Freitas – disse o moço, como se carregasse o Oscar de melhor ator de Hollywood. – O que é que há, *seu*?

– Onde foi que você levou minha irmã ontem à noite?

O frívolo profissional largou o copo no balcão:

– Onde levei sua irmã? Que irmã?

– Você vai aprender a respeitar as moças direitas – ameaçou Lenine.

Maurício podia ter afinado, mas decidiu bancar o valente como se não o assustasse a desvantagem física duns quinze centímetros.

– Ela foi pro meu apartamento porque quis. Não levei ninguém na marra.

O bom irmão, conhecedor do que é o mundo, interrompeu aí o diálogo para dar sonora bofetada no rosto do galã, acompanhada de dois socos rápidos e secos na barriga. Maurício hesitou entre fugir e reagir, e essa fração de tempo lhe foi prejudicial: outro soco no peito. Passou então a mão em seu copo, sobre o balcão, e atirou-o com toda a força. Lenine abaixou-se e, ao ver um objeto não identificado voar a meio palmo de sua cabeça, voltou ao ataque. Mantendo a distância e vibrando os braços com ritmo e energia, massacrou o moço da Ipiranga de encontro ao balcão. Mas não houve morte nem fraturas porque alguns passantes e fregueses do bar o seguraram.

– Podem me largar, cavalheiros – disse Lenine. – Ele já recebeu o castigo merecido.

– Mas o que foi que ele fez? – alguém perguntou, como se tomasse as dores da vítima.

Lenine olhou ao redor e percebeu que não agradara a cena dum atleta surrar um baixinho. Precisava duma boa razão para não ser linchado.

– O que ele fez? Violentou uma velhinha de sessenta anos. Minha tia. E a coitada tem uma perna paralítica!

Batendo e esfregando as mãos, para livrá-las de qualquer sujeira que aderira ao contato daquele ser repulsivo, Lenine afastou-se bem depressa. A ação punitiva tinha de ser capitalizada. Afinal, fizera aquilo em defesa da honra da irmã. Madame Zohra precisava ter notícias desse nobre gesto.

À porta do apartamento de Wanda, Lenine planejou e pôs em prática um belo sorriso. Tocou a campainha.

A própria Wanda abriu a porta.

– Aqui estou, Wandeca! Use-me!

– Vem depressa – disse ela. – Está passando na TV um filme do enterro do Getulio. Um mar de gente!

19 – A segunda grande coincidência radiofônica

Logo depois do jantar, Adriana, vestida à marinheira, o que reduzia a dezesseis anos sua idade, pintou-se com um cuidado especial, usou até a derradeira gota seu frasco de perfume e foi à cozinha despedir-se da mãe. Hilda enxugava louça, tão deprimida como durante sua conversa com Celeste, no auditório. Ao ver Adriana esbanjando beleza e cheirando à distância, rompeu o automatismo da pia e perguntou:

– Vai sair com Maurício outra vez?

Adriana sorriu e todo seu rosto se iluminou como se dispusesse duma fonte própria de eletricidade:

– Não é com ele que vou sair.

– Agora cada dia você sai com um?

A doce marinheira quis retardar um pouco a antecipação de seus segredos:

– Com Maurício não saio mais.

– Por quê?

– Porque é um coadjuvante.

Hilda, sem entender o sentido mais profundo do que a filha disse, tentou corrigir:

– Mas é um ótimo coadjuvante.

Adriana, que aprendera a pensar como Lenine e já assimilava suas lições de vida, tentou explicar-se melhor:

— Ele não é só coadjuvante na Ipiranga. É fora dela também.

— E você o trocou por algum ator mais importante?

A moça tornou a sorrir agora, lamentando o pequeno e fictício mundo em que a mãe vivia.

— A pessoa com quem vou sair não é do rádio. É alguém muito importante, e onde trabalha é ele quem decide, porque é o dono. Um homem muito rico, mãe.

Hilda, que há quase meio século descobrira a falsidade da história da Gata Borralheira, acercou-se da filha, muito preocupada.

— Quem é ele?

— Posso garantir que é muito mais direito do que Maurício. Esse é um grande safado.

— E muito mais velho do que você?

— Sim, bastante, mas não importa.

— Como não importa?

— Se Celeste tivesse se metido com alguém da idade de Felipe, não lhe teria acontecido o que aconteceu.

— Ele se chama Felipe?

— Felipe Dandolo.

— Parece que conheço esse nome.

— Sai sempre nos jornais, nas páginas de anúncio. É proprietário de uma grande imobiliária.

Hilda concentrou-se toda para lembrar:

— Mas não é onde Lenine trabalha?

— Nem sei em que firma Lenine trabalha. Está sempre mudando.

— Dandolo Imóveis.

— É essa a empresa, Dandolo — confirmou a moça, surpresa.

— Deve ser então o filho do dono.

Adriana sacudiu a cabeça, esclarecendo:

— Felipe só tem uma filha.

O espanto jogou Hilda para trás:

— Calma, mãe. É viúvo. Eu não sairia com um homem casado.

— Sabe exatamente que idade ele tem?

— Sei exatamente: cinquenta e dois.

Desta vez, Hilda quase cai para a frente:

— Cinquenta e dois?

— Mas é muito bem conservado e bonitão.

— Trinta e dois mais que você?

— É.

— Podia ser seu pai.

— A filha dele é um ano mais velha que eu.

Hilda pegou o microfone de Madame Zohra sob o prefixo do "Mercado persa":

— O que um homem rico, de cinquenta e dois anos, pai duma filha mais velha que você, pode querer com uma moça pobre? Afaste-se dele imediatamente. Em seu benefício. Fuja, minha filha! Ele quer abusar de sua inocência! Não veja mais esse homem!

— Mãe, não sou tão inocente assim.

— Deve ser um grande gabiru!

— Não é um gabiru. A senhora não conhece ele.

— Nem quero conhecer.

Adriana reservara a grande surpresa para o final:

— Mãe, sente e ouça.

— Estou muito bem de pé.

— Felipe Dandolo quer casar comigo.

— Ele disse isso?

— Disse.

— E você acreditou?

— Acreditei.

— Quando você conheceu ele?

— Ontem à noite.

— Então como pode saber se é direito?

— A senhora vai mudar de ideia quando trouxer ele aqui. Felipe quer conhecer meus pais.

— Não traga, Adriana. Tire isso da cabeça! Seu pai será capaz de bater nele. Você sabe como ele é.

— E se ele quiser mesmo casar? Se pedir minha mão, se trouxer aliança?

— Mesmo assim. A diferença de idade é muito grande. Seria vergonhoso para todos nós.

— Tchau, mãe!
— Onde vais?
— Felipe já buzinou.

Adriana saiu da cozinha quase correndo, perseguida pela mãe, que pretendia detê-la, mas perdeu a corrida. Mesmo assim, escancarou a janela e viu quando a filha, tão jovenzinha de marinheira, entrou naquele carrão cheio de luzes, que partiu num instante sem fazer ruídos. Teve a impressão de que a inocente menina estava sendo raptada e que jamais voltaria para casa.

Fechando a janela, Hilda pensou em comunicar-se com Benito e Lenine, mas onde estariam? Teve logo, porém, outra ideia mais eficiente: foi ao telefone e discou para a pensão onde o "braço direito", Lothar, morava.

— Quero falar com o Lothar.

Ouviu uma voz negra do outro lado do fio:

— Quem quer falar comigo?
— Lothar, é Hilda.
— Dona Hilda, como vai a senhora?
— Como Deus manda.
— Seu Manfredo já voltou?
— Não, por isso estou telefonando. Ele precisa voltar amanhã mesmo.
— Aconteceu alguma coisa?
— Não.
— Pode dizer, dona Hilda.
— Não, ainda. Mas traga o Fredo pra casa.
— Não sei onde ele está.
— Não dá jeito de descobrir?
— Mas ele não falou com ninguém, dona Hilda.
— Você é esperto, Lothar. E sabe quais são os lugares onde Manfredo se esconde. Faça uma forcinha. Esquente um pouco a cabeça. Não aborreceria você se não fosse importante.

— Pode deixar. Amanhã cedo saio por aí. Não sei como, mas trago aquele velho malandro de volta.

— Promete?

— Prometo.

— Tchau, Lothar.

Hilda desligou o aparelho muito aliviada porque confiava demais em Lothar, a quem chamava de Anjo Negro. Pensou no grande almoço que lhe ofereceria se trouxesse Manfredo. Agora eram três as preocupações: Manfredo, Lenine e Adriana. Só Benito, ajuizado, não dava trabalho.

No confortável hidramático, cujas janelas abriam e fechavam a um simples toque de botão, uma das belas máquinas do capitalismo, Adriana sentia-se grata pela pontualidade de Felipe. Se tivesse demorado, a conversa com a mãe resultaria numa briga terrível. Não entendia a resistência da conselheira, tão subordinada às velhas fórmulas de vida. No entanto, o presidente se suicidara, o pai desaparecera de casa, Lenine engravidara uma moça e a própria Madame Zohra estava na iminência de aconselhar um aborto. O mundo estava de pernas para o ar e sua família também, naquele 1954. O que havia de tão extravagante e proibido em casar com um homem muito mais velho?

— No que está pensando, Adriana?

— Em meu irmão Lenine.

— Por quê?

— Acho que ele trabalha em sua empresa. Dandolo Imóveis. Lenine Manfredi.

— Deve ser um dos novos corretores.

— É um moço alto e bonito.

— Ele sabe que nos conhecemos?

— Não — respondeu Adriana. — Só disse para mamãe, que me lembrou onde Lenine trabalha.

— O que falou à sua mãe sobre mim?

— Disse que há um velho podre de rico que quer casar comigo.

— Uma boa síntese. E ela?

— Deve ter tomado calmante. Sofreu uma crise nervosa. Nunca a tinha visto assim. Coitada.

— O calmante vai dar resultado?

— Não entendo de calmantes, mas entendo de minha mãe. Nada a fará aceitar que me case com um homem de sua idade.

— Nem para ser dona da metade de tudo o que é meu?

— Você não conhece o orgulho dos pobres. É uma coisa calamitosa, santo Deus!

Olhando para a frente, enquanto dirigia, Felipe viu seu castelo desmoronar numa esquina:

— Devo conformar-me?

— Nem pense nisso, se me ama de verdade.

— O que faço?

— Peça-me em casamento.

— Quando?

— Amanhã mesmo.

— Não corro o perigo de ser enxotado?

— Temos um trunfo – revelou Adriana.

— Que trunfo? – perguntou Dandolo com novas esperanças.

— Lenine.

— Acha que ele pode ajudar?

— Lenine é muito meu amigo e é também um grande interesseiro. Para subir na Dandolo, é capaz de convencer os velhos.

— Adoro as pessoas interesseiras – disse Felipe. – São as únicas que merecem ser amparadas. Vou gostar de Lenine.

— Você quer mesmo casar comigo, ou isso foi ontem?

Ontem para mim ainda não acabou – disse Dandolo, não criando uma frase, mas constatando.

— E sua filha?

— Só no cinema e no teatro os pais dão longas explicações aos filhos quando decidem casar outra vez – respondeu o bom homem da fortuna, vendo seu castelo retomar as formas, as pedras se agruparem, a ponte levadiça e as seteiras redesenhadas.

— Você é maravilhoso! – exclamou Adriana.

Sem nenhum motivo especial, ele também se achou maravilhoso e ligou o rádio: o noticioso contava a chegada de Vargas a São Borja, onde seria sepultado.

Ao ver a filha chegar cedo, Hilda, em lugar de alegrar-se, ficou ainda mais tensa. Adriana teria falado a sério, tanto que dava sistema à sua falta de juízo. Imaginou a estrepitosa reação que Manfredo teria ao saber de tudo, ele, que era tão intransigente e até moralista na área construída da casa. Mas não foi essa a maior questão que levou para o travesseiro. O dia seguinte fora escolhido para ser o pior de sua vida: o aborto sangrento pela manhã e, à tarde, a amarga entrevista com o diretor artístico da emissora. Dois fatos que mudariam sua existência. Mesmo com essa dupla carga na cabeça, adormeceu, vendo aquela última carta do casulo, a que não responderia, e indagando-se, ainda como Madame Zohra, qual o drama contido dentro do envelope.

20 – *No, no y no*

Coca estava morando num pequeno apartamento mobiliado, nas proximidades da Lord, que de seu possuía apenas bandeirolas, flâmulas e souvenirs das cidades latino-americanas onde vivera, cantara e amara. Agora já se demorava dois anos no Brasil, mas inclinada a *empezar todo de nuevo, de lo contrario me pudriré internamente*. O êxito do bolero nas três Américas criara uma porção de cantores nômades de fala espanhola, que onde chegassem se diziam os reis e rainhas do ritmo, embora a maioria nunca tivesse entrado numa gravadora. Coca Giménez fora uma dessas falsas rainhas, chegando a ser cabeça de show e a ter programas exclusivos no rádio e na experimental televisão dos primeiros anos. Depois, com a proliferação de peneiras que separavam o joio do trigo, ficou esclarecido que muitos desses cantores eram desconhecidos até nos seus países de origem. Entre esses Coca, que já dera entrevistas coletivas e já justificara a cobrança de couverts especiais, mas através duma pequena escada descera de estrela a crooner, de carro-chefe a complemento artístico, de atração musical a um corpo-ímã para a freguesia. E se ainda exerce a profissão, evidentemente em seu epílogo, devia a homens como Benito e Lenine, que não trocavam seus dotes físicos por nenhuma garganta de ouro.

Sentado num pequeno sofá, Benito Manfredi assistia a cantora preparar-se para o primeiro turno da boate, admitindo que seu coração tinha muito combustível para queimar. Só o fato de estarem sós já era um xampu. Mas aquela noite não haveria sossego antes de mostrar-lhe as cartas. O dinheiro do capricho e do vício se acabara e ela precisava saber.

– Quer que lhe sirva um uísque? – disse Benito.

– *Me gustaría* – respondeu La Giménez com sua voz rouca e enrouquecida, atenta apenas à sua maquiagem.

Ao entregar-lhe o copo Benito olhou-a pelo espelho e, então, numa fração de segundo, Coca lhe sorriu. Engraçado, observou, ela é uruguaia, mas seu sorriso, argentino. Certamente preparou duas doses. Precisava beber. A sua era *for pigs*. Virou.

– Coca, precisava dizer-lhe uma coisa.

– *Está bien. Habla.*

– E com a maior sinceridade.

– *Así me gusta!* – exclamou a crooner, nada interessada no que Benito diria porque se complicara com a pintura dos olhos. – *Que hay?*

Não era fácil falar. Qualquer palavra, até inocentes preposições, conduziria ao fim de tudo. As ilusões da tarde se dissipavam. Esperar que ela o amasse sem vintém seria um tecnicólor da Metro. Depois, tinha nas mãos a bula daquela paixão. Sexo e dinheiro em partes iguais. Sem uma coisa ou outra, a doença se manifestaria incurável.

– Você vai saber – disse Benito, pondo mais uísque em sua hesitação.

Sabia que jamais conheceria outra Coca. Ela era um marco, uma etapa, uma parte de sua vida. Como fora Neusa, a primeira menina que esfregara de encontro ao muro. Mais tarde surgiram outras Neusas e outros muros, mas nenhuma tão sensual e nenhuma tão cúmplice. Que emoção! Descobrira nas coxas dela as potencialidades e mistérios de seu próprio corpo. As demais foram constatações, aprimoramentos técnicos com sensações sob controle. E ainda menos importantes foram as prostitutas e as moças-que-davam, úteis apenas para configurar e acelerar o desenvolvimento sexual. Após essas rotinas da juventude e a primeira blenorragia, Benito esfriou e ficou nas fotografias. Comprou o apartamento, mais preocupado com o futuro do que com prazeres. Um ótimo marido estava pronto. Então apareceu por acaso a incrível uruguaia. A Neusa de outrora voltara trazendo a possibilidade de nova descoberta e com muito mais conforto. Coca era mulher livre, emancipada, perigosa pecadora internacional. Suas malas cheias de amores e logotipos. A língua era outra e os lances, diferentes. Sentiu a atração do abismo e caminhou na direção dele. E não era só um corpo que temia perder. Sabia que o tempo não volta atrás e que outras Cocas não teriam o mesmo sabor nem o mesmo perigo. Como acontecera com Neusa. Com ela se fora sua infância. Com Coca iria sua mocidade.

Apesar disso tudo, preferiu a tonalidade da comédia. Disse, sorrindo, depois de destilar toda a amargura aparente:

– Querida, meu dinheiro acabou.

Coca continuou a maquiagem, sem reação, como um espectador ou guia turístico obrigado a assistir muitas vezes a uma peça teatral medíocre. O Manfredi, porém, deplorou a imobilidade. "Agora terei que vê-la para sempre assim", pensou. "A tinta dessa realidade não vai deteriorar nunca."

– *Verdad?*

– Aliás, nunca tive muito – confessou o sentenciado já na cadeira elétrica. E prosseguiu com o mesmo descompromisso dum protestante que se confessasse a um padre católico: – Sou um duro! Se gastei à larga, foi porque vendi meu apartamento. Agora estou na lona.

A cantora, concluída a pintura, comercialmente bela, pegou o copo e tomou um gole para saciar a sede e mais nada. Mas não era tão insensível. Comovera-se demais e até chorara na primeira vez que ouvira aquela história, embora não se lembrasse onde ou quando. Já fora uma pessoa ingênua e compreensiva como todo mundo. Não nascera fria nem crooner.

– *No lo divulgue*, Benito – aconselhou.

Benito quis sofrer mais:

– Todos sabem que nunca tive dinheiro. Reservei minha generosidade apenas para você e para os garçons e porteiros.

Coca sorriu para Benito através do espelho. Então disse algo precioso:

– *Lo dinero no es todo.*

O jovem Manfredi não imaginara que a viajada crooner fosse capaz de pronunciar essa frase singela, especialmente sem música.

– Quer dizer que nada vai mudar entre nós? – ele perguntou, engolindo com um pouco de uísque sua ansiedade gelada.

Precipitara-se. O olhar que ela lhe enviou pelo espelho explicava que só tiniu compromissos com o piano e a bateria.

– Benito...

Era do que precisava: que pronunciasse seu nome. Mas o que ela queria corrigir, trocando sua imagem real pela do espelho? Olhava-o sério, sem a viciosa apatia.

– *Olvide lo dicho.*

– O quê?

– *Sólo eran palabras.*

A clara retificação de Coca apanhou Benito de surpresa. *Sólo eran palabras.* Ele, que estava de pé, sentou-se desajeitadamente. O comediante dos parágrafos anteriores esquecia seu papel. *Olvide lo dicho.* Uma frase e outra, ou as duas, em português não teriam o mesmo efeito dramático e talvez o mesmo sentido. Se ela fosse carioca, morreriam de rir e ele não estaria com aquela cara.

A uruguaia, com um lance de vantagem, levantou-se de sua banqueta, tendo já concluído a maquiagem, e aproximou-se dele. Ficou a alguns palmos de Benito, inteira, a princípio sem expressão no rosto, até que esboçou um largo sorriso sem som. E, ainda imprevista, curvou-se e beijou-lhe o rosto como uma irmã querida que vai partir de viagem:

– *Loco...*

Benito entendeu: era o beijo que transformava o amor de hoje na falsa amizade de amanhã, o mais temido por todos os apaixonados e que fere e sangra mais que o de Judas. Significava o fim, que para os americanos era sempre o pueril e comercial: *the end.*

– Coca, vamos conversar.

Ela passou-lhe os dedos nos cabelos:

– *Ahora no.*

Benito fez peso para segurar a cena e suas possibilidades no ato de sentar. Não quis mover-se da poltrona.

– Coca...

– *Arriba, muchacho!* – ela ordenou, pronta para ir à boate.

– Não acha que devíamos conversar um pouco a respeito?

– *Podemos hacer una pequeña fiesta, si usted quiere.*

– Há três meses que estamos festejando. Pensei que sobrasse algum sentimento para depois do champanhe.

Coca não era boa cantora, mas era boa profissional: temia ser despedida por falta de pontualidade e, pelo jeito, o brasileiro pretendia retê-la mais tempo.

– *Buenas noches*, Benito!

– Ainda é cedo. Sente e conversemos. Talvez possa arranjar mais dinheiro. Por que terminar tudo agora?

– *No me haga más preguntas*, por favor. *Estoy muy cansada. Este asunto me ha agotado.*

– Coca, vou lhe dar mais um drinque.

– *Que hora es?*

– Quase onze.

– *Dios mío! Tan temprano!*

– Coca, espere!

A crooner correu para a porta, correu para o emprego. Não pretendia perder seu spotlight por causa de mais um desmiolado, um *loco*. Acabar um caso era para ela mais comum do que começar outro. E sua experiência já lhe advertira que Benito dera tudo o que tinha que dar. Fora apenas um freguês que chegara mais perto.

Ao contrário da primeira intenção, Benito não a perseguiu pelo corredor do edifício. O copo de uísque estava quase cheio e o desfecho, embora esperado, secara-lhe a boca. Sentou-se e ficou bebendo aquela dose e outras mais. Queria respirar mais um pouco o ar daquele apartamento e fixar a disposição e cor de seus móveis antes de sair pela última vez. Era uma imagem que precisava alfinetar à sua memória. Como o muro das bolinas com Neusa.

Na rua onde Coca morava havia um interessante piano-bar, o Escócia, frequentado apenas por solitários e apreciadores do bom uísque. Um pianista, jogando o corpo dum lado e outro, dorremissolava um repertório de navio. Benito entrou e tomou três escoceses, lembrando todas as sequências do romance com Coca. Desapressado, deixou o tempo correr. Depois, decidiu voltar para casa, mas uma troca de passos e um ocasional engarrafamento de carros levaram-no à porta do Hotel Lord. Não se indagou por que tomou um dos elevadores para o último andar.

O cantador de baiões, vestido de cangaceiro, sanfonava Luiz Gonzaga para uma dúzia de pares. Benito sentou-se e chamou o primeiro uísque. Não era vontade de beber. Queria apenas rever à distância Coca Giménez em seu segundo turno. Não pensava nela e, sim, no apartamento perdido, na sua planta estampada nos jornais, em sua branca e elegante maquete e nas estacas, que foi ver, afixadas num amplo terreno de esquina. Todas as etapas, gráfica, arquitetônica e sonora do velho sonho dum primogênito de família pobre. Os Manfredi nada possuíam sobre o solo e nem abaixo. Nunca lhes sobrara dinheiro para a compra duma sepultura. Quando o edifício estivesse pronto, o que aconteceria ainda aquele ano, levaria orgulhosamente os pais e irmãos para conhecerem o chão, as paredes e o teto que conquistara com uma simples máquina de tirar fotografia. Ansiava por esse dia para que tivesse a convicção, ainda procurada, de que estava profissionalmente no caminho certo. Na verdade não tinha certeza de que fotografar era sua vocação. Precisava de provas concretas. O apartamento era a melhor que conseguira.

Já admitia a embriaguez, quando o sanfoneiro terminou sua seleção de baiões. Benito mexeu-se na cadeira e fez um sinal aflitivo ao garçom. A lembrança do apartamento, trocado por orgasmos, deixou-o furioso. Coca Giménez, como ele a vira há pouco, entrou no palco com seu pequeno conjunto musical vestido à mexicana.

– Queremos Coca! – berrou um galhofeiro, cheirando uma hipotética dose de pizzicata, o que provocou risos esparsos e solidários.

Assim que a crooner começou a cantar, Benito pegou seu copo e foi sentar-se numa mesa mais próxima do palco. Não era esse seu plano ou intenção, mas foi o que fez. Talvez desejasse descobrir defeitos naquilo que sempre lhe parecera a perfeição. Diria que as uvas estavam verdes e voltaria para casa. Os primeiros três números não lhe causaram emoção especial. Depois deles houve uma pausa para que um groom entrasse com uma braçada de rosas. Isso não foi bom. Benito imaginou que se tratasse da homenagem de algum admirador ou da primavera dum novo romance de amor. Coca beijou o groom, passou os olhos num cartão, sorriu sem direção.

Benito virou o copo. Uma garrafa sobrara numa mesa vazia. Foi buscá-la e serviu-se. Bebia por ação mecânica do braço. Era como um Cristo de *Vida, paixão e morte* que olhasse a esponja embebida em conhaque e pedisse mais fel ao centurião. Mudou outra vez de lugar com a garrafa e a dor de cotovelo. Alojou-se numa mesa de pista. Queria que Coca Giménez o visse e ela o viu. E com evidente mal-estar. Tudo acabara no apartamento. Não daria prorrogação a um adversário que perdera a partida. E por que ele a olhava com a altivez de quem ainda tivesse chance? Começando por "No, no y no", já com ódio, a uruguaia apontou seu repertório contra o coração de Benito. Alvejou diversas vezes: "Dos almas", "Hoy", "Pecado", "Bésame mucho". O peito estraçalhou-se.

– Cante "Hipócrita" – ele exigiu, levantando-se. – *Hipócrita, perdidamente hipócrita...* – começou a cantar de sua mesa, ouvido por todos e desnorteando o pessoal do conjunto.

Coca, com sua cancha internacional, fingiu não se importar, e, como se estivesse atendendo a um pedido, passou a interpretar o bolero solicitado. Com isso pretendia aplacar o despeito do desafinado da mesa da pista. Benito não se calou e, abrindo o chuveiro, sonorizou ainda mais sua voz. Propunha um dueto que a direção artística da boate não programara.

– Queremos Coca! Queremos Coca! – protestava o pizzicateiro.

Ninguém pagara para ouvir Benito e um dos insatisfeitos atirou-lhe uma pedra de gelo. Água fria pode deter os ânimos, mas já não em estado sólido. O Manfredi, sem se preocupar com uma provável chuva de granizo, subiu ao palco para duetar sob o mesmo spotlight da profissional. A uruguaia aceitou o desafio, mas seus músicos não: pararam de tocar. Embalado, Benito dispensava acompanhamento. Continuou o bolero em portunhol.

O gerente aproximou-se do palco e fez sinal a dois garçons para que removessem o obstáculo, no que foi atendido prontamente.

– Larguem-me, pinguins! Tirem as mãos de mim! – reagiu o amante rejeitado com palavras e gestos. E, buscando energia não se sabe onde, forçou a colaboração do bongozeiro e de outro músico.

Se o público deplorara a participação vocal de Benito, agora aplaudia e estimulava sua resistência. O conflito no palco era um divertimento extra com que ninguém contava. Além dos dois garçons, todos os músicos e mais o gerente figuravam no bota-fora. O Manfredi virara Tarzan, mas não era de ferro. Lutando, ganindo e dizendo palavrões, foi arrastado até o elevador e embarcado com o ascensorista, o bartender e o bateria.

Na rua, sentindo o frio daquela madrugada de agosto, Benito afastou-se da área vexaminosa e foi até o bar da esquina beber conhaque. Decidiu ficar por ali até que Coca terminasse seu turno e saísse. Ignorava o que faria, mas o álcool no sangue pedia um complemento para a noite. Quando o bar fechou, sentou-se na guia da calçada.

Eram três horas quando Coca, sozinha, apareceu à porta do edifício. Benito viu-a movimentando-se dum lado a outro à procura de um táxi. Seguiu a seu encontro:

– Pode deixar, meu Skoda está por aí.

A cantora, vendo-o, levou um susto. E, perdendo o rumo, correu e virou a esquina na direção do largo do Arouche. Benito, disposto a pedir-lhe perdão e acreditando que poderiam cear no Parreirinha e lá fazer as pazes, perseguiu-a. Na neblina, mais se orientava pelo toque-toque dos saltos de Coca. Quase não a via, mas não parava de correr. Numa corrida especial para bêbados talvez merecesse um troféu. Mais adiante, junto à parede dum edifício, a crooner parou, por medo ou cansaço. Benito atirou-se aos seus pés e abraçou-lhe as pernas. Primeiro a humilhação, depois o arrego. Mas Coca desembaraçou-se daquelas tenazes, gritando por socorro. O moço ergueu-se, voltando a persegui-la. A uruguaia tornou a parar por um instante, abaixou-se, pegou uma pedra e atirou-a com força.

Benito levou a mão à testa e retirou um lenço do bolso. A pedra acertara o alvo com uma precisão de teleguiada. A visão de sangue é melhor que café amargo para curar bebedeira. O Manfredi, ao olhar para o lenço, desistiu da caçada e sentou-se na calçada fria e úmida. Um vendedor de flores, que arrastava uma perna, aproximou-se no ritmo dum personagem de filme de terror.

– O que foi, moço?

A dor não permitia que Benito respondesse. Nem havia nada a explicar. Tudo o que acontecera naqueles três meses acabara num lenço ensanguentado. Logo não restava mais espaço para enxugar a testa. O vendedor de flores deu-lhe o seu lenço.

21 – E quem for isento de culpa que atire a primeira pedra – plaaaf!

Manfredo, com a pedra – que despedaçara a vidraça – na mão esquerda e um copo de vinho na direita, graças a uma e a outro, mantinha o equilíbrio corpóreo. E assim, como balança de dois pratos, e bêbado, foi caminhando para o quarto da professora. A porta continuava fechada por dentro. Apurou o ouvido, colhendo soluços baixinhos, sintomas duma crise que mais tarde se diria existencial. O saber que Manfredo era casado, e com uma mulher que tanto admirava, fez Deolinda lembrar o marido, e os dois fatos resultaram num sentimento de culpa exacerbado pela inesperada demissão da empregada.

– Deolinda, meu amor, atiraram uma pedra – informou Manfredo.

Mas, como ela não ouviu, nem quando repetiu a informação, o causador de tudo voltou à sala. Não ficou, no entanto, sozinho: o garrafão de tinto fez-lhe companhia. Sem sapatos e estirado no sofá, voltou a beber cantarolando Nazareth. Apesar da agressão intravidro e da retirada da pianista, sentia-se bem, o que à falta de outro motivo atribuía ao vinho.

Deixando o pensamento voar, Manfredo lembrou-se de Hilda e de sua campanha contra o aborto. Jamais imaginara que caberia à sua baixinha a missão de povoar a Amazônia, como se fosse o próprio pavio da explosão demográfica salvadora. Sempre detestara salada de alface, mas reconciliava-se com o verde. Ergueu o copo, um brinde à Madame Zohra. Um brinde puxa outro. Brindou à saúde de Benito, Lenine e Adriana. Achou pouco. Lothar também merecia, Kioto e o boy. Depois ergueu o copo na direção do retrato do falecido, mas não fez o brinde: o vinho acabara. Estendeu-se no sofá e começou a dormir.

Às tantas, não se sabe às quantas da madrugada, duas mãos sacudiram o robusto corpo do getulista. Era a professora, de camisola, que superara sua crise e enxugara as lágrimas. O bom-senso determinara que aproveitasse talvez a última noite com Manfredo, antes que sumisse e demorasse alguns anos para reaparecer.

– Veja isto – disse-lhe Manfredo.
– O que é?
– Uma pedra. Alguém atirou na janela.
– Amanhã a gente pensa nisso – aconselhou Deolinda.
– Tem razão. Vamos dormir.

Mas dormir não era a intenção da professora, que ali mesmo, na sala do retrato, arrancou a camisola e vestida apenas pela tênue luz da Light, vinda da rua, mergulhou sobre o sonolento carreteiro.

Terceira Parte
O enterro
26, quinta-feira

22 – O suicídio moral de Madame Zohra

Nove horas, Hilda e Celeste encontraram-se à porta da clínica. Depois desta, gostaria de não vê-la mais em toda a vida, pediu a Deus a radialista, antevendo seus princípios sangrarem até a morte numa mesa de cirurgia. Quem diria que tão belos e fundamentados ideais fossem extirpados de sua alma por processos mecânicos? Abraçou a moça mais para esconder o rosto. Celeste, ao contrário, sorria, vendo em Madame Zohra não apenas a conselheira, mas a heroína e santa. Somente uma pessoa fora do comum renegaria todos seus propósitos em benefício duma desconhecida. Uma ocultava o rosto, a outra oferecia o seu para o beijo maternal.

– Você está bem, minha filha?
– Estou bastante encorajada.
– Então vamos entrar.

Embora cedo ainda, outras clientes já haviam recebido seu cartão numerado. Hilda e Celeste sentaram-se num banco frio duma sala de espera ainda mais fria, ladeadas por algumas mulheres em muda expectativa. A moça apanhou uma revista para azeitar a engrenagem do tempo, mas Hilda ficou imóvel, sem folhas para virar, a torturar-se com sua derrota, sofrendo a tensão do ambiente. Lá não se esperava simplesmente, como num dentista. Era um espaço para se refletir as culpas e erros: espécie de purgatório especial para mulheres.

Depois de duas horas de cadeira e silêncios, Celeste foi chamada por uma enfermeira. Hilda acompanhou-a com dores de barriga. O cirurgião atendeu-a numa sala com um sorriso de boas-vindas. Não tinha a aparência dum açougueiro, como Madame Zohra, pelo microfone, costumava chamar aos médicos que se dedicavam à especialidade. Sua voz era suave, confidente, e seus gestos os dum cavalheiro e competente profissional. Fez um exame breve em Celeste e mediu-lhe a pressão.

– Ainda bem que me procurou cedo. Não haverá complicações.
– Vai doer, doutor? – perguntou Celeste.
– Menos que a extração dum dente.
– Isso não impedirá que eu tenha filhos mais tarde?
– Claro, evidente.

Hilda por um momento esqueceu por que estava ali. Viu apenas, do outro lado da mesa, vestido de branco, um homem que vivia do que ela condenava. Apesar de seu aspecto simpático era, a seu ver, um antropófago. Um mastim devorador de fetos.

– Quantos abortos faz por dia? – perguntou.
– Eu e minha equipe chegamos a fazer trinta – ele respondeu. – Temos experiência, por isso agimos com segurança.

Essas informações, que visavam a tranquilizar, irritaram ainda mais a conselheira.

– Isso não lhe dói na consciência? – indagou, como se participasse duma mesa-redonda sobre o tema.

O médico olhou-a curiosamente, mas sem perder a naturalidade:

– Pelo contrário, minha senhora, considero o meu um dos serviços mais úteis que se possa fazer à mulher, à família e à sociedade. Enquanto não houver um processo anticoncepcional infalível, o jeito é a cirurgia. Principalmente em casos como o dessa moça, de início de gravidez. Quando há risco de vida, não aconselhamos.

– Não é bem isso o que quis dizer – prosseguiu Madame Zohra, nada satisfeita com a explicação. – Não é à vida da gestante que me refiro. Com a dela, certamente os senhores se preocupam para evitar complicações policiais. Refiro-me ao feto, à criança, às vidas que são destruídas aqui. Torno a fazer a pergunta: não lhes dói na consciência?

Celeste afligiu-se com essa polêmica em tão má hora, porém o cirurgião não esboçou ao menos um sorriso defensivo. Não dispunha de muito tempo, mas podia responder:

– Isto pode ser crime ante a lei, mas ela será modificada algum dia. Quantas leis foram criminosas, não é verdade? A lei que instituiu a escravidão, para ficarmos apenas no país. O aspecto legal não nos preocupa. Mas ainda não respondi à sua pergunta. Quer que dê notícias de minha consciência – continuou, agora, sim, com um sorriso. – Ela não me dói, minha senhora. O que me dói é ver mães não poderem sustentar seus filhos. Mulheres felizes, bem-nascidas e bem casadas raramente aparecem aqui. O aborto existe para que a miséria não seja ainda mais miserável.

– Mas os senhores comercializam a desgraça dessas infelizes – acusou Hilda com palavras e com o indicador.

– Nós também fazemos caridade. Muitos abortos são gratuitos.

– O senhor ainda não falou da alma desses fetos. O que fazem com elas?

– Não lido com almas – justificou-se o médico.

– Então admite que também raspa almas com sua curetagem.

O cirurgião percebeu que era uma questão infinita:

– Agora, sim – disse – agora, finalmente, estamos em completo desacordo.

– O senhor não acredita que feto tem alma? Ou não acredita nem na alma dos adultos?

Celeste tinha um problema, não mental. Tinha-o na barriga e precisava livrar-se dele:

– Não vamos discutir mais, Madame Zohra.

O médico olhou para Celeste e depois para a sua acompanhante:

– A senhora é Madame Zohra??? Aquela mulher da Rádio Ipiranga? A senhora?

Hilda já pecara bastante, não quis incluir a mentira ao seu currículo.

– Sou Madame Zohra – disse, baixando a cabeça pela primeira vez ao pronunciar seu nome.

O médico apontou a Celeste a porta da sala de operação.

– Então, Madame Zohra, inimiga do nosso trabalho, se há alguém aqui que foi castigada pelo que fez, esse alguém não sou eu. Vamos, senhorita.

Celeste foi para a mesa de cirurgia e Hilda, evitando olhar o médico, que a vencera, voltou para a sala de espera. Se Lenine não se tivesse envolvido com aquela moça, chamaria a polícia e fecharia aquela fábrica de anjos. Mas seu ódio cedeu espaço a um exame mais profundo daquela situação. Talvez ela própria, Hilda, fosse a maior culpada daquele assassinato intrauterino. No íntimo, repelira a ideia do casamento desde o primeiro instante. Pelo preconceito que se erguera naquele terreno baldio, não desejara que seu filho se casasse com uma moça leviana. Ela fora jovem numa época em que havia muito maior número de terrenos baldios e nunca fora a nenhum deles. Não pretendera ter uma nora capaz daquela fraqueza. Admitia, isso, sim. O preconceito suplantara seus princípios, pois, do contrário, diria a verdade a Celeste (esse tal Odilo é meu filho) e juntas exerceriam pressão sobre ele até que se decidisse a comprar as alianças. Nada disso acontecera, tudo resumido numa simples conversa com Lenine, da qual ele escapara sem problemas pela porta da cozinha. Mesmo o que ia fazer à tarde não a isentaria totalmente de culpa. O autocastigo é, às vezes, um engodo ou barganha para escapar à sentença de Deus. Nenhum condenado pode determinar sua própria pena, e era o que faria, embora consciente de que seu pecado lhe continuaria sob a pele.

Já se arrependia de não ter forçado Lenine a assumir sua responsabilidade, quando a enfermeira surgiu e chamou Hilda.

Acompanhou-a a um quarto, branco e limpo, sem cheiros, onde Celeste, apenas um pouco pálida, descansava sobre uma cama estreita. Ao vê-la, a moça sorriu, mostrando alívio.

– Como foi tudo, minha filha?
– Foi muito bem – disse a enfermeira.
– Doeu?
– Não – informou Celeste com outro sorriso.
– Agora ela precisa descansar.
– Quanto tempo?
– Duas horas. Não enxotamos nossas clientes após o trabalho – disse ela, não a Hilda, mas a Madame Zohra.

Hilda consultou o relógio, pensando em seu programa e na entrevista com o diretor. Sentou-se numa cadeira, sem nada para dizer, querendo apenas que o tempo passasse e encerrasse aquele triste episódio. Felizmente, Celeste adormeceu, após tomar um copo de leite, e não houve diálogo embaraçoso.

Às duas o médico reapareceu, pediu a Hilda que se retirasse por uns instantes e fez um breve exame em Celeste. Depois disse à sua acompanhante:

– Ela precisa de repouso absoluto até a noite. Nós chamamos um táxi.

– Ela não pode ficar aqui?
– Não há necessidade.
– Posso pagar um extra – disse Hilda.
– Vamos precisar do quarto dentro de quinze minutos – informou o médico. – Leve-a para casa e que não se mexa da cama. É uma precaução indispensável. Até outro dia, Madame Zohra – despediu-se, saindo do quarto.

Hilda e Celeste entreolharam-se. A moça estava assustada.

Madame Zohra, não posso fazer repouso em casa.
– Por quê?
– Ora, mamãe não sabe o que aconteceu e pode me mandar fazer compras ou trabalhar na cozinha.
– E se disser que está com uma forte dor de cabeça?
– Ela me obrigará a tomar comprimidos ou então chama o médico da família, que mora logo ao lado. Em casa não fico. Qualquer manchinha de sangue porá tudo a perder.

Hilda reconheceu que era um risco não só para Celeste como para todos. A família da moça não devia saber de nada.

– Tem alguma amiga?

– Tenho muitas, mas a esta hora não vou encontrá-las em casa. Estão trabalhando.

– Todas trabalham?

– Adélia estuda, mas agora está no colégio.

A situação ficava aflitiva, o imponderável das radionovelas. O gancho de final de capítulo.

– O que podemos fazer?

– Só há um jeito, Madame Zohra.

– Qual?

– Que eu repouse essas horas em sua casa.

– Em minha casa?

– Não vou atrapalhar ninguém, só preciso duma cama.

Ainda a perigosa criatividade do radioator. Faça os personagens sofrerem, coloque-os em situações aparentemente sem saída e a audiência se multiplica. Às vezes, o radionovelista ia escrevendo sem conhecer a solução de sua trama. Um problema que ficava para depois. O importante era criar tensão e vender mais sabões, sabões em pó ou sabonetes. Entendia agora melhor do que nunca a diabólica mecânica das óperas de sabão.

– Mas tenho às três o programa de rádio.

– Fico deitada à sua espera, quietinha no meu canto. À noite pego um táxi e vou para casa. O que não posso é correr o risco duma hemorragia.

Isso era possível, claro, mas a presença de Celeste em sua casa equivaleria a um desafio ao destino. Era aproximar demais duas pessoas que jamais poderiam encontrar-se. Ou era isso que Deus estaria querendo?

– Não tem mesmo outro lugar para ir?

Celeste sentiu a resistência de Madame Zohra. Não a queria em sua casa. Não podia aceitar um mau exemplo sangrando em sua cama.

– Deixe-me então numa igreja.

– Igreja?

– Descansarei sentada num banco. Ficarei até a noite. Prefiro do que ir para casa.

Hilda não faria isso, embora numa igreja estivesse dividindo as responsabilidades com Deus. Pareceria uma alternativa covarde. Como poderia ter paz, sabendo que não estaria numa cama? Ajeitou a cruz no ombro e decidiu:

– Você não vai para igreja alguma.

– Para onde vai me levar?

– Vamos para minha casa. Deixo-a com minha filha, vou à emissora e depois volto.

– A senhora é muito bondosa! – exclamou Celeste com uma gratidão crescente e sem preço. – Será o último trabalho que vou lhe dar.

– Agora espere um pouco. Vou telefonar. Sairemos em cinco minutos.

Hilda telefonou a Adriana e contou tudo, depois de perguntar:

– Lenine está em casa? Não? Ótimo. Vou chegar com Celeste. Estamos numa clínica, onde ela fez o aborto. Está tudo bem. Se Lenine aparecer nesse ínterim, diga-lhe que não fique em casa. Seja boa para ela, mas não force intimidade. Ela não pode saber hoje nem nunca que Odilo é meu filho.

Adriana só ouvia e ia emitindo sons de concordância. Depois tchau e desligaram. Hilda foi à rua parar um táxi. A operação custara-lhe caro, mas pagaria o triplo para evitar aquele epílogo.

23 – Um dia perfeito

O sorriso que Lenine confeccionou para "O Dobro Mais Um" à porta, na quarta, foi tão convincente e artístico que ela lhe pediu que dormisse aquela noite em seu apartamento, sem boates, sem amigos, sem brincadeiras criativas, apenas para o amor e entendimentos duradouros. Era justamente o que o jovem Manfredi planejara. Com receio de voltar para os Campos Elíseos, onde mamãe-Madame Zohra poderia esperá-lo com armas de cozinha, achou sensato passar a noite no castelo da amásia, oferecendo-lhe o coração numa bandeja em troca duma viagem à Europa, caso sua situação em casa pretejasse. Apesar desses temores, não se sentia de todo mal. A confissão do primogênito devolvera a coerência que gostava de ver nas coisas. Nunca entenderia como um fenômeno, Coca Giménez, pudesse apaixonar-se pelo introvertido Benito, sem nenhum retrospecto sexual notável. Agora estava claro: vendera o apartamento para dormir com ela. Isso, sim, fazia sentido. A época das cocotes românticas acabara com a guerra, findara-se com o fechamento do último cabaré, o OK, na avenida Ipiranga. Uma nova mentalidade nascia. Nenhuma mulher com spotlight entregava-se em troca de papo furado. As últimas cafetinas eram estranguladas nos fios dos abajures lilases. O cafiola dava lugar ao gângster do sexo. O calote perdia vez para o cheque sem fundo. Os valentões do bairro cediam centimetragem nos jornais para os viciados e contrabandistas de tóxico. Os veados passavam a ser chamados de homossexuais e, no Rio, andavam pelas ruas com os lábios pintados. As prostitutas já não usavam uniforme. O soçaite surgira para valorizar a noite, a mulher e o uísque escocês. E rapazes e moças da classe média definiam seu status namorando nas boates e bares com eletrola. A rumorosa década de 20, nos Estados Unidos, acontecia nos 50, em São Paulo e no Rio. Com essas mudanças todas, não daria para entender uma Coca jogando conversa fora com um fotógrafo de margarina, Catupiry e frutas em conserva. E, por outro lado, não era nada absurdo que ele, aos vinte e quatro anos, mantivesse um caso com uma coroa que lhe abria as portas do mundo e já lhe dera mais de trinta gravatas de seda.

– Você não disse que viria hoje – admirou Wanda, no bar do living, pondo uísque e gelo em dois copos.

– Bateu em meu peito a saudade da *sophisticated lady*! – exclamou Lenine bem à vontade e seguro naquele território.

– Então, fica esta noite?

– Se quiser ter a certeza, visto o pijama.

Wanda, que nunca abandonava seu raio X portátil, viu que algo de anormal sucedia com seu atlético protegido, mas nem quis saber o quê, já que a chapa lhe era favorável. Depois do uísque, beijou-o com fúria e foram para o quarto com os copos e o baldinho de gelo. Era o tipo de piquenique preferido de ambos. Nada de verde, nada de insetos.

Os dois na cama, com os nus refletidos num espelho, Lenine disse que tinha um amigo capaz de conseguir um passaporte em poucos dias.

– Quer mesmo viajar?

– Depende de você.

– Eu, como sabe, estou planejando essa viagem há muito tempo. Depois da guerra, só fui à Europa uma vez.

– E como vão os dólares?

– Não se preocupe. A gente para mais na Espanha. A vida lá está de graça.

Lenine confessou:

– Sempre quis ver uma tourada!

A frase não é importante para um diálogo de cama, mas fica, se acrescentarmos que Lenine Manfredi sonhou aquela noite que estava em Madri, assistindo aos touros, embora a mulher, na arquibancada onírica, não fosse – ingratamente – Wanda. E, curioso, dr. Freud, não era também Coca. Pasmem! Eh! O que faz Celeste, escondida, em meu sonho? E, no lugar de expulsar, beijou a clandestina.

Wanda penetrou na quinta-feira dormindo até bem tarde. Deitara maquiada e levantara borrada, como um quadro de Manabu Mabe. Mas Lenine não viu a tela, pois se levantou antes. Foi até o living e fez uma ligação para a Manfredi Village.

– Adriana?
– Adriana.
– A velha está?
– Foi a uma clínica encontrar-se com a moça.
– Que moça?
– Celeste.
– Então, estou livre?
– Acho que sim.
– Isso é maravilhoso!
– Você não tem nada na consciência?
– Não sei, querida. Levantei-me agora e ainda não me vi no espelho.
– Você é um sujo!
– Obrigado.
– O que mais quer saber?
– Ah, maninha, antes que me esqueça. Ontem à tarde dei uma surra em seu namorado.
– Em Maurício?
– Uma boa surra! Acho que o machuquei.
– Não é mais meu namorado.
– O que foi? Trocou-o por um cocker spaniel?
– Não, troquei-o por um cara muito melhor.
– Quem é?

— Um ricaço de cinquenta e dois anos. E quer casar comigo o mais breve possível.

— Deve ser algum sem-vergonha! Me diga quem é, que também dou uma surra nele.

— Felipe Dandolo.

— O mesmo nome do meu patrão?

— E a mesma pessoa também.

— Você está namorando Felipe Dandolo, Miss U?

Adriana esmagou um sorriso nos lábios como se fosse uma rosa:

— Estou.

— Onde conheceu esse tetrarca?

— Tchau, Leni.

— Isso é verdade?

— Depois eu conto. Mas saiba que é para valer.

Lenine ainda segurava o fone como se fosse um bilhete do sweepstake. Mal se levantara e já tivera um dia perfeito: a viagem à Europa, o aborto de Celeste e agora a maninha namorando o patrão. O que fizera de tão bom para Deus lhe dar tantas prendas? Nada. Simples caso de simpatia pessoal. Imaginou-se diante do chefe: seu Dandolo, a bolsa ou Adriana? Voltou para o berço de ouro. Dormiria mais um pouco, almoçaria com Wandeca e, sem empecilho, regressaria à Manfredi Village.

24 – O radioautor continua em serviço

Como terminou a noite de Benito?
A noite de Benito não terminou. Ficou sentado naquela guia de calçada a chorar, observado pelo vendedor de flores, o da perna arrastadiça que lhe emprestara o lenço. Quando Coca já chegava ao Uruguai, levantou-se e procurou um bar, levando o figurante. Beberam até amanhecer, mas para ele seu coração continuava no escuro.

Pouco antes das sete, Benito, com a testa rachada, entrou em seu quarto. Felizmente, o irmão não estava lá para fazer perguntas desagradáveis. Tirou toda a roupa e se jogou na cama. Muitas horas depois Adriana abriu a porta e perguntou-lhe se queria almoçar. Sem erguer a cabeça, disse um palavrão e continuou o sono. Deve ter dormido mais algumas horas, em que a sensação fora de queda num poço sem fim habitado por uma estranha família de cigarras. Seu corpo na realidade estava nu, mas a queda o vestira com uma fantasia de Pierrô. Ao tornar a acordar, notou que o travesseiro estava todo ensanguentado, como o duma prostituta inglesa, depois dum *love affair* com Jack, o Estripador. Foi examinar a testa no espelho. A pedrada a dividira em dois continentes. Vestiu-se e foi para o banheiro. Precisava tirar o mau gosto da boca e aquela sangueira. O sangue saiu, mas ficou uma fenda e um inchaço. O aspecto era horrível, mas podia ser remediado com esparadrapo. Mas não o encontrou no banheiro. Adriana talvez tivesse. Dirigiu-se ao quarto dela, bateu à porta e foi entrando:

— Adriana, você teria um...

Arregalou os olhos saindo pela primeira vez de sua noite. Depois os esfregou. Não podia ter entrado em quarto errado, pois Adriana estava lá, fumando, sentada numa cadeira. Mas, na cama, estendida, também a fumar, Benito viu uma atraente morena de contornos definidos, cabelos soltos, palidez sensual e olhos tristes. Uma Iracema sem a maquiagem de José de Alencar. Continuou à porta, sem nada dizer nem retroceder.

— Benito!

— Olá, Adriana!

— O que foi isso na testa?

— Levei uma pedrada.

— Quem lhe deu?

— Eu estava passando por um comício do Jânio. Acho que foi algum ademarista.

— Mas que pedrada!

— Você tem um esparadrapo?

— Tem no quarto de mamãe. Vou buscar. Esta é uma amiga minha.

Benito nunca cumprimentara uma pessoa deitada.

— Ela não está se sentindo bem?

— Teve uma espécie de vertigem. Vou buscar o esparadrapo.

Adriana saiu e Benito ficou a olhar para a moça. Pôde constatar que era bonita embora um tanto tímida.

— Você está doente?

— Sofro de enxaqueca.

— Acredita em homeopatia?

— Acredito.

— Então, peça para mamãe procurar um remédio no guia do dr. Nilo Cairo.

— Dão resultado?

— O que acontece é que a homeopatia exige tanta paciência que Deus acaba se compadecendo dos doentes e os cura. Esse é o sistema.

Adriana voltou depressa do quarto da mãe com tesoura, gaze, esparadrapo, pomada e, como uma tarimbada enfermeira, começou a fazer o curativo. Queria, e Benito logo sentiu, que ele se retirasse logo. Mas ignorava o motivo. Nunca fora perigoso para as mulheres. O que Adriana temia? Que violentasse sua amiga só porque estava deitada?

Curativado, Benito saiu e telefonou para a agência. Seu assistente, Décio, disse-lhe que não havia novidade e que nem precisava aparecer. De fato, o que iria fazer na agência depois das quatro? Foi esquentar o café para ensejar o primeiro cigarro do dia. A fumaça desenhou a figura de Lenine. Perguntou-se se Lenine deixaria escapar incólume a beldade que estava no quarto de Adriana. E a mesma fumaça, tomando a forma de letras, respondeu que não. Foi ao banheiro e reolhou-se no espelho. O curativo ficara bonitinho. Com uma decisão já em movimento, dirigiu-se a passos de gato para o quarto da mana.

25 – Lothar sai de dentro duma cartola ou adeus, Vila Mariana!

*F*redo, Manfredo, Manfredão, Manfredi não tivera manhã de quinta porque a dormira todinha como Benito. Deolinda, sem as alunas, ganhara tempo para pensar e varrer. Antes de admitir novos problemas, estava feliz: a menopausa não a privara de sua sensualidade. Vivera duas noites de moça, noites de lua de mel. Sentindo-se jovem, nada deveria temer. A Rute, por exemplo. Julgara que não viveria sem suas mãos e seus préstimos. Bobagem! Nem fazia falta! E não gastaria dinheiro com outra empregada, estimulada pelo corre-corre.

Deolinda desfrutava desse sadio estado de espírito, muito de acordo com o vestido claro que usava, quando tocaram a campainha. Era um garoto sardento que trazia uma carta com tanto cuidado como se ela fosse de louça. Entregou e disparou com uma pressa que nenhuma gorjeta compraria. Deo abriu a carta, entendeu e só então leu. Carta do dono da casa, à máquina e breve. Informava que estava de posse dum abaixo-assinado de mais de sessenta pessoas que protestavam contra sua conduta, a maioria pertencente à Sociedade dos Amigos do Bairro. Terminava com uma solicitação: que, a despeito do contrato, abandonasse o imóvel em trinta dias. Em caso de recusa, seria movida ação judicial.

Não era do feitio da professora dizer palavrões, mas disse, todos que sabia, na sala, no corredor, na cozinha, no banheiro e também no quintal. Depois duns duzentos, tomou água e inesperadamente sentiu-se melhor. Fora um útil vomitório. Livrara-se de Rute e das alunas. E das mães das alunas. E se se mudasse para uma quitinete, ela, o retrato do marido e o piano, suas despesas seriam reduzidas pela metade – o montepio cobriria tudo ou quase. O que ganhasse a mais, ainda ignorava como, seria para luxar: cinema, teatro, roupas, viagens de recreio. Pela primeira vez na vida, perto dos cinquenta, conheceria a plena liberdade.

Entrou no quarto. O carreteiro, já acordado, ouvia as notícias do enterro de Getulio e palavras de João Goulart. Deolinda jogou a carta na mesa, que Manfredi pegou, leu com ódio, remorso e cara feia.

– Pode deixar, falo com o dono.

– Não se meta nisso.

– Quero ver o tal abaixo-assinado. Vou quebrar a cara de todos os que assinaram essa merda!

– Vou mudar – disse a professora.

– No seu lugar, topava a parada e não saía daqui.

– Há males que vêm para bem. Mudo para um apartamentozinho e começo vida nova.

– Vai lecionar noutro bairro?

– Não quero mais saber de aulas de piano. Enjoei.

– E como vai viver?

– Tenho o montepio.

– E é o suficiente?

– Ainda não sei.

Manfredo sentia-se culpado, com problemas de consciência, que repuxavam rugas em sua ampla testa.

– Eu não devia ter vindo – lamentou.

– Ora, não fale assim. Está tudo certo.

– Perde a empregada, as alunas, a casa e diz que está tudo certo?

– E está.
– Você é uma fortaleza, mulher!
– Não era, mas acho que estou ficando.
– Confie em mim, Deo, não vou te abandonar.
– Você tem mulher e filhos. Não se afaste deles por minha causa.
– Mas quero te ajudar.
– Você me faz a mudança de graça. Já é uma boa ajuda. Agora vá se lavar, enquanto apronto a comida.

Depois do almoço, os dois foram para a sala. Deolinda, inesperadamente, abriu o piano e sentou-se à banqueta. Não era hora de tocar, mas uma força, talvez a de sua libertação, levou-a para as teclas. Manfredo em vão esperou por Ernesto Nazareth. Deo tentava algo menos didático. Começou com "Um cantinho e você" e logo, mais solta, partiu para um bolerão. Não era a professora, mas a aluna atenta de novos ritmos e deleites. Insegura porém atrevida amparava com a cintura as notas mais recalcitrantes. E com a cabeça aprovava, reprovava ou corrigia as frases musicais. Mas a nova personalidade da virtuose manifestava-se ainda com maior independência e vigor no pedal, pisoteado como uma *cucaracha*, barata mexicana especial para shows. Não foi a exaustão, mas a campainha que interrompeu o delicioso concerto vespertino.

Deolinda foi atender à porta. Voltou num instante:
– Tem um homem aí querendo falar com você.
– Comigo?
– Pode entrar, moço.
Manfredo quase deu um salto: era Lothar!
– Como soube que eu tinha vindo pra cá?
– Adivinhei, patrão.
Deolinda, afastando-se:
– Vou fazer um café.
Manfredo abraçou o "braço direito":
– O que veio fazer, negrão?
– Dona Hilda me telefonou pra encontrar o senhor.

— Aconteceu alguma coisa?
— Acho que não. Ela não disse nada. Deve ser só preocupação.
— Você disse a ela onde eu poderia estar?
— Não diria nem com ferro em brasa, patrão.
— Mas como adivinhou?
— Lembrei que gostou muito da professora. E o senhor não esquece uma mulher boa. O tempo pode passar, mas não esquece.

Manfredo ouviu essa constatação como um elogio:
— É verdade, Lothar. Pra essas coisas, sempre tive boa memória. E valeu a pena. Deo é uma mulheraça. Da idade dela, acho que não tem igual em São Paulo.
— Mas desta vez dona Hilda não se divertiu com a brincadeira. Estava muito nervosa. Acho que vai bater no senhor.
— Estava mesmo zangada?
— Não quero te assustar, mas estava.
— O que você disse a ela?
— Prometi levar o senhor pra casa hoje mesmo.
— Prometeu?
— O senhor vai comigo?
— O café vem vindo aí.

Deolinda voltou com bandeja e três xícaras fumegantes, que saborearam enquanto Manfredo comentava as qualidades morais e profissionais de seu "braço direito". O homem mais forte e leal que já conhecera. Se um dia ficasse rico, Lothar também ficaria. Esgotado o tema, ordenou:
— Me espera lá fora, preciso falar com dona Deolinda.

Lothar despediu-se e saiu.
Ficaram a sós, sabendo o que significava aquele momento.
— Minha mulher mandou Lothar me procurar.
— Você vai agora?
— Acho que sim.
— Então vá, não faça a coitada da Zohra sofrer mais. Dê-lhe um abraço como se fosse meu.

– Não queria deixar você nessa situação.

– Já disse para não se preocupar. Vou mudar de casa e de vida.

– Faço sua mudança.

– Obrigada.

– E se precisar de dinheiro, me procure. Não dou importância a dinheiro quando tenho ele.

– Não vou precisar.

– Está zangada comigo?

– Zangada? Você só me fez bem.

Manfredo aproximou-se desajeitadamente. A ideia era lhe dar um beijo na boca, mas apenas pegou-lhe a mão e beijou-a com o maior respeito. Esse gesto cerimonioso comoveu-o mais que qualquer beijo. Teve de dar força aos olhos para não derramar lágrimas, ele, que em toda a sua vida só chorara uma vez, quando morrera Carlos Gardel.

– Tchau, professora.

– Até a vista, seu Manfredo.

O impremeditado formalismo apressou a despedida. À porta estava Lothar, imenso dentro duma caminhonete emprestada com a qual biscateara aqueles dias. O patrão sentou-se a seu lado, fitando a janela espatifada, na esperança de ver Deolinda mais uma vez. Porque (mistério) não acreditava que ela o chamasse nem mesmo para fazer a mudança. O episódio fora completo demais, não exigia continuação.

– Não esqueceu nada, patrão?

– Não.

– E o revólver?

– Está aqui.

– Então, vamos.

Manfredo ainda olhava à janela, mas foi surpreendido pelos sons que vinham do interior da casa. Deolinda voltara ao piano e agora não só tocava como também cantava.

Eu vou mostrar pra vocêêêêêê
Como se dança o baiãããããã
Se você quiser aprendeeeeer
É só prestar atençããããããã

— Adeus, Vila Mariana! — murmurou Manfredo como se catalogasse a última recordação de sua biografia. — Adeus! Ao centro, Lothar!

— Ao centro? — estranhou o crioulo.

— Não vamos diretamente para casa — esclareceu o patrão, com uma ousada ideia na cabeça.

26 – Autopunição, com licença de Deus

A boa Hilda fez o pior programa de toda a sua carreira. Terminou-o inclusive antes da hora, incapaz de encher linguiça. Tudo soara falso demais e não soubera empostar a voz famosa de Madame Zohra. Falava com a voz de Hilda, a que usava na cozinha de sua casa. Dom Peixito e o locutor entreolharam-se o tempo todo, estranhando-a.

Concluído o programa, Hilda despediu-se dos dois, com um aceno de cabeça, o que nunca fazia, por birra, e saiu do estúdio. No corredor passou por Laura Cruz, que lhe pareceu ter chorado, e foi à secretaria.

– Marquei hora com seu Miranda.
– Pode entrar, dona Hilda – ordenou a secretária.

A sala de seu Miranda conservava os mesmos móveis do dia em que Hilda lá entrara pela primeira vez. Harmonizava-se perfeitamente com o resto da emissora: o já descrito amarelo das paredes, a decrepitude das madeiras, a agonia do assoalho e o cheiro característico duma organização que se desagrega.

– Hilda, minha querida!

Miranda estava sentado à sua escrivaninha, tomando um copo de leite: sofria de úlcera gástrica. Hilda lembrava-se dele ainda trintão, profissionalmente muito ativo e sempre com aventuras amorosas com as cantoras e atrizes. Mas a enfermidade dos pisos e paredes da Ipiranga o havia contaminado. Envelhecera antes do tempo e pouco saía de seu retângulo de trabalho. Parecia o capitão dum navio condenado a morrer num naufrágio iminente.

— Seu Miranda!
— Como vai a famosa Madame Zohra? Como foi mesmo que surgiu este pseudônimo?
— Encontrei num almanaque.
— Ah, sim, num almanaque. Você entrou nesta sala e me perguntou: "Que tal Madame Zohra?". Eu fiquei repetindo, Zohra, Zohra, Zohra, até me acostumar. E como pegou! Um mês depois, ninguém a chamava mais de Hilda.
— Acho que o nome ajudou o sucesso.

Miranda, afundado na cadeira, olhava Hilda com ar distante, num fluxo agradável de recordações. Lá estavam dois veteranos. Puxou um pouco mais o fio das velhas lembranças:

— Mas, antes, você era Hilda Levarière.
— Hilda Levarière, dama central.
— A mãe rabugenta...
— E a tia solteirona!

Miranda levantou-se e deu uns passos, ainda com a memória solta, a sorrir, gratificado pelo sabor de recordar:

— Uma vez houve uma cena de beijo numa novela. E seu marido apareceu aqui e quis bater no radioator que contracenava com você. Não sabia que os beijos eram da contrarregra! Morremos de rir!
— Mesmo assim, não quis mais beijos.
— Nem vendo o contrarregra beijar a própria mão?
— Ainda ficava com um pouco de ciúme.

Miranda prolongou seu riso até um acesso de tosse. Tomou um gole de leite. As alegres histórias e gafes da primeira fase do rádio! Os dias menos comerciais em que errar era humano e não causava desemprego.

– A Ipiranga já foi uma grande emissora – disse o diretor como se falasse dele mesmo. – Tínhamos o melhor cast e contratávamos os maiores cartazes internacionais. Vinham de navio. Você lembra, não?

– Lembro, Jean Sablon, Trenet, Américo, Rabagliatti...

– Pedro Vargas, Olga Guillot, Gino Bechi – foi acrescentando, mas subitamente interrompeu a lista, com receio de que o passado jogasse terra também sobre ele. – No que lhe posso ser útil, cara Hilda?

A sra. Manfredi hesitou. Não estaria se precipitando? Seria a tendência radiofônica de tudo dramatizar? Mas, na verdade, fizera um mau programa e com aquele buraco no coração não teria gás para outros. Usou a forma sintética das grandes decisões:

– Vim pedir demissão.

Miranda ficou paralisado, mas não lamentoso. Fez uma pausa, em que o cheiro das coisas velhas ficou ainda mais intenso. Talvez por isso abriu a janela, sem precisar levantar-se, e disse:

– Pode parecer incrível, Hilda, mas lhe agradeço.

– Por quê, seu Miranda?

– Conversou com Laura Cruz?

– Encontrei ela no corredor, mas não conversamos.

O diretor confessou, como se fosse um grande pecado:

– Tive que demiti-la agora. Foi duro para nós dois. Ela era nossa há vinte anos.

– E ia me demitir também?

Miranda ergueu-se e abraçou Hilda, olhando-a francamente nos olhos. O caminho da sinceridade pareceu-lhe o mais curto.

– Ia.

– Meu programa andava tão mal assim?

O diretor respondeu por outro caminho:

– A Ipiranga está indo para o brejo, minha cara. Já não temos dinheiro para pagar ninguém. Os anunciantes nos abandonaram. Vamos tentar sobreviver com discos apenas. Mas fique tranquila, receberá todos os seus direitos.

Não era no que Hilda pensava. O dinheiro fora o menos importante para ela desde o primeiro dia de Ipiranga.

– Então ia ser despedida?

Miranda confirmou com a cabeça e apertou seu braço tentando pela força conter a emoção. Como se houvesse um acordo tácito entre os dois, Hilda também lutou contra as lágrimas, usando as mãos, os braços e esmagando o rosto de encontro ao dele.

– Me dispense do aviso prévio – pediu. – Eu não aguentaria trabalhar mais.

Outra vez, sem palavras, Miranda respondeu: não haveria embaraço. Tudo terminou, Hilda pôde ir para casa.

Ao sair da sala do diretor, a ex-Madame Zohra não se despediu de ninguém porque os corredores estavam vazios. Apressou os passos e transpôs o portão do velho casarão sem olhar para trás. Não queria levar na bolsa nenhum postal de sua saudade. Além do mais, tinha pressa, Celeste esperava por ela.

27 – Viva o vovô Deville!

Benito instalou-se no pequeno quarto da irmã, bem plantado numa cadeira, a conversar com a própria e com sua amiga, que continuava deitada, embora com mais cores, mais brilho nos olhos e voz menos débil. Que delícia de enxaquecosa!, admirava-a o primogênito, e a princípio só ele falava, detendo-se em sua profissão, a fotografia, a arte de valorizar o cotidiano. A fotografia faz a gente babar diante dum chocolate que, na realidade, a um simples relance, já dá dor de barriga. Quer coisa mais insossa que um biscoito? Mas veja uma caixa ou lata de Duchen numa revista. Volta na gente a gulodice da infância. E como o vovô fica bonzinho na fotografia! Nada é mais fantasioso que uma foto bem nítida. Mas o filósofo da Kodak tinha outro objetivo:

– Você daria excelente modelo.

– Sempre saí muito feia – garantiu a moça.

– Tudo depende do fotógrafo. Se ele é de casamentos e batizados, não confie.

– Gostaria que me fotografasse.

– Apareça então em meu estúdio na agência. Mas depois do horário.

– Antes me comunico com Madame Zohra.

– Oh, por favor – protestou Benito. – Não chame a velha por esse nome horroroso.

– Mas nem sei o verdadeiro nome dela.

– Hilda – informou o primogênito. – Ela pode ser Zohra na emissora, mas aqui é a velha e rabugenta Hilda.

– Hilda? – repetiu Celeste interrogativamente, não conferindo ainda a curiosidade com a suspeita.

– Como está se sentindo agora?

– Acho que melhor.

– Não pode se levantar?

– Ainda estou um pouco fraca.

Benito voltou-se para a irmã e deu uma ordem que merecia uma piscada:

– Vi uma laranjada na geladeira. Traga um copo para ela.

Adriana, sentindo que o irmão queria ficar a sós com a moça, o que a confundia bastante, acatou a ordem. Será que não lhe ocorria que aquela Celeste era a tal que Lenine engravidara? Certamente não. Mas, em todo caso, era melhor que ele e não Lenine estivesse no quarto. Deveria fazer-lhe um sinal? Seria difícil, pois Benito nem olhava para ela, entusiasmado com a visitante. Quando voltou com a laranjada, que tivera de fazer porque na geladeira não havia nada, era Celeste quem tomara a palavra. Contava coisas pitorescas ou engraçadas que lhe aconteceram no ginásio e na escola de datilografia. Reconhecendo em Benito um rapaz inteligente, quis mostrar conhecimentos e seus planinhos: pretendia fazer o secretariado. O primogênito ouvia e fazia um ou outro comentário estimulante. Adriana cansou. Foi para a cozinha comer alguma coisa.

Às quatro e meia Adriana tomava um café, quando ouviu passos na sala. Era sua mãe que chegava, deprimida. Nem sua sombra era mais de Madame Zohra, daí o desamparo. A mulher forte pedira a conta, aposentara-se.

– Mãe, que cara é essa?

– Não podia estar com outra melhor.

– Aconteceu alguma chatura na Ipiranga?

– Pedi demissão.

Adriana olhou bem para a mãe: sim, sua cara confirmava.

– Pediu?

– Foi meu último dia de Ipiranga.

Que tristeza, a de Adriana! Ela sabia melhor que ninguém o que o emprego significava para a mãe. As outras mulheres de sua idade eram apenas donas de casa, não tinham uma máquina de escrever na despensa. Pobres senhoras anônimas. Mas Hilda era famosa e apontada nas ruas. Os feirantes sorriam-lhe em suas barracas e lhe faziam preços especiais. Todos os comerciantes lhe concediam crédito sem anotações. E muitas meninas se chamavam Zohra em sua homenagem. Ia perder tudo isso?

– Por que pediu demissão, mãe?

– Por causa desse caso do Lenine. Não teria mais coragem para encarar o microfone. Hoje tive prova disso. Mal conseguia falar.

– Mamãe, isso passa. Vá amanhã à Ipiranga e fale com seu Miranda. Diga que estava nervosa e fica o dito pelo não dito.

– Não posso fazer isso.

– Faça, mamãe, eu vou junto. Ele vai ficar tão contente se retirar a demissão...

– Ficou contente hoje, minha filha. Apenas lhe poupei um sacrifício. Ele ia me dar o bilhete azul.

Essa revelação pesava mais que a primeira.

– O que a senhora fez de errado?

– A Ipiranga está no fim. Tudo acaba algum dia. É uma norma de Deus. A moça está no quarto?

– Está – respondeu Adriana, pensando em Felipe Dandolo e na segurança que só o dinheiro dá.

– Nenhuma novidade?

– Tudo bem com ela.

– Está dormindo?

– Conversando com Benito.

– Com Benito?

– Ele foi me pedir esparadrapo e viu ela. Estão papeando há mais de uma hora.

– Mas ele sabe que Celeste é a moça de Lenine?

– Não, mãe. Nem desconfia. Eu disse que ela está na cama porque se sentiu mal.

Hilda mostrou preocupação. Sem Zohra, sentia-se menos dona do destino das pessoas. E não se acreditava com estrutura para novas surpresas e coincidências.

— É melhor chamar ele. Eu conto tudo. Daí não pode sair namoro. Cortemos o mal pela raiz.

— Por quê, mamãe? Só porque ela não é mais virgem?

— Não é isso, Adriana. Meu maior desejo é que ela se case muito breve. Vou rezar todas as noites. Mas, namorando com Benito, um dia ficaria sabendo quem é Odilo. E vai me odiar até a morte. Deus me livre disso!

— Compreendo, mãe.

— Se compreende, mexa-se. Diga pra Benito vir aqui.

Adriana não foi. Não foi porque Manfredo e Lothar entravam carregando uma caixa grande e pesada, ambos com o mesmo sorriso de festa, acentuado pelo esforço.

— Manfredo! — exclamou Hilda com cara de zanga, mas no íntimo feliz com seu regresso. Preferiu, no entanto, manter a máscara da primeira reação.

Manfredo e seu "braço direito" puseram a caixa sobre a mesa.

— Veja o que trouxe pra você, minha velha!

— Onde você esteve?

— Mamãe, é uma televisão! — descobriu Adriana, como se o próprio Papai Noel estivesse lá para alugar o quarto da frente.

— Você comprou isso? — espantou-se Hilda ante o volumoso artefato cultural.

— Não se assuste, baixinha. É para pagar em dezoito prestações.

— Quanto custou?

— O que importa, mulher? Você merece muito mais. Não merece, Adriana? O que diz, Lothar?

— O patrão comprou de bom coração!

Manfredo deu um abraço honesto na cara-metade.

— Mas onde você esteve?

— Fique tranquila. Não matei Carlos Lacerda.

— Isso eu sei.

– E não fica contente?

Hilda voltou-se para Lothar:

– Onde encontrou ele?

Lothar descontrolava-se quando Manfredo o salvou:

– Ele não me encontrou. Eu fui à sua pensão. Está explicado?

– Não está explicado – replicou a ex-conselheira. – Posso saber, afinal, onde esteve desde terça?

– Não saí da cidade. Fui a reuniões do Partido Trabalhista Brasileiro.

– Você nunca pertenceu a nenhum partido.

– Entrei agora. Sou do PTB.

– E onde dormia?

– Ora, na transportadora. Se voltasse para casa, naquele estado de espírito, chorando, seria uma péssima companhia para todos. Me faça um café, Hilda. Estou doido para tomar um. Ligue o aparelho, Lothar – ordenou, enquanto empurrava a mulher para a cozinha. – Disseram que tem uma bela imagem.

Hilda, que não acreditava ter o marido dormido as duas noites na MM, insistia em seu tema:

– Você não devia ter comprado a televisão. Temos três rádios em casa.

– Você merece tudo isso e o céu também. Sabe que esses dias foram muito úteis para mim. Aprendi a dar ainda mais valor a minha mulher. Confesso que ainda não entendia sua missão. Você é a Rainha da Amazônia!

– O que eu sou?

– A Rainha da Amazônia, baixinha!

– Que história é essa de rainha? – perguntou Hilda, já fazendo café com o capricho artesanal de quem ama e perdoa.

– Porque, graças a você, a Amazônia será povoada um século antes. E talvez não chegue a cair nas mãos dos americanos! Você está abrindo os olhos da nação!

– Não estou entendendo – disse a ex-Madame Zohra. – Eu, abrindo os olhos da nação?

– Ainda vai ter um monumento em praça pública, baixinha.
– Mas o que foi que fiz?
– Você não fez, está fazendo. Não vou perder mais nenhum dos seus programas! Sua campanha é nobre e patriótica!
– Que campanha, Fredo?
– Sua magnífica campanha contra o aborto. Refleti bastante e concluí que ela não tem apenas um fundo humanitário ou religioso. Sua maior importância é política!
Mas dona Hilda Manfredi nem era eleitora!
– Que sei eu de política?!
– Baixinha, entenda. Qual é o maior problema do país? Eu digo: a falta de gente. Vivemos há quatro séculos no litoral. Porque gostamos de praia? Não. Porque nossa população é pequena. Precisamos de úteros férteis para povoar e tomar conta do Mato Grosso, Goiás, Pará, Amazonas e do Acre. Somos apenas sessenta milhões. Deveríamos ser seiscentos para ocupar efetivamente um território que é nosso. Está acompanhando? E como conseguiremos isso? Fazendo o que você manda! Aderindo à santa cruzada de Madame Zohra!

Hilda passou ao marido a xícara de café. A luz da verdade iluminara sua face esquerda. Estava emocionada e quase via na parede a sombra da coroa da Rainha da Amazônia.
– Como você descobriu essas coisas se nunca ouviu meu programa?
– Como?
– Em doze anos, nunca disse nada disso!
– Hilda, esses três dias foram uma espécie de retiro para mim. Aproveitei o tempo para meditar. A morte de Getulio foi uma paulada. E então comecei a pensar em você e em sua campanha. De repente, vi tudo isso. Obrigado, baixinha, obrigado.

Adriana e Lothar apareceram na cozinha.
– A imagem é uma beleza, mãe!
– Parece cinema, dona Hilda!
– Hilda, faça uma boa macarronada para Lothar, domingo. Ele é o único negro que sabe apreciar a cozinha italiana.

— Faço, sim — ela prometeu, com a certeza de que lhe devia a volta do marido.

— Vamos ver a televisão — disse Manfredo à sua querida. — Estamos na era da tecnologia. Os Manfredi não podem ficar desatualizados. Chuveiro elétrico, geladeira e agora um aparelho de TV. Vamos.

Os quatro foram para a sala. A televisão, ligada a todo volume, transmitia um filme aquático de Esther Williams, da década passada. As imagens sucessivas e o som gordo da voz de Carlos Ramírez forneciam alegria de graça para todos. Hilda, inclusive, ria e apertava a cada riso a mão do marido.

Adriana, querendo que Benito participasse daquela cena feliz, correu para o quarto e abriu a porta.

Oh, Celeste não estava mais na cama!

Ela e Benito dançavam de rosto colado e tão atentos ao prazer que dividiam, que nem perceberam a entrada da moça. Adriana não teve coragem de desmanchar o que viu. Centímetro por centímetro, foi fechando a porta e deixando lá dentro sua surpresa. Voltou para dentro como se nada tivesse visto nem nada estivesse receando. Plantou-se diante do aparelho.

— A era da tecnologia! — repetia Manfredo, como se o mundo todo tivesse mudado depois da compra do seu televisor.

No quarto, aonde chegavam fortes os sons de estreia do aparelho, aquelas almas gêmeas dançavam ao ritmo da orquestra multicor de Xavier Cugat, na tonalidade justa do sorriso do maestro, veterano da frivolidade dos hotéis de luxo. Sem desperdiçarem palavras e dispondo de pequeno espaço, juntavam os corpos, respirando no mesmo compasso e movendo as pernas duma forma um tanto lasciva para uma casa de família. O apedrejado conquistador desforrava-se de dia das frustrações e desacertos noturnos. Celeste, embora ainda com sua genitália traumatizada pela curetagem matutina, deixava-se bolinar, imaginando que bacana seria se casasse com o filho de sua protetora. Assim, tanto no vídeo da sala quanto no quarto de Adriana, em Hollywood e nos Campos Elíseos, as imagens de esfuziante felicidade se sucediam velozmente.

— Eu danço mal — disse Benito.

— Acho que dança bem.

— Como pode saber? Praticamente, não estamos dançando.

— É verdade. A gente não está dançando. Apenas se mexendo.

— E eu estou sentindo o perfume dos seus cabelos.

— Mas não pus nada nos cabelos hoje.

— Me refiro ao perfume natural, de cabelos mesmo. É mais excitante.

— Vamos parar?

— Por que parar? Mesmo se quisesse, não poderia.

— Você tem namorada?

— Não. Você tem namorado?

— Também não. Que idade você tem?

— Vinte e seis — respondeu Benito com a boca dentro do ouvido esquerdo dela e com uma ação colante e rotativa de perna direita. Naquele momento lembrava-se mais de Greta Garbo que de Coca Giménez. O passado recente inexistia. E pela primeira vez na vida gratificava-se com falta de alguma coisa — espaço —, que permitia aquela doce imoralidade.

— Vou fazer vinte.

— Nem precisava dizer. Estou sentindo que tudo em você é novo em folha, tudo embalado para presente.

— Você fala como se estivesse gostando de mim.

— E estou. Amor à primeira vista. O único verdadeiro. Quem precisa olhar duas vezes é porque não vai amar nunca.

— Isso não sei. Pode ser. Mas não sei.

— Não vire o rosto assim.

— Por quê?

— Quero beijar você.

— Alguém pode entrar.

– Não importa.

Celeste ajeitou o rosto e ele beijou-lhe a boca depois de breve acidente nasal. Na segunda vez, calculou melhor e beijou com melhores resultados.

– Agora, chega.
– Só mais um.
– Você...
– Bem rápido.

Não foi rápido, mas mais longo e eficiente que os anteriores. Estavam se ajustando. A mesma perfeição alcançada com o jogo de pernas alcançavam agora com a boca. Esse conluio de músculos e mucosas deixou Benito entusiasmado. Estava ali nada mais nada menos que a garota dos seus sonhos. Coca era uma sanguessuga. Alimentava-se de cifrões com chantilly. A meiga Celeste só queria amor e um pouco de segurança. Bendisse a pedrada da véspera, que motivara a procura do esparadrapo.

– Só não entendo por que Adriana nunca falou de você.
– Nem podia.
– Por quê?
– Conheci ela agora.

Pela primeira vez, desde Carlos Ramírez, Benito parou um pouco.

– Então como apareceu aqui? Caiu do céu?
– Sou amiga de Madame Zohra.
– Você, amiga de minha mãe? Como conheceu ela?
– No rádio.
– Você é atriz de rádio?
– Não.
– Cantora?
– Escrevi para ela. Depois quis conhecê-la pessoalmente.
– Problemas?
– Mais ou menos.

Benito tornou a dançar. Ainda achava estranho, mas para tudo há resposta. Supôs encontrar uma:

— Então, já sei.

Ela, assustada:

— O que já sabe?

— A velha Hilda trouxe você aqui para que eu a conhecesse. Foi uma planificação.

— Não, acho que não foi isso.

— Você não conhece mamãe. É uma casamenteira. Foi isso, sim.

— Acho que não.

— Ela não disse que tinha um filho maravilhoso?

— Não.

— Bem, se dissesse, na verdade estaria se referindo a Lenine, meu irmão mais moço. Mas o importante é que você está aqui e não vou largá-la. Mas por que será que ligaram o rádio tão alto?

Enquanto esse diálogo dançante se desenrolava, Manfredo, Hilda, Adriana e Lothar, na sala, ante a televisão, deliciavam-se com aquele Natal em agosto.

— Onde estão os meninos? – perguntou Manfredo.

— Lenine não está – respondeu Adriana.

— Oh! – lembrou Hilda, levando a mão à cabeça. – Benito! Será que ainda está com a moça?

— Está, sim – confirmou Adriana. – E as coisas lá estão esquentando!

— O que está esquentando? – quis saber o pai pródigo.

— Vou até lá – decidiu a Rainha da Amazônia. – Tinha me esquecido por causa da televisão.

— Benito está com que moça? – perguntou Manfredo.

— Uma amiga de Adriana – mentiu a ex-conselheira.

— No quarto dele?

— Não – explicou Hilda. – No quarto de Adriana.

— O que estão fazendo? – espantou-se Manfredo. – Quando saí daqui, esta ainda era uma casa de respeito.

— Não está acontecendo nada – garantiu Hilda. – Estão apenas conversando. Vou chamar ele.

A ex-radialista já se movimentava para o quarto, quando a porta da rua se abriu e, fresco e lépido, entrou o vistoso Lenine, egresso dos confortos de Wanda. Ao ver o pai, correu para ele, festivo, abrindo seus fortes e compridos braços:

— Papai, lembra de mim? Sou Lenine!

— Meu filho!

— Como é, não matou Carlos Lacerda?

— Não consegui passagem para o Rio.

— Mas não faltará ocasião — disse Lenine, otimista, abraçando o ladino carreteiro.

Hilda parou no meio do caminho sem poder mover as pernas. Não era mais o momento de chamar Benito. Ele que ficasse com a moça no quarto, por enquanto. Lenine reuniu pai e mãe no mesmo panorâmico amplexo.

— Contente de ver o velho de volta?

— Claro, Leni! Veja como ela está feliz!

— Seria indiscreto, pai, perguntar onde esteve desde terça-feira?

— Fui comprar esta televisão.

Lenine encarou o vídeo com um sorriso:

— Que beleza! Que imagem! Que som! — mas, ao ver Lothar, interrompeu suas exclamações para lhe apertar a mão com um vigor de gigante. — Negrão! Aposto que foi você quem trouxe Manfredo de volta! Ou não foi?

— Lothar apenas me ajudou a trazer o aparelho.

Lenine voltou a dirigir-se ao pai:

— Já viu Benito?

— Ainda não.

— Mas o carro dele está aí na porta!

— Ele está no quarto de Adriana com uma moça, o maroto.

Naquele justo momento, Hilda tinha ido à cozinha tomar um copo de água, acompanhada de Adriana, que lhe falava do súbito interesse do primogênito por Celeste, fato que preocupava a ambas. E tramavam um jeito de avisar Lenine. Escolheram uma péssima ocasião para sair de cena.

— No quarto de Adriana com uma pequena?

— Foi o que sua mãe disse.

— Que pequena?

— Sei lá! Estou chegando agora.

Seria Coca Giménez? Estaria Benito, por calhordice, querendo apresentar a crooner à família?

— Uma uruguaia?

— Não sei.

Lenine não resistiu à curiosidade. Como seria Coca à luz do dia? E, se não era Coca, que peça seria? Dirigiu-se a passos apressados para o quarto de Adriana. E, para dar impacto à sua presença, abriu a porta num só lance e com estrondo, ao som de cometas marciais.

O que viu?

Benito dançando com uma jovem como se estivesse num inferninho da Boca. Só faltavam amendoim e pipoca para aquilo ser uma indecência. Pensou em se retirar, mas o competente fotógrafo já olhava para ele. E a moça, descolando o rosto a rosto, também olhou. Mas o dela foi um olhar sonoro porque acompanhado dum grito como se o conde Drácula acabasse de entrar. Um grito fino, de gilete, que feriu todas as paredes da casa. E seria acompanhado de outro, talvez mais estridente, se ela não tapasse a própria boca com a mão espalmada. Mas o referido grito continuava nos seus olhos, no rosto, nas mãos e em todo o corpo, que se curvou para trás como uma frágil árvore sob um furacão. À porta, Lenine, atacado de inesperada paraplegia, não movia um único músculo, transformado num promocional manequim de vitrine. Até sua cor ganhou a palidez e a uniformidade dos manequins. Quanto a Benito, supôs que o grito, apesar do exagero vocal, não passava da manifestação de pudor duma donzela surpreendida numa dança pecaminosa.

— Acalme-se, querida — disse-lhe Benito. — É apenas meu irmão. Ele não morde.

Celeste, no mesmo clima emocional, prosseguiu:

– Ele é seu irmão? – e como se não acreditasse: – Odilo, você é irmão dele?

– Você está equivocada, meu amor – sorriu Benito. – O nome dele é Lenine.

A moça se despregou totalmente do seu par e deu um passo:

– Então você é filho de Madame Zohra? – perguntou como se lhe apertassem a garganta.

– Se é meu irmão, é filho da mesma mãe – ponderou Benito, querendo botar um pouco de lógica na cena em andamento.

Celeste, olhando a um e a outro, com seus reflexos em descontrole, procurava se inteirar do absurdo presente com perguntas dirigidas a Lenine, Benito e a um ponto teatral invisível, assim:

– Você é irmão dele? Então, vocês são irmãos? Madame Zohra é mãe de vocês?

Lenine, o jocoso, sorriu. Não era a deixa para sorrisos, por melhor que fosse a anedota lembrada, mas foi o que fez, acompanhado duma conclusão maravilhosa:

– Coisas da vida.

Nenhuma frase poderia ter pior efeito. Celeste apontou-o com o dedo e sentenciou:

– Você vai casar comigo!

Benito olhou o irmão como se quisesse localizar o fulcro dos seus encantos. Aquilo é que era amor à primeira vista! Mal entrava no palco, e alguém queria casar com ele. Nada como ter um belo físico!

– Não vou casar – disse Lenine.

– Vai casar, sim – insistia Celeste, como se seu dedo fosse uma pistola automática.

Benito colocou-se entre os dois pedindo explicações:

– Vocês estão se conhecendo agora ou já se conheciam?

– Conheço Odilo há três meses.

– Mas ele não é Odilo.

Para aumentar a confusão de Benito, não é que Lenine confirma?

– Benito, eu sou Odilo.

— Começo a achar que errei de casa — comentou o primogênito.

Celeste foi apertando Lenine contra a porta, usando seu dedo-arma.

— Você vai casar! Você vai casar!

Lenine não ergueu os braços, mas se defendeu:

— Não posso casar com você. Vou para a Europa. Amanhã faço a vacina.

— Quando Madame Zohra souber que você é Odilo, vai te obrigar a casar comigo! E eu vou contar pra ela agora mesmo!

Benito não entendeu tudo. A revelação provocou-lhe dores nos joelhos, obrigando-o a sentar-se na cama. Aquela era a moça que Lenine deflorara e engravidara. Mas o que ela fazia em sua casa? Teria sido trazida por sua mãe para que se casasse com Lenine na marra? Mas ela não estava dizendo que Madame Zohra não sabia de nada?

Celeste falava agora com ele (Benito):

— Você não sabia que ele era Odilo?

— Conforme-se, querida. Ele também me enganou. Desde que nasceu, eu o chamo de Lenine.

Ela, que não tinha senso de humor, fez nova carga contra Lenine:

— A gente vai casar, sim.

— Mas eu vou para a Europa — repetia o caçula, como se a decisão fosse de Deus e não sua.

— Chame Madame Zohra — ela exigiu.

— Está havendo uma reunião de família. Meu pai acaba de voltar de viagem. O momento não é apropriado para tratarmos desse assunto.

— Então seu pai também vai saber de tudo! — disse Celeste, tentando aproximar-se da porta.

Lenine bloqueou-lhe a passagem com a bravura que imortalizou Dominguín:

— Deixe isso para outro dia.

— Se não me deixar passar, eu grito.

– E ela sabe gritar – disse Benito. – Já provou isso.
– Não grite! – suplicou Lenine.
– Grito.
– Por favor!

Então ela cumpriu com o prometido: gritou.

Imediatamente, Hilda, Manfredo, Adriana e Lothar entraram no quarto ao mesmo tempo, como se perseguissem o último ônibus da linha Penha-Lapa.

– O que está acontecendo aqui? – perguntou Manfredo, enquanto seu "braço direito" olhava ingenuamente para o chão à procura de algum rato.

Celeste não lhe respondeu: dirigiu-se à ex-Madame Zohra.

– Odilo é seu filho! É esse aí – apontou.

O velho Manfredo pressentiu que havia ali algum engano de identidade.

– Meu filho se chama Lenine.

– Mas para mim dizia se chamar Odilo. – E bem pertinho de Hilda: – É esse o moço. E está dizendo que não quer casar comigo, que vai para a Europa.

Lenine reagiu com uma pergunta indignada:

– Mãe, por que a senhora trouxe essa moça aqui? Eu já não tinha dito que não casava com ela? E não vou casar mesmo!

Um meteorito se despedaçou na cabeça da infeliz "Ginasiana Enganada". Mas ela não desmaiou. Ficou até mais vivificada. Apenas respirou fundo para reabastecer-se de oxigênio:

– Então a senhora sabia? Sabia que tinha sido seu filho? Sabia?

Embora vivesse há vinte e sete anos com Manfredo Manfredi, Hilda não aprendera a mentir. Mas ainda não respondia.

Adriana, à espera da resposta, mordeu o dedo.

Benito perguntava-se: quando é que vão atirar as tortas?

Lenine observava a cena com a má vontade de quem vai trocar um pneu.

Manfredo, ainda sem entender a dupla identidade do filho, fez uma cara de quem assistisse à peça *Assim é se lhe parece*, de Luigi Pirandello, embora da fila Z.

E Lothar recorria a um posicionamento epidérmico: eles que são brancos que se entendam.

– Sabia?
– Sabia.

Celeste ficou petrificada – desculpem, petrificada.

Solene, o carreteiro clamou por explicações:

– Mas o que meu filho fez de tão grave?

A boa Hilda, mais para fugir aos olhares fuzilantes de Celeste, contou:

– Lenine fez mal a essa moça, dizendo chamar-se Odilo.
– Conte mais, já que começou – exigiu a consulente.
– E ela ficou grávida – complementou a sra. Manfredi.

O pai encarou Lenine como se fosse lhe dar alguns tapas no traseiro.

– Quando é que você tem essas ideias?
– Quando frito ovos – esclareceu Lenine.

Benito queria confirmações:

– Então, você está grávida?
– Não estou mais.

Manfredo:

– (Desfazendo uma dramática cara de avô) Não?

– Não, porque sua mulher, Madame Zohra, me levou hoje cedo para uma clínica, depois de me convencer a fazer um aborto. Por isso é que estou aqui. O cirurgião pediu que repousasse mais algumas horas e eu não podia ir para minha casa.

Manfredo, o último entusiasta da cruzada de Madame Zohra, não acreditava.

– Você convenceu essa moça a fazer aborto?
– Sim – confirmou Hilda. – Para salvar meu filho. Mas tudo está bem com minha consciência porque já me castiguei.

O marido levou um susto:

– O que fez? Tomou veneno?
– Pedi demissão da Ipiranga.
– Demissão?

– Hoje foi meu último programa.

Manfredo tinha os pés no chão:

– Com a vida pela hora da morte você abandona o emprego?

– Era o que me cumpria fazer.

Celeste perdoaria tudo, tudo, se a ex-conselheira convencesse Odilo (Lenine) a casar-se com ela. Era o momento do arreglo, dos panos quentes:

– A senhora tem de obrigar ele a casar. Tem de obrigar.

Hilda estava de acordo. Voltou os olhos para Lenine e deu-lhe oficialmente a ordem:

– Lenine, case com ela.

– Vou para a Europa.

– Como, vai para a Europa? – quis saber Manfredo. – Que conversa é essa?

– Vou com uma amiga minha. Benito sabe disso. Não vai me custar um tostão. Sinto muito, Celeste.

– Você casa na volta – disse Hilda. – Agora Celeste pode esperar.

– Não sei quando volto.

– Seja quando for, ela espera.

– Talvez fique por lá.

Celeste derramou uma lágrima, uma única e incrivelmente grande gota lacrimal, pelo olho esquerdo:

– Ele não quer casar!

Hilda pediu socorro ao marido:

– Peça você para ele.

– Lenine, case com essa moça – ordenou o pai, como se lhe pedisse um cigarro.

– Agora, o senhor já cumpriu sua obrigação – felicitou-o Lenine. – Qualquer pai faria isso.

– Então, casa?

– Não.

– Então fique noivo.

– Seria enganar essa pobre moça.

— Nisso ele tem razão — admitiu Benito.

A voz de Benito destravou uma curiosa sugestão do irmão mais moço:

— Por que não casa você com ela?

— Eu?

— Vocês estavam dançando apaixonadamente quando entrei. Uma comovente cena de amor.

Celeste focou Benito não suplicante, mas à espera de que dissesse alguma coisa. Claro que casaria com Benito. E à própria Hilda não pareceu tão absurda essa possibilidade, que reparava o erro de Lenine. Houve aqui uma pausa não vazia, mas cheia de ansiedade e expectativa. Os olhares convergiram para o primogênito, como se o papa fosse dar o pontapé inicial numa partida de futebol da várzea.

— Namorei com ela durante duas horas — disse Benito. — Mas não sabia que era a moça de Lenine. Sinto muito, vim aqui apenas apanhar um pedaço de esparadrapo. Com licença — concluiu, indo para a sala.

No quarto, a tensão prosseguiu por mais alguns minutos, com novos pedidos de Celeste, intermediados ou não por Hilda, o pasmo de Manfredo, o silêncio de Adriana e o primeiro bocejo teórico de Lothar, o segundo a abandonar a arena. Foi para a sala, assistir à televisão ao lado do primogênito.

— Não perca totalmente as esperanças — dizia Hilda a Celeste. — Vou lutar com todas as minhas forças para obrigar Lenine a casar. Não dê tudo por perdido, não é, Fredo?

Manfredo, naquele justo momento, lembrava-se duma moça que conhecera no sul de Minas quando solteiro, à qual prometera casamento antes e depois de possuí-la no vestiário dum campo de futebol, num dia em que certamente não havia jogo. E na manhã em que iriam ao cartório, devido à urgência de certo carreto, deixou a cidade, não tendo nunca mais a oportunidade de voltar, embora o desejasse.

— Desconheço as circunstâncias — disse Manfredo —, mas não me oporia ao casamento.

Sentindo certa indiferença formal da parte do pai de Lenine, Celeste sentou-se na cama a chorar baixinho, a ouvir de Hilda algumas inúteis frases feitas de conforto e estímulo. Adriana não suportou, saiu.

Manfredo sofria também, mas por outro motivo.

– Você não devia ter pedido demissão, baixinha. Fez isso num momento de nervosismo. Mas posso ir falar com seu Miranda para readmiti-la.

– Não faça isso – proibiu-lhe Hilda.

– Eu não sou uma moça qualquer – choramingava Celeste.

– Tenho a certeza de que ele aceita você de volta.

– Nem pense em falar com o Miranda.

– Fui enganada por Lenine – dizia a moça entre lágrimas.

– Ora, baixinha, o Miranda é boa pessoa. Vai entender.

– O que fiz está feito, Fredo.

– Agora, como estou, ninguém vai querer casar comigo – lamuriava a jovem.

Manfredo continuava inconformado:

– Não estou pensando no seu salário, mas na campanha. Você é a única pessoa capaz de acabar com o aborto neste país.

– Já existem muitas Zohras noutras emissoras.

– Vou ficar solteirona para sempre – dizia Celeste.

O dono da casa tentou dizer algo para que a moça parasse de chorar:

– Não fica solteirona, não. Hoje não se dá tanta importância à virgindade. Estamos em 1954. O mundo mudou muito. Não mudou, Hilda?

A boa senhora, do interior daquele pequeno quarto, não tinha espaço nem perspectiva para uma confirmação.

– Acho que sim.

Celeste agarrou as pernas da ex-Zohra a chorar e a enxugar as lágrimas copiosas em seu vestido.

– Gostariam que isso acontecece com Adriana? Gostariam?

Manfredo, ainda preso ao seu tema, fez uma inesperada pergunta à moça que seu filho infelicitara:

— Você, moça, que escrevia para minha mulher, acha que ela deve sair da Ipiranga, acabar com o programa, só por causa do que houve com você? Acha?

Celeste teve uma reação que veio de dentro, incontrolável. Levantou-se, furiosa. A cordeirinha transformou-se numa leoa.

— Volte para o rádio, se quiser. Eu é que nunca mais ouvirei Madame Zohra. Nem eu nem minhas amigas. Você mentiu, mentiu, mentiu!

Hilda assustou-se e nem viu que Lenine rompia o cerco.

— Deite, minha filha. Você não pode ficar de pé.

— Não vou ficar mais aqui.

— Por favor!

— Vou para casa.

— Mas você pode ter uma hemorragia!

— Que tenha! Morrerei dizendo que foi por causa da senhora. Que fiz aborto forçada pela senhora! Morrerei berrando isso!

— Não fale assim, minha filha!

— Falo! Falo! Falo!

— Por favor, não grite — pediu Manfredo.

— Grito, grito, grito! — replicou Celeste saindo inesperadamente do quarto.

Hilda e Manfredo foram atrás dela para detê-la, mas Celeste já estava na sala a caminho da porta. Na sua pressa de foguete, esbarrou na mesa, quase derrubando o televisor, e em seguida num senhor de meia-idade que ia entrando. Então saiu com uma sonora batida de porta.

Lenine, cansado do filme, comentou, indo para o quarto:

— Todos os problemas se resolveram com a chegada dos comerciais.

Mas, com sua exceção, a família olhava para o homem que entrara conduzido por Adriana. Não era outro senão o Duque Encantado, Felipe Dandolo, mais inseguro que um elefante no polo norte:

218

– Parece que cheguei num mau momento – disse para a namorada.

– Parece que sim – ela concordou.

– Então, vou embora.

Manfredo e Hilda observavam curiosos o novo personagem.

– O senhor é o pai dessa moça?

– Que moça? – perguntou Dandolo a Manfredo.

– Dessa moça que saiu.

– Não – respondeu o elegante cavalheiro. – Sou Felipe Dandolo.

– O nome me é familiar. Dandolo! – comentou Manfredo, sem fazer o menor esforço de memória.

– É o patrão de Lenine – explicou Adriana.

– Então chame ele – ordenou Manfredo.

Felipe fez um gesto de impaciência. Como homem de negócios, queria ir logo ao assunto.

– Não é com ele que vim falar.

– Então, com quem?

– Com o senhor.

Manfredo baixou o som do televisor. Os aborrecimentos não haviam terminado:

– O que foi? Meu filho aprontou alguma também na imobiliária?

Felipe sorriu, amável.

– Lenine trabalha na Dandolo, mas nem o conheço pessoalmente.

Manfredo achou que merecia aquele alívio.

– O que deseja, seu Dandolo?

– Vim por outro motivo.

– Qual?

– Pedir a mão de sua filha.

– Embora mais baixo, o som do televisor ainda atrapalhava.

– A mão de quem?

– De Adriana.

Manfredo procurou, sem encontrar, os olhos de Hilda. Aproximou-se de Adriana:

– Conhece esse homem?

– Conheço.

– Desde quando?

– Terça-feira.

– Ouviu o que ele disse?

– Ouvi, pai.

Manfredo acendeu um dos seus fortíssimos Petits Londrinos. Reconhecia que um pai de família não pode afastar-se de casa por mais de vinte e quatro horas nestes tempos infernais. Mas uma nebulosa em seu pensamento culpava a morte de Vargas como responsável por aqueles acontecimentos familiares.

– Que idade o senhor tem?

– Cinquenta e um... dois.

– Minha filha tem vinte. Sabe que poderia ser pai dela?

– Sei, tenho uma filha de vinte e um, casada.

– Pai duma moça casada e quer casar com Adriana?

– Sou viúvo – disse Dandolo com a ilusão de que a explicação bastava por si só.

– Isso não lhe dá o direito de cobiçar uma garota como minha filha!

Adriana deu um passo entre os dois:

– Pai, não fale besteira!

Manfredo escandalizou-se:

– Você gosta desse homem?

– Gosto.

– Mas não disse que o conheceu na terça-feira?

– Gosto dele desde terça.

– Ouviu, Hilda? – prosseguiu o carreteiro em seu espanto. – Desde terça!

Adriana, sem desejar fazer pilhéria, disse:

– Mas terça é um dia como qualquer outro!

Manfredo dirigiu-se a Felipe Dandolo como se fosse surrá-lo. Seu "braço direito" também se moveu, ele que sempre ajudava Manfredi nas ocasiões que exigiam esforços físicos.

– Lamento, cavalheiro, mas não posso permitir que um homem de sua idade se case com essa menina. É imoral!

Felipe, pálido, voltou-se à sua amada:

– O que faço?

– Não sei – ela respondeu.

– Acho que devo me retirar – decidiu Dandolo.

E ia mesmo se retirando, quando Lenine entrou na sala e, vendo o patrão, precipitou-se em seus braços num arremesso exagerado, como dois grandes amigos que não se vissem há anos, embora se correspondessem com afetiva assiduidade.

– Meu querido Dandolo! Então, vamos ser cunhados!

– Parece que não – disse Felipe.

– Por quê? Qual é o problema? Não têm onde morar?

Felipe baixou a cabeça:

– Seu pai não permite o casamento.

Lenine interrompeu o carinhoso abraço e provocou um cara a cara com o pai:

– Esse é Felipe Dandolo, meu patrão – apresentou-o. – Um homem bom, honesto, trabalhador e rico, o que o torna ainda melhor. Pai, não vejo nada de errado nesse casamento. E ele descende de italianos, como nós, Dan-do-lo!

– O dinheiro não me compra – declarou Manfredo.

– Mas qual é o empecilho?

– Trinta e dois anos de diferença de idade.

Lenine recorreu ao humor negro como argumento:

– Isso é ótimo. Adriana logo será uma rica herdeira.

Mas apenas Lothar sorriu porque, sendo negro, entendia melhor o humor fortemente pigmentado.

– Já vou indo – disse Felipe num fio de voz.

– Acompanho você até a porta – confortou-o Adriana.

Lenine juntou-se aos dois e, ao saírem da casa, segurando o braço de Dandolo, muito simpático e sorridente, foi dizendo:

– Deixe a tempestade passar. O senhor veio num mau dia para a família Manfredi. Houve antes aqui um mal-entendido. Depois, a morte do presidente pôs o velho fora dos trilhos. Mas eu vou resolver esse caso.

– Pode acreditar em Lenine – declarou Adriana. – Ele está sempre do meu lado.

– Vai em paz, amigo. Você tem um forte aliado aqui dentro.

– Agradeço, Lenine.

– E farei isso sem interesse, apenas porque eu e Adriana somos carne e unha!

– Apareça no meu escritório amanhã.

– Não, poderá parecer protecionismo. Quero ser apenas um simples peão da Dandolo Imóveis. Tchau, cunhado.

Quando Lenine voltou à sala, Lothar já se despedia, recebendo os agradecimentos de Hilda e as desculpas pelas confusões todas.

– Amanhã reabriremos a firma – informou Manfredo ao "braço direito". – Chega de folga.

– Então, tem macarronada domingo? – perguntou Lothar à dona Hilda.

– Com vinho e bracholas. Está convidado.

Lothar sorriu com todos os cientes e saiu. Divertira-se muito, como sempre, na casa de Manfredo. Jamais tivera a menor queixa da família, Principalmente de sua apetitosa cozinha.

Hilda fazia café quando Benito apareceu. Não assistira aos lances da chegada de Felipe Dandolo, mas já estava informado. Aproximou-se da mãe, que pôde então fazer a pergunta que retivera o tempo todo:

– O que foi na testa?

– Bati numa caixa de correio.

– Doeu?

– Um pouquinho.

— Meu filho, viu o que seu irmão aprontou?

— Vi, sim, mas não se preocupe. Aposto meu salário como Celeste em seis meses se casa com o dentista do bairro.

— Por que o dentista?

— Acho que os dentistas são boa gente. E, para eles, isso de virgindade é apenas uma extração, embora sem anestesia.

Claro que Hilda não achou graça. Comentou depois a loucura de Adriana em namorar um homem tão mais velho, apesar de simpático e de fino trato, e concluiu a espera do café condenando o marido por todo o mal que acontecia à família. Se ele tivesse juízo, certos fatos não se dariam.

Benito abraçou-a.

— Procure compreender o velho. E trate-o bem. Ele é uma espécie em extinção.

Ela com o café e ele com um sorriso artificial voltaram à sala, onde Manfredo perguntava a Lenine sobre sua futura viagem à Europa:

— Era apenas para desiludir aquela moça?

— Não, pai, vou mesmo. Surgiu uma oportunidade. Não posso perder.

— Um sonho que nunca realizei. Gostaria de ver Chiaromonte, a terra de meu pai.

— O café — anunciou Hilda.

Os três apanharam as xícaras.

— Quando parte?

— Assim que aprontarem os papéis.

— Você é maior de idade. Todos aqui são maiores de idade, menos Adriana. Aquele velho enfatiotado só casará com ela passando sobre meu cadáver. E você, Lenine, que trabalha com ele, não se meta nisso. Você também, Hilda. Nem por todo o dinheiro do mundo.

O café encerrou o assunto.

Benito quis saber como ele se achava agora, três dias depois do suicídio de Getulio.

— Até está parecendo mais disposto, pai!

— Acho que mudei um pouco. O tiro de Getulio me pegou de raspão. A gente deve pensar mais um pouco em nossa pele. Pobre não pode ser muito idealista, principalmente se nasceu nesta bosta de América do Sul. Parabéns pelo apartamento, Benito. E eu vou fazer o possível pra ter meu segundo caminhão. Penso que não irei mais a comícios. O queremismo morreu, meus filhos. Este país nunca será nosso.

Adriana voltou do Cadillac de Dandolo e recolheu-se a seu quarto aparentemente sem ressentimentos contra o pai. Não havia mau sentimento que lhe toldasse a beleza. Lenine, depois do jantar, foi reencontrar a sua Wanda já em etapa turística. E Benito, ainda excitado pela dança erótica com Celeste, vagou pela cidade até entrar num apartamento-prostíbulo.

Manfredo e Hilda permaneceram na sala, sentados de mãos dadas, assistindo a programas e filmes de televisão, ele, bebendo com espírito econômico uma remanescente garrafa de vinho. Nascia naquela cena a dependência dum novo vício familiar, que reduziria o diálogo do casal, as horas de sono e as saídas boêmias de Manfredo.

Depois da meia-noite, Hilda teve sono e foi fazer na cama a revisão de seus problemas e pecados. Rezaria para que Lenine voltasse atrás em relação a Celeste, ou que ela em breve se casasse com outro, mas, de qualquer forma, a considerava uma moça mal-educada.

Sozinho na sala, Manfredo viu aparecer no vídeo a imagem filmada do jornalista Carlos Lacerda, explicando à sua maneira o suicídio de Vargas. Manfredo, que relaxara, endireitou-se na poltrona. O queremista ou o que restava dele tomou mais um gole de vinho. Depois, mordeu a rolha da garrafa. Não lhe pareceu suficientemente vingativo. O que era aquilo que o incomodava preso à cinta? O revólver. Puxou-o. Foi erguendo a mão até apontar a arma para a televisão. Lacerda, que estava com o repórter em plano geral, ganhou subitamente um close. Manfredo tateou o gatilho. O big close. Apertou-o uma, duas, três, seis vezes.

Felizmente, porém, a arma não estava carregada. Nunca estivera. Melhor assim, porque não assustara Hilda e porque, afinal, os Manfredi haviam acabado de entrar na era da tecnologia.

Quarta Parte
Quinze anos depois
qualquer dia de qualquer mês

– **Q**uem é aquela mulher de tweed? – perguntou Hilda a Adriana, entre um soluço e outro, vendo uma senhora encorpada entrar pela porta aberta da sala com um pisar firme, ar muito digno e impositiva respeitabilidade.

– Não sei – respondeu sua filha, após um breve olhar e exame. – Estou certa de que nunca a vi. Não deve ser da vizinhança.

– Simpática.

– Papai tinha bastantes amigos – comentou Adriana, sentada como a mãe, parentes distantes e vizinhos na fila de cadeiras, encostada à parede, que volteava a sala. – Não conheço a maioria.

– Devem ter ouvido pelo rádio.

– Veja como ela olha para seu pai. Parece que o conheceu muito bem.

A distinta senhora, sempre pisando com firmeza, prova duma personalidade maciça, postara-se diante do caixão e olhava para o cadáver como se à procura de sinais de vida, sem ansiedade mórbida. Não viera para chorar, mas para constatar. Quando se certificou de que era ele o morto anunciado, olhou-o como se o convidasse a tomar café. Em seguida, deu uma olhada geral às pessoas presentes e, reconhecendo facilmente entre elas a viúva, moveu-se em sua direção com resolução e afetividade.

— Meu nome é Deolinda – apresentou-se. – Conheci muito seu marido. Ele me fez duas mudanças e ficamos amigos. Mas já fazia anos que não o via. Meus pêsames, minha senhora.

— Muito obrigada. Quer sentar-se?

Deolinda acomodou-se ao lado de Hilda:

— Qual foi a causa da morte?

— Colapso cardíaco.

— Sofria do coração?

— Como posso saber? Fugia de médicos e era muito extravagante.

— Era, sim.

— Ah, a senhora sabia?

Reconhecendo a gafe, Deolinda usou uma esponja:

— Ouvi dizer.

Hilda apresentou-lhe Adriana e, com orgulho, os filhos dela, seus netinhos, uma formosa mocinha de catorze anos, um garoto de doze, com o braço na tipoia, e uma menina duns dez, assustadinha, debutando no depressivo espetáculo dum velório.

Depois de elogiar o aspecto das crianças, Deolinda cruzou os braços e fixou os olhos no caixão, ponto de partida retrospectivo para suas recordações. Parecia feliz por rever Manfredo, embora estivesse morto. E a ninguém poderia contar o que havia dentro ou atrás de seu fragmentário sorriso de Mona Lisa. Um homem alto, de feições jovens e cabelos brancos, aproximou-se inquieto de Hilda. Era Lenine, que, aos trinta e nove anos, com uma amadurecida elegância, enganaria dizendo que pintara os cabelos por vaidade. Tinha uma pergunta quase secreta a fazer:

— Benito chegou?

— Ainda não.

— Vamos esperar?

Hilda olhou o caixão para fortalecer uma resolução já tomada.

— Vamos esperar.

— Quanto tempo, mãe?

— Não sei.

– E se não vier?

Hilda sacudiu a cabeça para espantar a hipótese, como se ela fosse uma mosca:

– Ainda é cedo – disse.

Adriana também estava inclinada a desistir da espera. Porém, não era o momento de discordar da mãe. Seu marido gratificaria regiamente o motorista da funerária, assumiria qualquer despesa causada pelo atraso. Seu verdadeiro receio era o de Lenine: que Benito não aparecesse por não saber da morte do pai, por estar em algum lugar muito distante ou, ainda, por não poder correr risco pessoal. Essa incerteza tripartida não lhe permitia que ficasse calmamente sentada. Levantou-se e aproximou-se do marido, uma das pessoas presentes que derramara maior número de lágrimas pelo velho carreteiro.

– Alguma notícia? – perguntou Felipe.

– Nada.

– Se ao menos telefonasse.

– E o carro funerário?

– Não pense nele. Compro o carro, se for preciso.

Felipe Dandolo era assim: procurava comprar tudo com dinheiro e, interessante, sempre dava resultado. Somente num detalhe, aos sessenta e sete anos, ainda não estava certo: se fora ou não com dinheiro que comprara o amor da bela Adriana. Uma dúvida que seria enterrada com ele. Mas não do que morreria. Ele também, fumando cigarrilhas pretas, igual à senhora de tweed, abrira espaço em seu dia para recordações. Lembrava-se da resistência que Manfredo opusera a seu casamento. Seis meses de pauladas. E teria perdido a briga, se não fosse a capacidade de persuasão de Lenine, seu grande e entusiasta aliado. Mesmo assim, o casamento não o aproximou a princípio do sogro, embora a sogra há muito já tivesse capitulado. Até nas mesas das macarronadas aos domingos, sentia que era visto por Manfredo como um tarado sexual. Seu primeiro neto, Cláudia, quase não pegou nos braços. O trabalho de conquista foi muito além do casamento. Em 1957, as coisas melhoraram quando Lenine convenceu o velho a aceitar de Dandolo o sonhado segundo caminhão. E em 1962, no fechamento da MM, afinal, Manfredo aposentou seu orgulho e preconceitos ao receber do genro milionário a primeira pensão mensal. Daí em diante se tornaram amigos de verdade, companheiros de viagens de recreio, de frisas no Municipal e de muitos garrafões de vinho, já estrangeiros, que produziram caros e respeitáveis pifões.

Felipe foi à cozinha tomar um copo de água. Encontrou Lenine sozinho e rindo.

– O que foi? – admirou-se.

– Em todo enterro há uma boa piada.

– Não vi ainda nada de engraçado.

– Mas já deve ter visto aquela mulher simpaticona que está sentada ao lado da mamãe.

– Dona Hilda me apresentou. Chama-se Deolinda.

– Isso, Deolinda, professora de piano. Teve um caso com o velho.

– Aquela senhora?

– Lothar viu ela na sala e me contou. Quando morreu Getulio, meu pai passou três dias na casa dela. Disse que fizeram tal escândalo que teve que vender o piano e se mandar do bairro. Com toda aquela cara de santa!

Dandolo tomou seu copo de água e voltou ao velório, deixando o cunhado a rir ainda. Mas Lenine não era exatamente o mesmo de 1954. Depois do casamento da irmã, no ano seguinte, grudou-se no saco de Felipe e não largou até que provasse sua capacidade profissional, então confundida com ambição. Nessa época já voltara da Europa, onde ficara três meses com Wanda, comprovando sua felicidade com cartões-postais e slides. Depois desse tempo, informado por Benito de que Celeste não o procurara, e tendo consumido todos os dólares da desquitada, voltou com um convincente apetite de trabalho. Foi logo promovido a chefe de setor da Dandolo Imóveis, depois chefe dos corretores, depois gerente-geral com direito a comissões. Continuou com Wanda até esse dia, dois anos após seu regresso, quando decidiu ser o homem mais livre e solteiro da cidade. Viveu então anos gloriosos em São Paulo, Guarujá e Rio. Entre as boates e as praias chegou, inclusive, a fazer bons negócios para o cunhado, substituindo conhecimentos por simpatia e resistência hepática. Mas não recebeu muitas vezes o troféu de O Solteirão do Ano. Em 1961, contrariando seus planos, noivou e casou com uma moça que conhecera na praia em Pernambuco. Não foi, porém, encontro casual. Já estava de olho nela, ciente de que se tratava de uma das três filhas do proprietário duma imensa cadeia de lojas populares. Chamava-se Dulce, estudara na Suíça, dedicava-se à cerâmica e não era nada bonita. Como se cumprisse uma obrigação contratual, em dois anos teve dois filhos. Com o casamento e os filhos, nasceu o novo Lenine, aparentemente mais respeitável que o anterior. Os cabelos começaram a branquear prematuramente, aprendeu a jogar golfe, tornou-se vicioso leitor de bulas, atento ao diabete do sogro rico, e trocou a boêmia das madrugadas pelos bares até às oito de executivos. Conhecia todos e era conhecido em todos, principalmente pelas mariposas vespertinas. E confirmando novo estágio cultural, declamava sempre um verso de Vinicius de Moraes: "Ah, jovens putas das tardes!".

Benito observava irônico as metamorfoses do irmão, e um dia lhe falou dum conto de Somerset Maugham sobre um malandro que se infiltrara na alta sociedade pelo casamento, levando tão a sério sua falsificação de gentleman que morreu queimado ao tentar salvar um cachorrinho das chamas de um incêndio. Sem impressionar-se com a história, Lenine repeliu a carapuça: "Não gosto de cachorrinhos". Ao que Benito explicou inutilmente: "Mas aquele também não gostava".

Nunca houve realmente grande afinidade entre os dois irmãos. Lenine entendia-se melhor com Adriana, sobre quem julgava ter exercido sadia influência, inspiradora de seu casamento. Mas na verdade o súbito interesse de Adriana por Dandolo sempre lhe fora uma incógnita e, às vezes, admirando-a, ainda belíssima aos trinta e cinco anos, perguntava-se se ela seria fiel ao marido. E algo, que não sabia se era a experiência de vida ou a voz do sangue, dizia-lhe que não. Mas nada, e muito menos isso, seria o suficiente para perturbar os amores e interesses fraternos.

Àquela manhã, Adriana, a primeira a saber pelo telefone da morte do pai, pegou o carro, o motorista e os três filhos e rumou para a casa do irmão, também no Pacaembu.

– Papai morreu – foi dizendo ao entrar.
– Quando?
– Às oito, mamãe telefonou.
– Que chato! Dulce e as crianças estão em Caxambu. Acha que devo avisá-la?
– O enterro vai ser às cinco. Você, depois, telefona, mas não peça para virem. Talvez nem chegassem a tempo.
– Você está indo para lá?
– Meu carro está na porta.
– Vou tomar um duplo. Não é golpe para se resistir a seco. Você podia ir comigo. Seu chofer leva as crianças.
– Combinado. A gente precisa conversar mesmo.
– Sobre?
– Você sabe, a maior preocupação de mamãe é Benito.
– Ele já foi avisado?
– Como? Não sabemos onde está. Nem mesmo se está no país. Tome depressa o drinque. A gente conversa no caminho.

Manfredo e Hilda ainda moravam na mesma casa nos Campos Elíseos, com uma empregada baiana e um hóspede permanente, Lothar que, tendo sofrido um acidente, há cinco anos, fora arrancado quase à força da pensão onde sempre vivera, para agregar-se também corporeamente ao generoso lar dos Manfredi. Nada fora melhor para o crioulo, para o casal e principalmente para Manfredo, que tinha com quem papear, um eterno perdedor parceiro de dominó e uma memória vocal do que fora sua própria vida. Era só apertar um botão e Lothar lembrava-se dos bons momentos que tiveram, antes ainda da fundação da MM em 1942, quando faziam fretes de estrada ou dos amores picarescos que Manfredo vivera quando seu coração se enroscava à cauda de algum cometa.

No Mercedes, como se dirigisse sobre um leito de rosas, Lenine conversava com a irmã, inteirando-se dos detalhes do colapso que matara o pai e comentando a desconfortável situação de Benito.

— Dois anos que a gente não vê ele.

— Dois anos! — repetiu Adriana, saudosa.

— Que enrascada! Podendo ser um próspero corretor de Felipe ou gerente de lojas de meu sogro. Dois grandes caminhos abertos e ele entra nessa.

— Cada um tem a sua cabeça.

— Acho que tudo aconteceu por causa de Coca.

— Que Coca?

— Coca Giménez, a tal cantora de boleros por quem se apaixonou há uns quinze anos.

— Ah, lembro, você já me falou dela.

— Foi por causa daquela mulher que Benito fez a maior loucura de sua vida. Vendeu o apartamento, que tinha saído do forno, e gastou todo o dinheiro com ela em três meses. Foi o primeiro Manfredi a ter uma propriedade própria. Mas depois dessa venda desastrada parece que perdeu a ambição. Acho que não há desgraça maior para um homem: deixar de crer nos bens materiais. Então começou sua degringolada profissional.

— Cristo também não dava valor aos bens materiais.

— Cristo, não, mas os papas já são muito mais sensatos.

— Não gosto de julgar Benito.

— Eu o julgo porque preferia que tivesse uma vida melhor.

— E que fim teve a tal Coca?

— Que fim poderia ter uma cantora de boleros na idade do rock? Voltou para o Uruguai e hoje deve ser apenas uma uruguaia.

— Era bonita?

— Se Frank Sinatra a conhecesse, cuspiria em Ava Gardner.

— Tanto assim?

Numa curva Lenine teve tempo para refletir:

— Claro que não. Exageros do saudosismo. Não há óculos mais enganadores que os da memória. Bonita é você, Adriana, que ainda é isso na sua idade. Ela era vulgaríssima e talvez usasse dentadura. Mas a juventude não é detalhista. Alimenta-se de impressões gerais e da atmosfera dos ambientes.

Adriana riu, ligando uma lembrança a outra:

— E a sua Wanda, aquela que levou você à Europa?

— Pobre Wanda, atropelada pela inflação. Numa bela manhã, foi escovar os dentes e descobriu que estava pobre. Hoje tem uma butique, na Augusta, em sociedade com uma bicha louca. Discretamente convenci Dulce a fazer lá suas compras. Apenas uma forma de pagar favores. Uma não sabe da outra.

— Você me surpreende. Está ficando generoso.

— Mais uma virtude que o dinheiro dá para a gente.

Adriana sorriu outra vez; o cinismo de Lenine lhe devolvia a juventude. Olhou para trás e viu seu carro, seguindo-o, com seus três filhos. Longe deles, da criadagem e de Felipe podia também entregar-se ao luxo das recordações:

— Lembra-se de Maurício de Freitas?

— Ele deve lembrar-se de mim mais nitidamente. Dei-lhe uma surra.

— Coitado!

— Parece que não foi mal na televisão.

— É verdade. Quando saiu da Ipiranga, logo depois de mamãe, conseguiu um contrato na TV. Você deve ter visto ele. Até Felipe achava ele ótimo, sem lembrar que era o tal cafajeste que me levara ao apartamento.

— Felipe deve a ele o casamento. Mas onde anda agora?

— Olha, o rapaz não era tão burro assim. Quando começaram a surgir os bonitões da TV, passou para o departamento comercial duma das emissoras e dizem que ganha os tubos.

— Já estamos chegando.

Lenine encostou o carro e desceu com Adriana no momento em que um médico saía, após assinar o óbito. Quando entraram no quarto, Manfredo, na cama, parecia dormir. Seu atestado de óbito, sobre o criado-mudo, era apenas uma identidade que deveria usar no dia em que subisse ao céu. A choradeira geral só teve início à chegada do caixão, das velas e dos paramentos. Então, admitiu-se que realmente Manfredo Manfredi estava morto.

A primeira missão de Lenine na casa dos pais, dada por Hilda, foi consolar Lothar, que ocupava o quarto que pertencera a Adriana, o de seu tragicômico encontro com Celeste. Quando a MM fechara as portas, em 1962, porque Manfredo já não tinha forças para carregar móveis e aceitara a pensão mensal de Dandolo, convidou seu "braço direito" para morar com os Manfredi nos Campos Elíseos. Lothar, alguns anos mais moço que ele, e ainda vivo, recusou a gentil oferta, continuou na pensão e conseguiu emprego em outra transportadora. Mas, dois anos depois, despencou duma escada com um guarda-roupa nas costas, fraturou uma perna e o gesso o convenceu de que deveria aposentar-se e levar seus poucos cacarecos para a casa do amigo. Começava para ele uma velhice tranquila e contemplativa. Para pagar sua cama e os prazeres da comida italiana, que ele aprendera, ajudava o casal no que podia, e o seu primeiro trabalho como amador foi pintar todas as paredes internas, reapertar torneiras e trocar as boias das caixas-d'água. Mas sua função mais importante e frequente era fazer companhia a Manfredo e perder para ele partidas de dominó.

Lenine encontrou-o no quarto com o rosto tão molhado de lágrimas como se tivesse ido lavar-se e não encontrara a toalha.

– Que é isso, Lothar? Todos vamos morrer. Chegou a vez dele.

– Foi o único amigo que tive em minha vida.

– Eu sei, mas reaja. Você sabe que o velho não gostava de choro.

– Chorou quando morreu Carlos Gardel.

— Enxugue esse rosto.

Lothar tirou um lenço amarrotado do bolso e passou nos olhos. Mas eram dois poços que não iam secar facilmente. Havia, porém, um problema que precisava ser encarado:

— Dona Hilda certamente não vai continuar morando aqui — disse o negro.

— A casa é grande demais. Ela vai morar com Adriana.

— Não se preocupe comigo. Eu dou um jeito.

— Já nos preocupamos — informou Lenine. — A Dandolo tem centenas de quitinetes vazias. Você vai morar numa delas sem pagar um tostão. E se o dinheiro da aposentadoria não der, a gente complementa.

— Muito obrigado, mas acho que ainda posso fazer alguma coisa.

— Você é que sabe. Pode trabalhar na portaria, se quiser.

Lothar não esperava sorrir naquela manhã, mas essa era realmente uma boa notícia:

— Gostaria muito, seu Leni.

— Trataremos disso mais tarde. O único problema é arranjar um uniforme com seu número.

O ex-carreteiro tocou Lenine com sua manopla. Tinha um pedido a fazer:

— Posso ajudar a carregar o caixão?

— Claro.

— Tenho a impressão de que seu Manfredo ficaria satisfeito. Carregamos tantas coisas juntos! Até parece que mudamos o mundo várias vezes de lugar.

À tarde, a casa já estava de portas abertas para parentes e amigos do falecido quando chegou Deolinda. Sentada ao lado da viúva, não tardou a abordar o assunto que, embora impróprio para a ocasião, ainda a seduzia:

— Fui assídua ouvinte de seu programa.

— Ah, sim? — exclamou Hilda interrogativamente. Já ninguém mais lembrava sua atuação no rádio.

— *Madame Zohra e você!* Como a senhora falava bem! Num Natal, parece, lhe mandei um cartão de boas-festas.

— A senhora?

— E dias depois a senhora agradecia.

— Eu recebia centenas de cartões de Natal.

— A senhora era muito famosa.

Já conquistada pela estimulante lembrança, Hilda segurou firme o anzol daquela iniciante amizade:

— O que a senhora faz?

— Naquela ocasião era professora de piano para crianças. Mas não leciono há quinze anos. Hoje, os pais não se interessam em dar educação musical para os filhos. E dessa música moderna não entendo nada. Pra mim, é só barulho. Gostava das valsinhas de Nazareth... E de alguns boleros.

— Não trabalha mais?

— Trabalho, sim, faço bonecas e decorações para as portas das parturientes. Não há maternidade onde não se vejam meus trabalhos. É um serviço criativo que dá muito prazer. Acho que fui a primeira em São Paulo a fazer isso.

— Já vi esses adornos quando minha nora esteve na maternidade. São lindos!

— Mas por que abandonou o rádio tão cedo?

— A Ipiranga estava despedindo seu elenco. E fechou, como sabe.

— Podia ir para outra emissora.

— Meus filhos não deixaram.

Era apenas uma resposta, não uma verdade. Mais tarde, quando Hilda soube do casamento de Celeste, se dispôs a aceitar a primeira proposta. Mas não bastou renovar seu estado de espírito para ser chamada por algum prefixo. A fama que vem pelas ondas, curtas e médias, tem a perenidade da espuma. Nada como o rádio para provar que o que entra por um ouvido sai pelo outro. Um ano depois da demissão, até a quitandeira esquecera seu popular pseudônimo e já roubava no preço das verduras. Seu renome estadual virou municipal, distrital, subdistrital e foi para o mesmo ralo das óperas de sabão. Sua única ligação com o passado era Laura Cruz, a quem todos os Natais visitava na Casa do Ator para levar-lhe dinheiro, presentes e carinho. Mas trazia de volta, em suas velhas bolsas, pedaços do passado.

– Acho que ainda faria sucesso – declarou Deolinda com uma convicção apenas fruto da cortesia.

Deolinda também conhecia a máquina de moer do tempo. Fora professora de piano para crianças, bem-sucedida, e, mesmo depois do abaixo-assinado, a sorte continuara com ela. Tocou em salões de chá, festas familiares, clubes e quase um ano num navio costeiro de turismo sob flâmulas e bandeirolas dum festival permanente. Essa foi a linha ou parágrafo mais feliz de sua biografia. A mais liberta e, por que não dizer?, pecaminosa. Sozinha em seu quarto, podia rir-se ao lembrar que a Costeira a despedira, alegando mau procedimento. Justa acusação. Mas há dez anos entrara num epílogo de vida, com suas bonecas e artefatos coloridos para os bebês. Talvez fosse bom consolo enfeitar a porta inaugural de quem entra neste mundo.

– Tenho um álbum de recortes de minha carreira – disse-lhe Hilda como um segredo.

– Um álbum? Gostaria de ver.

– Vou morar com minha filha na semana que vem, mas fique com meu endereço.

– Levarei bonecas para suas netas.

– Nada de presentes. Meu genro paga. Pode cobrar caro. Ele é muito rico, sabe? Não ouviu falar de Felipe Dandolo, dos imóveis? Pois é ele.

Na cozinha, o café aquecia uma inquieta reunião de família. Lenine, Adriana e Felipe discutiam se deviam ou não enterrar o velho Manfredi mesmo sem a presença do primogênito. Apenas Dandolo era favorável à espera. Gratificara o motorista e telefonara à funerária, informando-a do atraso. O cemitério também tinha horário, mas ele seria capaz de mandar iluminar a tumba com holofotes, fazendo o enterro à noite, caso a espera se prolongasse. Aliás, os vivos e os mortos da família Dandolo eram conhecidos na quadra da necrópole onde Manfredo repousaria. O ex-carreteiro teria um túmulo classe A, verdadeira fortaleza sepulcral de mármore, com boa vizinhança de imigrantes que enriqueceram. Mas, curioso, fora justamente Lenine, com seu arrivismo obsessivo, que, ponderando sobre as vagas tendências políticas do falecido, declarou que ele reprovaria tanto luxo para um cadáver pobre. Felipe retrucou, dizendo que seus pais e avós que ali estavam também não haviam conhecido a fortuna. Camponeses na Itália e operários no Brasil. O único Dandolo que somara dinheiro para esbanjar em mármores fúnebres fora ele. Manfredo não se sentiria humilhado na companhia e no conforto. Evidentemente, Lenine cedeu logo porque a solução era sobretudo econômica.

– Dona Hilda ficaria inconsolável se Benito chegasse quando estivéssemos a caminho do cemitério – disse Felipe. – E só agora à tarde as emissoras começaram a noticiar o falecimento.

– Então vamos para a sala – disse Lenine a Adriana. – Mas nada de angústia.

– Mamãe ficou mais calma desde que começou a conversar com aquela senhora.

– E desde que decidimos o destino de Lothar.

Ao voltarem os três para a sala, Lenine fez o que ainda não se encorajara: olhar fixamente para o pai no caixão. A morte com seu contorno definido, sua tarja florida. Sem dúvida, jogara na véspera sua derradeira partida de dominó. Lembrou-se da última fuga por motivos sentimentais, ideológicos e patrióticos de Manfredo Manfredi. Fora em 1960, fundação de Brasília. O ex-queremista, que jurara jamais se fanatizar por outro político, após a morte de Vargas tornara-se um juscelinista roxo. E, àquela sua maneira, sem avisos e com muito conhaque, rumou para a nova capital em seu caminhão. Mas, desta vez, levara uma testemunha ocular, pessoa de grande confiança de sua Hilda: Lothar. Ele e o negro assistiram a toda cerimônia de inauguração, dando vivas a JK. E fez mais: usando ombros próprios e do parceiro, furou a multidão até colher numa carteira de cigarros o autógrafo datado de Juscelino Kubitschek de Oliveira: sua última proeza digna de registro.

Completada essa lembrança, Lenine saiu da casa e foi descansar em seu Mercedes. Da rua poderia observar e anunciar a aproximação do irmão. Essa possibilidade ficava mais remota do interior da casa. Ou estaria interessado em mostrar a Benito, logo no primeiro momento, a consolidação de seu status? "Veja, mano, como eu estava certo em ser como sempre fui. A vida é uma guerra particular. Um salve-se quem puder, embora às vezes dentro das regras da cortesia."

Passou a mão pelo guidão e, já que centrava seu êxito financeiro, Lenine lembrou-se do seu primeiro carro de luxo, um Impala. Estava na praia do Gonzaga e tinha saído para comprar um sorvete, quando viu Celeste, marido e filhos. Não casara com o dentista, como fora prognosticado, mas com o protético do bairro. Ao reconhecer o ex-namorado-fantasma, ela sorriu altiva e entrou com a família num Aero Willys, ar vaidoso de quem dissesse ao vento: "Está vendo o que perdeu?". Mas a sensação de vitória foi breve demais, pois logo viu Lenine acomodar-se em seu carrão estrangeiro, ao qual havia uma lancha atrelada. A sua era pouca para competir com toda aquela felicidade anfíbia. E, fingindo apanhar algo que não caíra, se escondeu dentro do proletário Aero e ali ficou os últimos dez anos.

Fazendo o tempo regredir, o que parecia a Lenine mais dirigível dentro do carro, reviu cenas do filme colorido *Lenine Manfredi conquista o mundo* que estrelara na tela panorâmica. Benito tivera nessa película participação discreta. Uma despedida na madrugada e notícias de jornal umedecidas pelas gotejantes lágrimas maternas. E, como a filmagem não terminara, ainda podia aparecer. Olhou subitamente para o relógio e, como já fossem cinco horas, teve a certeza de que o irmão não viria mais. Era tarde para esperar pelo inesperado. Ora, Benito não desejaria num só dia juntar duas desgraças: a da morte do pai e da sua prisão. Não se aguardava um simples retardatário, mas alguém cuja presença envolveria risco e consequências incontroláveis. Com essa convicção, transformada em impulso, Lenine saiu do carro e voltou para casa.

– Felipe – disse Lenine –, vamos acabar com isso. Virou uma tortura.

– Prometi a dona Hilda que a gente esperava.

– Também prometi, mas ele não virá.

Adriana, que ouvira, estava de acordo:

– Esperaríamos até amanhã se tivesse telefonado.

Dandolo abriu os braços, passivamente:

– Vamos falar com dona Hilda e fechar o caixão.

A decisão já tinha sido acatada até pela viúva, quando um homem com barba de uma semana, vestindo roupa surrada, demonstrando cansaço, foi entrando nos últimos instantes duma pressa aflitamente consumida.

Era Benito. Sim, era Benito. O descrito pelos jornais, não o correto profissional da fotografia nem o inglório amante de Coca Giménez, mas um Benito feito com restos do outro, precipitada e inabilmente.

A primeira pessoa a reconhecê-lo foi Adriana, que, sem palavras, o conduziu pelo braço ao caixão. Hilda levantou-se, agradecida aos céus, e aproximou-se dele. Ficaram os três abraçados, a olhar o cadáver, como se Benito tivesse simplesmente cumprido mais uma etapa duma gincana.

– Agora que ele veio, vamos esperar – disse Dandolo a Lenine.

– Ele não me parece nada bem – comentou Lenine.

– Como queria que estivesse, com toda a polícia atrás?

– Não é divertido, mas devia ter feito a barba.

Lothar reconheceu Benito e fez uma coisa estranha: beijou-lhe a mão, e todos os familiares sentiram que aquela atitude poderia ter sido ditada pelo espírito de Manfredo.

O impreciso idealista dos comícios e discussões de bares, do retrato de Getulio Vargas, dos churrascos eleitoreiros de Hugo Borghi e do autógrafo de Juscelino Kubitschek de Oliveira, na verdade, nunca julgara ou condenara o filho, ao contrário do sensato coro familiar. Também não ouvira suas razões. Nos dois últimos anos de vida apenas fazia passar o tempo a jogar dominó. Mas quando as notícias que envolviam o nome de Benito Manfredi saíam nos jornais, e que tanto espantavam Hilda, então, esquecendo as pedras do jogo, mostrava muda e latejante apreensão. Recolhia-se a seu quarto. Como nunca fora indiferente a nada, apesar da esclerose, talvez aprovasse o que o primogênito andasse fazendo, e o beijo de Lothar quem sabe fosse o dum confidente da cor das sombras e discreto como qualquer uma delas. Desde que aceitara a pensão mensal de Felipe Dandolo, deixara de ter opiniões a não ser sobre a meteorologia e sabores culinários. A revolução militar de 1964 coincidira com os primeiros sintomas de suas doenças. Se sofrera muito com a ausência e os perigos que Benito enfrentava, acobertava o sofrimento com a velhice e suportava-o com vasodilatadores.

Benito permaneceu diante do caixão até prenunciar novas lágrimas maternas. Afastou-se, então, para cumprimentar Lenine e Dandolo. E tentou fazer algum agrado desajeitado nos filhos menores de Adriana, que não reconheciam o tio.

– O enterro não está atrasado?

– Não se preocupe – disse o afável Dandolo. – O carro espera.

– Quanta gente! – exclamou o recém-chegado, correndo os olhos pelo velório.

– Vamos tomar um café na cozinha – convidou Lenine, supondo que o irmão não se sentisse à vontade exposto aos olhares de todos.

Benito, como um estranho, deixou-se levar por Lenine à cozinha. A baiana deu uma esquentada no café.

Depois de centenas de dias, os dois irmãos se encontravam e um não sabia o que dizer ao outro. Apenas se examinavam como se as roupas e a aparência geral contassem as histórias que viviam. Mas Lenine logo fez perguntas que, embora sem som, exigiam respostas urgentes. Afinal, por que o terrorismo? É verdade que participara de assaltos em bancos? Se nunca fora comunista, por que tudo isso? Seria você um Robin Hood? Não tem medo de ser metralhado? E por que começou? Só porque não tinha um smoking?

Benito riu, lembrando, curioso, um velho entretenimento de perguntas e respostas que aprendera com o próprio Lenine:

– Sabe o que o chato disse à pomada Mercurial?

Lenine liberou um sorriso imprevisto, como se a pergunta acordasse algum eco em sua memória, mas não a resposta:

– Não sei.

– Nossos mortos serão vingados.

Benito riu mais que o irmão, e tomaram o café.

– Você está bem? – perguntou Lenine com o formalismo criado pela separação.

– Não deve parecer, mas estou.

– Como soube da morte do velho?

– Pelo rádio.

– Você está escondido aqui na capital?

– Não, viajei muitas horas de ônibus. Felizmente, aqui estou.

– Há algum perigo?

Benito tirou um cigarro barato do bolso e acendeu:

– Bastante.

– Tem certeza de que não foi seguido?

– Se tivesse a menor dúvida, não estaria aqui.

– Em todo caso, é melhor irmos para o cemitério. O carro está esperando há uma hora.

Benito olhou pela janela da cozinha o pequeno quintal com a anêmica e persistente laranjeira. Deixando Lenine com as perguntas que não fez e com sua xícara de café, foi até lá passear entre as plantas enlatadas e as folhagens de Hilda. Aspirava forte o verde, como a conselho médico, passando a mão em tudo com um tato identificador e afetivo. Que gostoso pedaço de terra fofa!

Quando criança aquilo era quase um sítio, ampliado pela imaginação insatisfeita. Olhou o céu e sorriu para o azul, duma tonalidade em confronto com suas lembranças. Era tão reminiscente aquele retângulo aberto, com seus aromas reativadores da memória, que teve a impressão de ver o pai à porta da cozinha com seu pijama amarelo, espécie de uniforme dominical, vestindo a alegria das coisas informais. Mas Adriana, que provocava em todos o deslumbramento duma criança num planetário, era quem estava à porta e caminhava a seu encontro. Conseguindo o milagre de abraçar uma miragem, tão irreal Benito lhe parecia naquele quintal, ela olhou-o e sentiu-o muito antes de perguntar:

– O que faz aqui, Benito?

– Estou procurando minha juventude – disse ele, explicando a si mesmo o que a irmã perguntava.

Em seguida, no entanto, com receio de se mostrar sentimental demais e ser arrastado pelo sentimentalismo a ponto de chorarem mais por ele do que pelo cadáver, precipitou-se em sair do quintal, voltando à sala. Fez um sinal de cabeça a Dandolo, que concedeu mais meio minuto para Hilda e os filhos lançarem o último olhar a Manfredo, e então o caixão foi fechado.

Benito foi conduzido ao primeiro carro do cortejo, o de Lenine, que levava Lothar à frente, e no banco traseiro sentaram-se ele e a mãe. Durante o trajeto, Hilda fez e repetiu um mundo de perguntas ao primogênito, todas referentes a sua alimentação, lavagem de roupas, acomodação e higiene, como se Benito estivesse internado num sanatório de onde em breve sairia com alta. Nunca admitira que o filho se envolvera em atos de violência, calúnia que Deus com o tempo desembaraçaria. O importante era que não se resfriasse.

Nas folgas que a mãe permitia, Lenine, com a melhor das intenções, falava com um entusiasmo adequado para interessar Benito nos êxitos financeiros do cunhado:

– Você tem ideia de quantos edifícios a Dandolo está construindo neste momento?

— Não faço a menor ideia.

— Doze, Benito, doze. Ele é, no momento, um dos maiores construtores de São Paulo. E, para minha felicidade, não teve nenhum filho homem do primeiro casamento e o genro é um imbecil. Dedica-se à pesca submarina. Enquanto fica debaixo d'água, eu, em cima, vou enchendo os bolsos.

— Isso é ótimo! — exclamou Benito, desatento.

— Lenine está muito bem. Ficou ajuizado — disse Hilda.

— Digo essas coisas — prosseguiu o exemplo familiar — porque a Dandolo pode ser também seu futuro. Ou faz alguma objeção a ganhar dinheiro?

— Foi o dinheiro que sempre fez objeção a que eu o ganhasse.

— Como se chamava aquele comunista rico?

— Engels.

— Você pode ser um Engels.

— Não tenho nem o talento nem os ideais dele.

— Mas pode ter o seu dinheiro. Dandolo não tem preconceitos políticos, apenas quer que o ajudem a ganhar mais. É um homem admirável. Adriana tirou todos nós do buraco no dia em que o conheceu.

Hilda ouvia, sem comentários. Madame Zohra soubera entender e julgar as pessoas, ela não. Tudo aceitava sem crítica ou resistência. A ausência do microfone tirara-lhe a voz. O último conselho de Madame Zohra fora dado a Adriana — não case com esse velho rico — e ela casara, fora feliz e endireitara a família. Sua vocação de orientadora terminara, pois, na triste tarde em que se despedira de seu Miranda e da Ipiranga. Agora não se intrometia mais nem em sua própria vida. Quem decidia por ela era o guichê de Dandolo.

Lenine lançava olhares curtos ao irmão, tentando lembrar e julgar tudo que ele fizera após seu desastroso caso com a cantora de boleros. Interessante! Preocupara-se tanto com sua vida e carreira que não conseguia colocar nada em ordem cronológica. Benito continuara na Mênfis mais alguns anos, fotografando. Dandolo quisera que ele fundasse em sua empresa um departamento de publicidade, mas não aceitou a proposta sem caracterizar orgulho ou incapacidade. No final da década, mudara-se para o Rio com a determinação de quem pretendia ganhar um saco de dinheiro sem dever favores a ninguém. Uma vez por mês aparecia na casa dos pais, mas não comentava seus êxitos nem fazia exibição de guarda-roupa. Num dia em que o assunto era fotografia, fez um parêntese para informar que abandonara o ramo. Estava no jornalismo. Parecia ser essa sua verdadeira vocação, esclareceu, embora sem entusiasmo. Que espécie de jornalismo? Político, explicou, lembrando a Manfredo que seu pai fora anarquista na Itália e escrevera para o jornal duma pequena cidade. "Então está no sangue", comentara Benito, sem acrescentar mais nada.

Após a Revolução de 1964, a família soube que Benito tivera alguns problemas com o novo governo. Teria escrito alguns artigos não adequados para o momento. Todos, porém, tranquilizaram-se quando tiveram notícias de que abandonara o jornalismo por outra carreira não revelada. Desde então, Benito reduziu suas visitas à família, o que se atribuiu a excesso de trabalho. E foi assim até a noite em que apareceu em casa dizendo que tinha de sumir por algum tempo. O resto foi contado pelos jornais.

O caixão foi carregado por Benito, Lenine, Dandolo, Lothar fazendo seu último carreto, pelo boy da MM, já com trinta anos e ainda no ramo graças a uma carta de apresentação de Manfredo, e a sexta mão era dum vizinho a quem os Manfredi emprestaram dinheiro para uma operação urgente. O que mais chorou do portão ao túmulo-monumento dos Dandolo foi o fiel crioulo dos quadrinhos de Mandrake. Atrás iam Hilda, Deolinda, Adriana, seus filhos e uns cinquenta amigos e parentes.

Manfredo fora mau católico, mas as palavras do padre diante da tumba mostraram otimismo sobre o destino de sua alma. O necrológio foi curto e cheio de omissões porque anoitecia e porque o clérigo evidentemente não conhecera bem o marido de sua paroquiana.

Quando os coveiros começaram seu trabalho, todos evitaram olhar, com exceção das crianças, que espiaram como se quisessem enxergar alguns palmos além da vida.

Lenine, com sua altura privilegiada, procurava identificar pessoas estranhas entre os acompanhantes, lembrando filmes americanos em que a cenografia de cemitérios fora aproveitada para o cerco e a captura de fora da lei. Ninguém lhe pareceu um tira. Foi conversar com Dandolo.

Pegando o braço de Lothar, enquanto se retiravam, Benito quis conhecer detalhes da morte do velho. Manfredo acordara aparentemente disposto aquela manhã. Lavara-se e fora à cozinha tomar café. Depois entrou no quarto de Lothar, sentou-se na cama enquanto o negro se vestia e desafiou-o para uma partida de dominó. Mas antes que o amigo, às voltas com os suspensórios, topasse o desafio, levou a mão fortemente ao peito, em concha, como se acabasse de ser atingido por estoque ou simulasse qualquer coisa assim. Lothar ficou muito sério enquanto Manfredo o olhava com o sorriso fino e espremido de quem reconhecesse uma derrota numa partida amistosa de qualquer jogo ou esporte.

Benito, imaginando a cena, lembrou a frase final de Mercúcio, com o ventre furado por Teobaldo: "Não foi profundo como um poço nem largo como um portal de igreja, mas para mim basta".

À saída do cemitério, os acompanhantes, com palavras de conforto, despediram-se da família. O mais prolixo foi Deolinda, que beijou Hilda muitas vezes e prometeu levar-lhe suas bonecas.

– Agora tenho de ir – disse Benito para todos.

– Precisamos conversar – deteve-o Dandolo, segundo entendimentos que tivera com Lenine no cemitério.

– Vamos para o carro de Felipe – decidiu Lenine, pedindo aos demais que os esperassem no seu.

Os três entraram naquela confortável sala de reuniões. Benito logo percebeu que se discutiria seu futuro.

– Diga-me, o que tem feito? – perguntou Dandolo.

— Escrevi uma peça teatral. Foi ótimo. Descobri que é outra coisa que não sei fazer.

— Refiro-me às suas atividades políticas — particularizou Felipe em tom mais baixo. — Conte-nos tudo. Assaltos a bancos, raptos de embaixadores...

Benito riu, à esquerda um sorriso de negação para Dandolo e à direita uma versão gozadora para Lenine.

— Queremos saber — pediu o irmão. Tudo o que nos chega é pelos jornais.

— Como é bom ser interrogado por gente que não é da polícia — comentou Benito. — Mas, se querem saber, estou apenas me escondendo.

— Onde?

— Não tenho endereço fixo. É inútil procurá-lo na lista telefônica.

— Sozinho?

— Com amigos.

— E o que fazem? — insistiu o magnata.

— Lemos livros policiais e matamos pernilongos.

— Amigos do Partido?

— Não pertenço a nenhum Partido, Felipe. Não acredito neles.

Dandolo não entendeu bem. Era um pouco surdo do ouvido esquerdo, devido à onomatopeia do boom imobiliário.

— Então, tudo o que dizem é mentira? — propôs Lenine.

— Diria que há algum exagero.

Lenine, de fato, não conseguia levar para o visual seu irmão disparando uma metralhadora portátil. Nunca jogara futebol com medo de machucar os joelhos e, se era valente, fizera disso seu maior segredo.

— Sinceramente — exigiu o irmão caçula, tocando-o —, acha que pode mudar a situação do país? Derrubar os militares?

— Acho que não.

— Reconhece que é difícil?

— Difícil? É impossível!

Dandolo, com um ar de médico de família que acaba de diagnosticar um simples resfriado, tirou uma conclusão feliz, dessas que merecem um brinde com licor caseiro:

– Ouviu? Ele não é um fanático.

Lenine molhou os lábios no referido licor e, pensando em termos de entendimento, disse:

– Dizem que essa revolução não é democrática, mas nunca Dandolo e eu ganhamos tanto dinheiro.

– Muito bem! – exclamou Benito, após a feliz revelação.

E falando em nome da família e da Dandolo Empreendimentos S.A., Lenine fez uma proposta dessas que Ian Fleming ditava a seus personagens em gravação para em seguida destruí-la eletronicamente.

– Temos um bom lugar para escondê-lo até que tudo passe. Um lugar muito seguro. Nada de sítios ou praias distantes.

– Já sei – pilheriou Benito. – Querem me mandar para o exterior dentro dum caixote de frutas amazônicas.

– Tivemos ideia melhor – prosseguiu Lenine.

– A ideia foi sua – admitiu modestamente Felipe, que a idade ensinara a orgulhar-se apenas de lucros.

Afinal a gravação chegava ao final:

– Você pode viver na Dandolo Empreendimentos – disse Lenine. – Durante o dia, com nome suposto, faria planificação publicitária numa pequena sala com acesso a meia dúzia de funcionários de confiança. E, à noite, teria um edifício de dez andares para se locomover e receber visitas familiares. O velho Lothar seria seu vigia, mensageiro e valete. Entendeu?

– Sim, eu seria uma espécie de prisioneiro de Altona – lembrou Benito. – Um cárcere privado, mas da melhor qualidade.

– Que é isso? – quis saber Dandolo, que, por falta de tempo, não lera nenhuma obra de Sartre.

– Uma peça teatral, muito original, até que me fizeram essa proposta.

A comparação com uma fantasia não agradou ao espírito prático de Dandolo. Se aquilo ocorrera a um escritor, não tinha a força da realidade. Era sua generosidade um excesso perigoso? Sendo a ideia oriunda de Lenine, um novíssimo-rico, não conteria no bojo um pouco de aventura inconsequente? E até que ponto Benito estaria realmente comprometido com terroristas e raptores? Ele, Felipe, já provara mil vezes ser um homem bom. Provar mais uma vez não seria um abuso de sua vantajosa posição social e financeira?

— O que me diz?

— Eu contaria com muito mais espaço que Anne Frank, sem ter os mesmos problemas menstruais — disse Benito, fazendo humor para tornar mais rasa sua negativa.

— Dez andares! — repetiu Lenine. — Será como se esconder num transatlântico.

— Quantos funcionários tem a Dandolo?

— Uns duzentos — respondeu Felipe.

— Uns duzentos e você não exige atestado de conduta ideológica. Veja como a democracia é deficiente. Pode ter entre eles alguém que me reconheça e resolva dar um telefonema.

— Nesse caso — corrigiu Lenine —, não precisa aparecer para ninguém. Há um quartinho na casa das máquinas, seguro, lá na cobertura. E à noite terá Lothar para lhe fazer companhia.

— Receio que o velho Lothar não seja tão interessante assim — disse Benito. — E uma noite ou outra talvez não resista e saia da fortaleza para apreciar meu retrato exposto nas ferroviárias, rodoviárias, supermercados e no aeroporto. Sabem que sou um dos procurados, embora não tenham oferecido nada por minha cabeça?

Lenine fitou o cunhado à procura ou à espera de nova sugestão. Felipe desviou o olhar, ele, sim, convencido pelos argumentos de Benito: bastava um Manfredi na empresa e suspeitosamente chamado Lenine.

— Precisa de dinheiro? — perguntou Dandolo, frase de notável eficiência para encerrar qualquer assunto incômodo.

— Não — respondeu Benito como se fosse seu o Alfa Romeo.

– Dinheiro nunca é demais – explicou Dandolo com a sabedoria do paraninfo duma colação de grau, e, como um robô a serviço da Fundação Rockefeller, enfiou no bolso do cunhado um maço de cédulas com invólucro bancário.
– Adeus para vocês e muito grato – despediu-se o foragido.
– Não tem mais nada para dizer? – perguntou Lenine.
– Acho que não.
Sem abraços nem apertos de mão, Benito careteou um sorriso falado e saiu do carro.
Lenine saiu também, vendo Benito dirigir-se ao Mercedes onde Hilda, Lothar, Adriana e as crianças o aguardavam. O primogênito já se arriscara demais e temia tropeços sentimentais. Beijou a mãe, Adriana, disse tchau várias vezes a todos, rápido, como se dali fosse tentar a sorte numa casa de entretenimentos eletrônicos. Hilda, porém, reteve sua mão e molhou-a com lágrimas ainda pertencentes ao marido. Mas talvez os sinos de seu campanário, prescientes, dobrassem pelos dois.
Quando Benito começou a afastar-se, andando às pressas junto ao muro do cemitério, e já protegido pela noite, Lenine seguiu-o vagamente esperançoso de que mudasse de ideia e aceitasse o refúgio de dez andares que Felipe Dandolo, com riscos e boa vontade, lhe oferecia. Ou representavam aqueles passos, automáticos, o último esforço que fazia para entender Benito Manfredi? A intenção era correr, alcançá-lo e segurá-lo, perguntando como ou por quê? Como tudo começara? Por quê? Antes dera tudo que tinha para conquistar Coca Giménez. Agora dava tudo que poderia ter para conquistar o quê? Ele, que poderia ser chefe de departamento da Dandolo Empreendimentos S.A.! Não fora para ter, somar, vencer que os Manfredi haviam deixado a Itália no fim do século passado? E não fora pela mesma razão, ou a mesma ambição, que se recusara a casar com a proletária Celeste, enquanto Adriana vendia seus sonhos de moça para um homem tão mais velho que ela?

Os faróis dos automóveis momentaneamente iluminaram os túmulos altos e burgueses que se erguiam sobre o muro da necrópole. Pareceu a Lenine, por uma inspirada fração de segundo, que a resposta geral vinha lá de dentro. Coisas da hereditariedade, talvez o inconformismo absurdo do velho Manfredo, aquelas ideias difusas que acabaram ganhando contorno e objetivo noutro corpo. Viu Benito afastar-se depressa, indo reto e firme como um tapir para seu destino. Lenine reconheceu que o embalo de suas pernas era menor que o do seu coração e acabou parando.

Devagar voltou para o carro de Dandolo.

– Ia lhe dar mais dinheiro? – perguntou Felipe.

– Acho que você lhe deu o suficiente.

– Tinha esquecido de lhe dizer alguma coisa?

Lenine não respondeu à pergunta, mas disse:

– Há pessoas que a gente nunca chega a conhecer. Nem depois de dormir uma parte da vida no mesmo quarto, usar o mesmo banheiro e fumar a mesma marca de cigarros.

Para Felipe Dandolo, os homens e o mundo eram menos enigmáticos, pelo menos no horário comercial:

– Um dia Benito volta – garantiu. – Ainda vai descobrir que não há nada melhor e mais simples que o dinheiro. – E prometeu num tom que dispensava carimbos e firma reconhecida no tabelião: – Nesse dia lhe darei uma boa colocação na empresa.

– Se não o matarem antes – acrescentou Lenine, olhando o muro do cemitério batido pelos faróis que, como holofotes, indicavam para Manfredo Manfredi o caminho do céu.

Bibliografia

Livros

Contos, Novelas e Romances

A arca dos marechais (romance). São Paulo: Ática, 1985.
A última corrida: Ferradura dá sorte?. 2. ed. São Paulo: Ática, 1982.
_____. 3. ed. São Paulo: Global, 2009.
Café na cama (romance). São Paulo: Autores Reunidos, 1960.
_____. 9. ed. São Paulo: Global, 2004.
Entre sem bater (romance). São Paulo: Autores Reunidos, 1961.
_____. 2. ed. São Paulo: Global, 2010.
Esta noite ou nunca (romance). São Paulo: Ática, 1988.
_____. 5. ed. São Paulo: Global, 2009.
Fantoches! (novela). São Paulo: Ática, 1998.
Ferradura dá sorte? (romance). São Paulo: Edaglit, 1963.
Malditos paulistas (romance). São Paulo: Ática, 1980.
Mano Juan (romance). São Paulo: Global, 2005.
_____. 21. ed. São Paulo: Companhia das Letras, 2003.
Marcos Rey crônicas para jovens. São Paulo: Global, 2011.
Melhores contos Marcos Rey (contos). 2. ed. São Paulo: Global, 2001.
Melhores crônicas Marcos Rey (crônicas). São Paulo: Global, 2010.
Memórias de um gigolô (romance). São Paulo: Senzala, 1968.
_____. 22. ed. São Paulo: Global, 2011.
O cão da meia-noite (contos). 5. ed. São Paulo: Global, 2005.
O enterro da cafetina (contos). Rio de Janeiro: Civilização Brasileira, 1967.
_____. 4. ed. São Paulo: Global, 2005.
O pêndulo da noite (contos). Rio de Janeiro: Civilização Brasileira, 1977.
_____. 2. ed. São Paulo: Global, 2005.

O último mamífero do Martinelli (novela). São Paulo: Ática, 1995.
Ópera de sabão (romance). Porto Alegre: L&PM, 1979.
_____. 2. ed. São Paulo: Global, 2012.
Soy loco por ti, América! (contos). Porto Alegre: L&PM Editores, 1978.
_____. 2. ed. São Paulo: Global, 2005.

INFANTOJUVENIS

12 horas de terror. São Paulo: Ática, 1994.
_____. 6. ed. São Paulo: Global, 2006.
A Sensação de Setembro (romance). São Paulo: Ática, 1989.
_____. 2. ed. São Paulo: Global, 2010.
Bem-vindos ao Rio. São Paulo: Ática, 1987.
_____. 8. ed. São Paulo: Global, 2006.
Corrida infernal. São Paulo: Ática, 1989.
Diário de Raquel. São Paulo: Companhia das Letras, 2004.
_____. 2. ed. São Paulo: Global, 2011.
Dinheiro do céu. São Paulo: Ática, 1985.
_____. 7. ed. São Paulo: Global, 2005.
Enigma na televisão. São Paulo: Ática, 1986.
_____. 9. ed. São Paulo: Global, 2005.
Garra de campeão. São Paulo: Ática, 1988.
Gincana da morte. São Paulo: Ática, 1997.
Na rota do perigo. São Paulo: Ática, 1992.
_____. 5. ed. São Paulo: Global, 2006.
Não era uma vez. São Paulo: Scritta, 1980.
O coração roubado (crônicas). São Paulo: Ática, 1996.
_____. 4. ed. São Paulo: Global, 2007.
O diabo no porta-malas. São Paulo: Ática, 1995.
_____. 2. ed. São Paulo: Global, 2005.
O mistério do 5 estrelas. São Paulo: Ática, 1981.
_____. 21. ed. São Paulo: Global, 2005.
O rapto do Garoto de Ouro. São Paulo: Ática, 1982.
_____. 12. ed. São Paulo: Global, 2005.
Os crimes do Olho de Boi (romance). São Paulo: Ática, 1995.
_____. 2. ed. São Paulo: Global, 2010.
Quem manda já morreu. São Paulo: Ática, 1990.
Sozinha no mundo. São Paulo: Ática, 1984.
_____. 18. ed. São Paulo: Global, 2005.
Um cadáver ouve rádio. São Paulo: Ática, 1983.

Um gato no triângulo (novela). São Paulo: Saraiva, 1953.
_____. 3. ed. São Paulo: Global, 2010.
Um rosto no computador. São Paulo: Ática, 1993.

OUTROS TÍTULOS

Brasil: os fascinantes anos 20 (paradidático). São Paulo: Ática, 1994.
Grandes crimes da história (divulgação). São Paulo: Cultrix, 1967.
Habitação (divulgação). [S.l.]: Donato, 1961.
Muito prazer, livro (divulgação – obra póstuma inacabada). São Paulo: Ática, 2002.
O caso do filho do encadernador (autobiografia). São Paulo: Atual, 1997.
O roteirista profissional (ensaio). São Paulo: Ática, 1994.
Proclamação da República (paradidático). São Paulo: Ática, 1988.

TELEVISÃO

SÉRIE INFANTIL

O Sítio do Picapau Amarelo. Roteiro: Marcos Rey, Geraldo Casé, Wilson Rocha e Sylvan Paezzo. [S.l.]: TV Globo, 1978-1985.

MINISSÉRIES

Memórias de um gigolô. Roteiro: Marcos Rey e George Dust. [S.l.]: TV Globo, 1985.
Os tigres. São Paulo: TV Excelsior, 1968.

NOVELAS

A moreninha. [S.l.]: TV Globo, 1975-1976.
Cuca legal. [S.l.]: TV Globo, 1975.
Mais forte que o ódio. São Paulo: TV Excelsior, 1970.
O grande segredo. São Paulo: TV Excelsior, 1967.
O príncipe e o mendigo. São Paulo: TV Record, 1972.
O signo da esperança. São Paulo: TV Tupi, 1972.
Super plá. Roteiro: Marcos Rey e Bráulio Pedroso. São Paulo: TV Tupi, 1969-1970.
Tchan!: a grande sacada. São Paulo: TV Tupi, 1976-1977.

CINEMA

FILMES BASEADOS EM SEUS LIVROS E PEÇAS

Ainda agarro esta vizinha... (baseado na peça "Living e W.C."). Direção: Pedro C. Rovai. Rio de Janeiro: Sincrofilmes, 1974.
Café na cama. Direção: Alberto Pieralisi. Rio de Janeiro: Alberto Pieralisi Filmes/Paulo Duprat Serrano/Atlântida Cinematográfica, 1973.
Memórias de um gigolô. Direção: Alberto Pieralisi. Rio de Janeiro: Magnus Filmes/Paramount, 1970.
O enterro da cafetina. Direção: Alberto Pieralisi. Rio de Janeiro: Magnus Filmes/Ipanema Filmes, 1971.
O quarto da viúva (baseado na peça "A próxima vítima"). Direção: Sebastião de Souza. São Paulo: Misfilmes Produções Cinematográficas, 1976.
Patty, a mulher proibida (baseado no conto "Mustang cor de sangue"). Direção: Luiz Gonzaga dos Santos. São Paulo: Singular Importação, Exportação e Representação/Haway Filmes, 1979.
Sedução. Direção: Fauze Mansur. [S.l.]: [s.n.], 1974.

TEATRO

A noite mais quente do ano (inédita).
A próxima vítima, 1967.
Eva, 1942.
Living e W.C., 1972.
Os parceiros (Faça uma cara inteligente e depois pode voltar ao normal), 1977.

Biografia

Marcos Rey, pseudônimo de Edmundo Donato, nasceu em São Paulo, 1925, cidade que sempre foi o cenário de seus contos e romances. Estreou em 1953 com a novela *Um gato no triângulo*. Apenas sete anos depois, publicaria o romance *Café na cama*, um dos best-sellers dos anos 1960. Seguiram-se *Entre sem bater*, *O enterro da cafetina*, *Memórias de um gigolô*, *Ópera de sabão*, *A arca dos marechais*, *O último mamífero do Martinelli* e outros. Teve inúmeros romances adaptados para o cinema e traduzidos. *Memórias de um gigolô* fez sucesso em vários países, notadamente na Alemanha, e foi também filme e minissérie da TV Globo. Marcos Rey venceu duas vezes o prêmio Jabuti; em 1995, recebeu o Troféu Juca Pato, como o Intelectual do Ano; e ocupou, desde 1986, a cadeira 17 da Academia Paulista de Letras.

Depois de trabalhar muitos anos na TV, onde escreveu novelas para a Excelsior, Globo, Tupi e Record, e de redigir 32 roteiros cinematográficos – experiência relatada em seu livro *O roteirista profissional* –, a partir de 1980 passou a se dedicar também à literatura juvenil. Desde então, como poucos escritores neste país, viveu exclusivamente das letras. Assinou crônicas na revista Veja São Paulo durante oito anos, parte delas reunidas no livro *O coração roubado*.

Marcos Rey escreveu a peça *A próxima vítima*, encenada em 1967 pela Companhia de Maria Della Costa, além de *Os parceiros* (Faça uma cara inteligente e depois pode voltar ao normal) e *A noite mais quente do ano*, entre outras. Suas últimas publicações foram *O caso do filho do encadernador*, autobiografia destinada à juventude, e *Fantoches!*, romance.

Marcos Rey faleceu em São Paulo em abril de 1999.

Livros de Marcos Rey pela Global Editora

Infantojuvenis

 12 horas de terror

 A sensação de setembro – Opereta tropical

 Bem-vindos ao Rio

 Diário de Raquel

 Dinheiro do céu

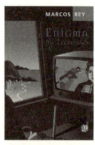 Enigma na televisão

 Marcos Rey crônicas para jovens

 Na rota do perigo

 O coração roubado

 O diabo no porta-malas

 O mistério do 5 estrelas

 O rapto do Garoto de Ouro

 Os crimes do Olho de Boi

 Sozinha no mundo

 Um gato no triângulo

Adultos

 A última corrida

 Café na cama

 Entre sem bater

 Esta noite ou nunca

 Malditos paulistas

 Mano Juan

 Melhores contos Marcos Rey

 Melhores crônicas Marcos Rey

 Memórias de um gigolô

 O cão da meia-noite

 O caso do filho do encadernador

 O enterro da cafetina

 O pêndulo da noite

 Ópera de sabão

 Soy loco por ti, América!

Impresso por :

gráfica e editora
Tel.:11 2769-9056